张宗子 著

乱翻书集

商务印书馆
The Commercial Press

图书在版编目(CIP)数据

乱翻书集/张宗子著.—北京:商务印书馆,2023
ISBN 978-7-100-22158-0

Ⅰ.①乱… Ⅱ.①张… Ⅲ.①随笔—作品集—
中国—当代 Ⅳ.①I267.1

中国国家版本馆 CIP 数据核字(2023)第 073778 号

乱翻书集

张宗子 著

———————————————————————

商 务 印 书 馆 出 版
(北京王府井大街36号 邮政编码100710)
商 务 印 书 馆 发 行
北京市十月印刷有限公司印刷
ISBN 978-7-100-22158-0

2023 年 6 月第 1 版　　　　开本 787×1092　1/32
2023 年 6 月北京第 1 次印刷　　印张 13¾

定价:68.00 元

序

    刘勰在《文心雕龙·序志》里说，他七岁的时候，梦见天上飘着锦绣般的彩云，他爬上去，把彩云摘了下来。过了而立之年，又梦到手里捧着朱红的漆制礼器，跟随孔子南行。对于第一个梦，他和家人有何反应，文中没有说，大概他还小，不明白其中的奥义。第二个梦醒来后，刘勰非常激动。他说，孔子乃千古圣人，不是谁想见都能见到的，竟然托梦给我这个毛头小子！《序志》接着详述写作《文心雕龙》的用心和思路，以及其中的甘苦："夫铨序一文为易，弥纶群言为难，虽复轻采毛发，深极骨髓，或有曲意密源，似近而远，辞所不载，亦不可胜数矣。"他是说，虽然深入探讨了文章之道的一些重要问题，但仍有很多微妙的地方，不容易把握，因此在书中未能表达。说得很委婉，很实在。

刘勰的《序志》，无论谈到的内容，还是文章的写法，都和司马迁的《太史公自序》一脉相承。司马迁在《太史公自序》中提到，他的父亲司马谈，身为太史，因为不能参加朝廷的封禅大典，悲愤而死，死前握住儿子的手说："余先周室之太史也。自上世尝显功名于虞夏，典天官事。后世中衰，绝于予乎？汝复为太史，则续吾祖矣。今天子接千岁之统，封泰山，而余不得从行，是命也夫，命也夫！余死，汝必为太史；为太史，无忘吾所欲论著矣。"

　　司马迁说："先人有言：'自周公卒五百岁而有孔子。孔子卒后至于今五百岁，有能绍明世，正《易传》，继《春秋》，本《诗》《书》《礼》《乐》之际。'意在斯乎！意在斯乎！小子何敢让焉。"还说："《诗》三百篇，大抵贤圣发愤之所为作也。此人皆意有所郁结，不得通其道也，故述往事，思来者。"

　　司马迁的抱负是"究天人之际，通古今之变，成一家之言"，这样的话，后人说不出。不敢说，也没有资格说。刘勰的自负稍稍放低了姿态，用的是很谦逊的口气："及其品列成文，有同乎旧谈者，非雷同也，势自不可异也；有异乎前论者，非苟异也，理自不可同也。同之与异，不屑古今，擘肌分理，唯务折衷。"不仅说得实在，也很精辟。异同这层意思，正是作文和著述的基本态度。我自己一向喜欢的话是:"读书时,人人皆可为我师;写作时,却要目中无人。"道理相通。但刘勰的谦逊有着理所当然的自信:"按辔文雅之场,环络藻绘之府,亦几乎备矣。"说差不多都谈到了,其实是都谈到了,而且谈得前所未有地完备和精深。

前些日子朋友聚会,每人选《史记》一篇,谈读后感想。我本来准备谈《太史公自序》,后来考虑到它太长,内容复杂,另选了《儒林列传》中辕固生刺豨和告诫公孙弘"务正学以言,无曲学以阿世"两段小故事。重温《太史公自序》,对于司马谈"发愤且卒",死前"执迁手而泣"一段,特别有感受。过去说"家学渊源""书香门第",今人只当是恭维用的套话,轻描淡写,逢人便送。说来有几人当受得起呢?一个人,上有父,下有子,一代代父子相承,以崇高使命相托,这才是让博尔赫斯感叹不已的生命的永恒吧。

放在二十年前、三十年前,我会觉得司马迁父子过于感情用事。父亲连呼"是命也夫,命也夫!"儿子连呼"意在斯乎!意在斯乎!"可见他们的痛切和激动。司马迁在《报任安书》中,也有类似语句:"如仆尚何言哉,尚何言哉!"杨绛、汪曾祺、孙犁和高尔泰诸先生,回忆动乱往事,平平写来,却有巨大的感人力量。司马迁如何不懂得这个道理,自是有不可压抑的情绪，非喷放而出不可。

序是作者自言心事，自道甘苦。序说给读者听，说给自己听，也说给后世人听。长则万言，短则数语，要当发自肺腑，昭明坦荡，"课虚无以责有，叩寂寞而求音"。所以自序最能使我们窥见作者的内心，即使有文过饰非之处，在明眼人那里，不过自曝其短而已。我读书，觉得序写得好的，文章一定不坏；序写得干瘪的，文章或许好不到哪里去。宋人洪迈收集民间异闻为《夷坚志》，原书四百二十卷，每一编刻印时，洪迈都写一篇小序。宋人赵与时统计，全书共有三十一篇序。今天能看到的，还有十多篇。其中，支戊编引用了《吕氏春秋》所记的宾卑聚之梦：

齐庄公时，有士人宾卑聚，梦见有个戴着白缟之冠、穿着新素履、佩带着黑鞘宝剑的壮汉，无缘无故地斥责他，还吐他一脸唾沫。惊醒之后，心里不快，一夜不眠。第二天，叫来朋友，对他说，我年轻时就好勇，今年六十了，从没受过如此侮辱。我要找到那家伙报仇，找不到我自己了结。于是每天早晨，他和朋友一起站在街头，连续三天，没有找到，于是回家自杀了。《吕氏春秋》说，宾卑聚的行为，未免偏执，但"其心之不辱也，有可以加乎？"

洪迈引这个故事，是说他书中所记之梦，没有比这个更奇怪的。但我读后，感觉到的是宾卑聚为了维护个人尊严的不屈不挠的精神，颇能与太史公相映照。他的固执和愚蠢，则浪漫如堂吉诃德。

我读宋词不多，但宋词的一些小序，我一向喜爱。比如辛弃疾赠陈亮的《贺新郎·把酒长亭说》的序："陈同父自东阳来过余，留十日。与之同游鹅湖，且会朱晦庵于紫溪，不至，飘然东归。既别之明日，余意中殊恋恋，复欲追路。至鹭鸶林，则雪深泥滑，不得前矣。独饮方村，怅然久之，颇恨挽留之不遂也。夜半，投宿吴氏泉湖四望楼，闻邻笛悲甚，为赋《贺新郎》以见意。又五日，同父书来索词。心所同然者如此，可发千里一笑。"这是写友情的。再如姜夔《念奴娇·闹红一舸》的序："余客武陵。湖北宪治在焉：古城野水，乔木参天。余与二三友，日荡舟其间。薄荷花而饮，意象幽闲，不类人境。秋水且涸。荷叶出地寻丈，因列坐其下，上不见日。清风徐来，绿云自动。间于疏处，窥见游人画船，亦一乐也。揭来吴兴。数得相羊荷花中，又夜泛西湖，光景奇绝。故以此句写之。"这是写游赏的。书序按理更复杂，其实以这种写法入手，亦自有好处。譬如诗，我近年所作，常有意文不对题，文章，则偶尔要"顾左右而言他"。理由没别的，只是不肯落入大家都认可的窠臼或曰金科玉条里去。

近代以来，序写得好的，首推鲁迅。这些序比他的文章更平易可亲，更多地展现出他性情中较柔软的一面。如《华盖集》的题记："现在是一年的尽头的深夜，深得这夜将尽了，我的生命，至少是一部分的生命，已经耗费在写这些无聊的东西中，而我所获得的，乃是我自己的灵魂的荒凉和粗糙。但是我并不惧惮这些，也不想遮盖这些，而且实在有些爱他们了，因为这是我转辗而生活于风沙中的瘢痕。凡有自己也觉得在风沙中转辗而生活着的，会知道这意思。"又如《华盖集续编》的小引："这里面所讲的仍然并没有宇宙的奥义和人生的真谛。不过是，将我所遇到的，所想到的，所要说的，一任它怎样浅薄，怎样偏激，有时便都用笔写了下来。说得自夸一点，就如悲喜时节的歌哭一般，那时无非借此来释愤抒情，现在更不想和谁去抢夺所谓公理或正义。你要那样，我偏要这样是有的；偏不遵命，偏不磕头是有的；偏要在庄严高尚的假面上拨它一拨也是有的，此外却毫无什么大举。名副其实，'杂感'而已。"

司马迁、刘勰、洪迈、鲁迅，还有很多古今中外的伟大作者，他们写作，也喜欢很诚恳地谈写作。在这样的庞大背景下，成就不足道而乐谈写作，也算是不得已的事，说明了我们难以摆脱的羁绊和难以突破的局限。我们经历的事，古人都已经经历过了；我们能够想到的事，古人也都已经想到了；我们想说的话，能够说的话，古人已经说过了。

但刘勰接着说:"言不尽意,圣人所难,识在瓶管,何能矩矱。茫茫往代,既沉予闻;眇眇来世,倘尘彼观也。"又说:"文果载心,余心有寄。"这一点,我们都可以做到,可以得到。

2023 年 1 月 3 日

目 录

辑一　鱿船一棹百分空

辑二　楼上苍茫眼

辑三　舟人水鸟两同梦

辑四　猗兰操

辑　一

舣船一棹百分空

诗选自家事

——读《钱锺书选唐诗》

　　中国社会科学院文学研究所的《唐诗选》，选诗六百三十首，在当代选本中，算是最好的一种。参与其事的学者，都是一时之选，其中包括钱锺书先生，而由余冠英先生主持其事。由于不署名，事隔多年之后，还有人在分析和猜测，哪一部分是钱先生选的，哪些小传出自钱先生之手。余冠英先生和王水照先生在《唐诗选》的前言里说："本书初稿完成于一九六六年，一九七五年进行修订。""钱锺书同志参加了初稿的选注、审订工作，后因另有任务，没有继续参加。"钱锺书退出《唐诗选》的编选工作之后，在杨绛先生鼓励下，开始自选唐诗。他以《全唐诗》为底本，日选一首或两三首，由杨绛先生抄出，自"一九八五年一月一日起，一九九一年六月十九日止"，共选出唐五代诗一千九百多首，包括少量的词和残句。杨绛先生抄写稿的第一页写着"全唐诗录，杨绛日课"，大概钱先生选这些诗，是供杨绛先生阅读品赏的。书稿整理出版，就是我们现在读到的《钱锺书选唐诗》。人民文学出版社负责整理工作的周绚隆先生在出版后记里说，钱先生工作开始的日期，可能比一九八五年更早，因为杨绛先生在孟浩然《晚泊浔阳望庐山》诗旁注明，是一九八三年十一月中旬抄录的。

文学作品的选本，和历史一样，带着强烈的时代色彩，既受制于政治形势，也难免受社会风气和文学思潮的影响，选本还"可以借古人的文章，寓自己的意见"。"采其合于自己意见的为一集"，是一个方法，"删其不合于自己意见的为一新书"，是又一个方法（鲁迅《集外集·选本》）。这些都在某种程度上影响了编选的客观公正。鲁迅说，读选本的危险，在于读者"自以为是由此得了古人文笔的精华的，殊不知却被选者缩小了眼界"。但选本又是必不可少的，因为存世的各个时代、各个门类的作品，总量浩如烟海，通读既不现实，也没必要。不同读者需求不一，譬如古文，有人读《古文观止》，有人读《古文辞类纂》或《经史百家杂钞》；宋词，有人读《唐宋名家词选》，有人读《全宋词简编》。唐诗的选本尤其多，从童蒙读物的《唐诗三百首》，到明人高棅的《唐诗品汇》（选诗六千七百余首），各种分量、各种类型的选本应有尽有。但对于酷爱唐诗的人，自编一本唐诗选，总是难以压制的冲动。

钱先生这部书既是忍不住手痒的献技，也是夫妻间的自娱自乐，按照周绚隆先生理解的杨绛先生的意思，又是为了排解在编注《唐诗选》过程中"遭遇的不快"的自我遣兴。书稿在严格意义上并未完成，没有"对选目做更严谨的推敲"，也没有注释和评说。但作为"钱锺书选唐诗"，那就很有意思了。假如你想找一部"有代表性的、相对较好的"唐诗选本，容量同样在两千首诗左右，沈德潜的《唐诗别裁集》可能更合适。钱选的意义在于供我们进一步了解和理解钱锺书本人，而不在于通过这样一部选本，以期对唐诗有更深入的总体把握。它是一部由个人兴趣主导的选本，我们不妨将其视为钱先生的一部特异的作品，就像那些有个性的作家的作品一样，读其书，如见其人。

个性一定有不讲道理的地方，不完美，不严密，破绽百出，处处矛盾。个性不是八宝锦盒里的真理，它如幽花暗吐，实实在在而千姿百态，然而其光彩夺目、出人意表，也是那些所谓完美和严密之事物无从想象、无缘攀附的。很多诗，也只有在钱先生这里才能读得到，假如你没从头到尾读过《全唐诗》的话。钱先生选诗如此随性，置一切条条框框于不顾，包括他自己在《宋诗选注》里制定的条条框框。喜欢是选择的标准，当然这喜欢虽由性情所决定，却是以学问和见识为后盾的，见贤而急欲思齐的人，可能一不小心就成了东施效颦。

两千首的容量给了选家极大自由，因此钱先生才能痛快淋漓地将杜甫和白居易诗选入三百多首，杜牧和李商隐各选了五十多首，孟郊选了三十七首，王建选了三十三首。像施肩吾、姚合、徐凝、刘驾、曹邺、裴说，算是钱先生常说的小名家吧，他们的作品入选数量，在寻常选本里不过一首两首，相当于在三百年的唐诗大戏里集体跑了个龙套。而在钱先生这里，各自被选入二十到三十几首，地位就和我们认可的刘长卿、韦应物那样的名家并驾齐驱了。晚唐诗比较不受重视，晚唐和唐末的几位大家，往往评价过低。比如韩偓，他的七律上承杜甫和李商隐，下启北宋各家，不仅西昆体得其好处，江西派也从他那儿受到启发。钱先生选韩偓，选了二十二首，虽然不算多，大致差强人意。类似的还有兼学温李的唐彦谦，也选了二十二首，尽管唐彦谦入选的那二十二首实在没什么佳作。

钱先生还选了一般选本不选，以至于千百年来几乎被遗忘的很多名头小的诗人的作品，像马异、长孙佐辅、苏郁、蔡京、李廓、杨发、裴夷直等。除了蔡京在李商隐的诗集里出现过，又和宋徽宗时的奸相同名，容易给人留下印象，其他诸人，即使是专门研究唐诗的学者，也未必记得住他们的名字。这里特别要提到晚唐的汪遵，他留下的诗作不多，但有一首《咏酒二首·其二》十足具有杜牧的风采，混在樊川集中，选小杜诗的人一定不忍错过。

万事销沉向一杯，竹门哑轧为风开。

秋宵睡足芭蕉雨，又是江湖入梦来。

这么好的绝句，又清新，又明快，蘅塘退士都该选它，可是没人选。等了多年，终于等到钱先生选了。

名家作品存世多，内容丰富，艺术风格多样，想通过有限的选诗来了解它们的面貌，容易陷入盲人摸象、各执一端的偏见。选者如果为了贯彻一己之文艺主张而有意误导读者，结果会更荒谬。历来的说法，韩愈的诗是以险怪出名的，典型的例子如《南山诗》《陆浑山火和皇甫湜用其韵》《月蚀诗效玉川子作》，以及非常不足为训的《元和圣德诗》，甚至他一些赠人的长篇五言诗，读来也不容易。但韩愈集中，这样的怪诗并不多，就连描写古碑石的《石鼓歌》，也比苏轼的同题之作写得清通流畅。如果只选他的五言近体诗和五七言绝句，你会觉得他的五言近体诗和杜甫颇为神似。比如这些对句：

> 水文浮枕簟，瓦影荫龟鱼。
>
> 柳花闲度竹，菱叶故穿萍。
>
> 林乌鸣讶客，岸竹长遮邻。
>
> 雨多添柳耳，水长减蒲芽。
>
> 露排四岸草，风约半池萍。
>
> 远岫重叠出，寒花散乱开。
>
> 暖风抽宿麦，清雨卷归旗。
>
> 寒日夕始照，风江远渐平。

不仅与老杜难分，也接近谢朓和杜甫推崇学习的阴铿、何逊。那么我们有理由猜想，险怪并非韩愈诗的本色，他那么写，像是小孩子玩游戏，图个开心罢了。当然你也可以说，那是有意识的艺术探索。

过去几十年近百年来的选本，形成了大家习以为常的窠臼，李杜白韩，王孟韦柳，每个人选都是那十几或几十首。名头小的诗人更可怜，仿佛他们一辈子就只写了那几首诗，也只会写那样的诗。钱选对于名诗人，就像杨绛先生说他选文天祥却不选《正气歌》，是"很大胆的不选"，就有相当多的"大胆的不选"，同样，也有相当多的"大胆的选"。初唐四杰本以文章著称，王勃和骆宾王写诗也写得好，卢照邻相对逊色，至于杨炯，诗实在是没有什么特色的。历来的选本，对于四杰，不敢漏掉一个，只得从杨炯的三十几首诗中，选出一首《从军行》。到钱先生这里，毫不客气，径直把卢杨两位刷下去了。

孟浩然以散淡的山水田园诗著名，可是他的《春情》完全是我们想不到的格调：

> 青楼晓日珠帘映，红粉春妆宝镜催。
> 已厌交欢怜枕席，相将游戏绕池台。
> 坐时衣带萦纤草，行即裙裾扫落梅。
> 更道明朝不当作，相期共斗管弦来。

清朝人多爱这类艳丽的作品，《红楼梦》里也有模仿。钱先生没选《春情》，选了《闺情》。刘长卿以五言诗著名，钱先生选了七言的《戏赠干越尼子歌》：

> 亭亭独立青莲下，忍草禅枝绕精舍。
> 自用黄金买地居，能嫌碧玉随人嫁。
> 北客相逢疑姓秦，铅花抛却仍青春。

一花一竹如有意，不语不笑能留人。

诗中的意思，每读都使人想起《红楼梦》中的妙玉。权德舆诗选六首，其中四首是游戏诗：《安语》《危语》《大言》《小言》。刘商的《胡笳十八拍》，他一口气选了十二首。相比之下，岑参诗仅选三首，写得最多的五律和有名的七绝，一首不选。最让读者疑惑的是，李白诗只选了二十二首，不仅比王维、韦应物、许浑和陆龟蒙少，甚至不及施肩吾。如果不计诗的长短，只论篇数，李白入选的诗只比花蕊夫人多一首，连《送孟浩然之广陵》这样家喻户晓的名篇都被割舍，这就不是一般的大胆出格了。周绚隆先生注意到这个现象，解释说，钱先生在取舍标准上"有明显的个性"，所以，选李白诗少，不见得是"完全没有顾及李白在唐代诗坛的所谓地位和影响力，他关注的只是作品本身"。照我们一般的看法，即使抛开他的七言歌行和五古，只选最为后人称赏的绝句，李白的佳作也不止二三十首。

钱先生似乎偏爱宫词，王建的、王涯的，都选了很多。花蕊夫人所作，相对弱些，也选了二十首。庄子说的"嘉孺子而哀妇人"，钱先生像知堂老人一样拳拳服膺，故不仅多选宫词和闺情闺怨诗，写小孩子的作品，如李商隐的《娇儿》和白居易的几首，也都录入。但对李白，他的思路不同，《宫中行乐词八首》自然可以不选，可是连感人至深的《寄东鲁二稚子》，他也没有选。（李白《送萧三十一之鲁中，兼问稚子伯禽》中写到久别的儿子："君行既识伯禽子，应驾小车骑白羊。"想象儿子的情形，真非做父亲者不能说出。）钱先生那样沉静和细致的人，也许不会喜欢李白那样全然不计后果的天真和直抒胸臆，更不会欣赏他经常自相矛盾的吹牛。他爱杜牧的清秀、李商隐的深婉、元白的平易晓畅，也能接受韩孟诗派的奇崛瘦硬，还喜欢那些奇奇怪怪好玩的作品，比如卢仝的《月蚀诗》，比如任华写李白、杜甫和怀素草书的三首长篇歌行《寄李白》《寄杜拾遗》《怀素上人草书歌》。要说以文为诗，放纵自由，前有李白，后有韩愈，任华却比李白还大胆，简直就是唐人的沃尔特·惠特曼。钱先生选任华，一首不过瘾，三首全部选入。

钱先生身上是有些孩子气的，这部唐诗选，处处可见他的"顽皮"。选李白，可能是他顶顶顽皮的一例，这是我最觉得好玩的地方。在这些地方，钱先生的个性和眼力以富有魅力的方式展现无遗。

徐凝本是中唐著名诗人，他的绝句《庐山瀑布》虽然逊于李白的《望庐山瀑布二首》，但在唐人此一题材的作品中，仍属出色之作。

虚空落泉千仞直，雷奔入江不暂息。

今古长如白练飞，一条界破青山色。

然而不知何故，这首诗很为苏轼看不上眼，作诗嘲讽：

帝遣银河一派垂，古来惟有谪仙词。

飞流溅沫知多少，不与徐凝洗恶诗。

话说得很过头，有点刻薄了，以至于后人一想起徐凝，就想到他这首"恶诗"。钱先生对东坡的不公显然不满，特地选了徐凝的十多首七绝，其中也包括这首《庐山瀑布》，而苏轼推崇的李白那两首，干脆一首不选，似乎有意为徐凝出口恶气。

周绚隆先生的出版后记讲到一件有趣的事：钱先生选王初诗八首，杨绛先生批注："锺书识：大似义山。已开玉溪而无人拈出。"读到这段话，周先生说："可以想象，他几乎是按捺不住地跳出来强调了一下。"所选王诗，四首七律、四首七绝，一看就是简化版的李商隐，两者之间的关系一目了然。王初是元和末年人，早于李商隐，故钱先生有此说。但人民文学出版社增补的诗人小传里说，据复旦大学陈尚君教授考订，《全唐诗》所收王初诗，均为北宋人王初所作。

假如陈尚君的考证无误，王李的影响关系就颠倒过来了。但不管怎么说，钱先生对历代诗人间的互相学习和互相承袭特别关注，由于博览群书，向来目光如炬。对这方面的发现，他总是特别得意，仿佛窥见了他人的大秘密。《宋诗选注》《管锥编》等书里，谈一句好诗、一个妙喻的首创、发展、变化和翻空出奇之处甚多。这种发现的快乐我特别能理解，也有切身体验，读到钱先生的考据成果，仿佛听到他老先生笑眯眯地说："嘿嘿，我知道你们这句诗是从哪儿来的，小心皎然和尚骂你们偷哦。"

中唐殷尧藩的诗，钱先生选了一首《喜雨》：

> 临岐终日自裴回，干我茅斋半亩苔。
> 山上乱云随手变，浙东飞雨过江来。
> 一元和气归中正，百怪苍渊起蛰雷。
> 千里稻花应秀色，酒樽风月醉亭台。

这首七律有什么好呢？一点也不好。可是其中有两句，我们觉得很熟悉。"浙东飞雨过江来"，被苏东坡写到了他的《有美堂暴雨》里，"天外黑风吹海立，浙东飞雨过江来"成为名作里的名句（"海立"出自杜甫《朝献太清宫赋》"九天之云下垂，四海之水皆立"）。"千里稻花应秀色"，被曾几写到了他的《苏秀道中》里，成为精彩的一联："千里稻花应秀色，五更桐叶最佳音。"苏曾这两首诗，都远比殷尧藩的原作出名，谁知道竟然是直接搬用的呢。

晚唐诗人曹唐以游仙诗著名，钱先生对他的游仙诗不屑一顾，却选了一首《升平词》。曹唐的《升平词》共有五首，这种歌功颂德、粉饰现实的浮夸之作，钱先生应该是很讨厌的，何况这五首又都写得平平，为什么还要选？选入的第三首有何特异之处吗？

> 处处是欢心，时康岁已深。
> 不同三尺剑，应似五弦琴。
> 寿笑山犹尽，明嫌日有阴。
> 何当怜一物，亦遣断愁吟。

细读几遍，因心中有成见，唯恐索解太浅，难免杯弓蛇影，还真读出了另外的味道。首联感觉像是说反话，处处是欢心，也许偏偏自己不欢心。颔联是真的说反话，应该倒过来读："不同五弦琴，应似三尺剑。"颈联的意思是：通常说寿比南山，但现在看，南山怕还不够永久呢；尽管阳光灿烂，还嫌它灿烂得不彻底，偶尔有片云之阴。这一联恭维过头，像是嘲讽戏弄了。谄媚如同世界上的任何事，由低级到高级，由简单到精纯，群芳争艳，不得不百尺竿头、日日进步，终于到某一天，越过了界限，要么再也无路可走，要么走向反面，吹捧变成了挖苦。我不知道钱先生读后的感觉是否如此。其实如果讨厌曹唐虚无缥缈的游仙诗，自可不选，假如心存厚道，希望以诗存人，不妨选他其他的诗。比如这首《洛东兰若归》，虽非上乘之作，至少比《升平词》强多了。

一衲老禅床，吾生半异乡。

管弦愁里老，书剑梦中忙。

鸟急山初暝，蝉稀树正凉。

又归何处去，尘路月苍苍。

杜甫这样的大诗人，别说选一百七十四首，就是选三百首、四百首，也能保证每一首在诗选中都处于平均水平之上。钱先生选杜诗，没有给人意外的惊喜，但他选老杜最著名的三组七律组诗，却很独特。《秋兴八首》选一首（"闻道长安似弈棋"），《诸将五首》选两首（"汉朝陵墓对南山""韩公本意筑三城"），只有《咏怀古迹》五首全选。对比一下中国社会科学院文学研究所的《唐诗选》，《秋兴八首》选了两首，《诸将五首》一首未选，《咏怀古迹》只选了关于宋玉的一首。钱先生可能是这样考虑的:《秋兴八首》名气虽大,八首是整体,分开来看,单独的每一首,并不十分突出。《咏怀古迹》则每一首各自追怀一个历史人物(分别为庾信、宋玉、王昭君、刘备、诸葛亮),每一首都诗意圆满。至于《诸将五首》,是老杜的时论、政论诗,不仅语言精警,也显示了卓越的史识。钱先生取舍如此,换了他人,这三组诗是一首也舍不得丢下的。

虽然已经说过,选诗是自家事,喜好尤其不便他人置喙,我还是忍不住说点自己的遗憾,李白诗选得太少了!白居易诗虽然入选最多,多至一百八十余首,但因为白诗太多,钱先生又太喜欢,身在山阴道上,应接不暇,结果是"取次花丛懒回顾",不免选得凌乱无目的。如果为了好玩,韩愈的《双鸟诗》《落齿》都可以选,如果想展示诗人的悲悯情怀,柳宗元的《掩役夫张进骸》无论如何不能舍弃。

在书店翻书的时候就很自然地想到,钱先生在过去的著作中,论及唐诗之处不少,若能将相关议论摘录出来,附于所选的诗下,就太精彩了。回家读周先生的出版后记,才知道他们也想到了这一点。周先生说,虽然《钱锺书手稿集·中文笔记》《容安馆札记》已经影印出版,但由于手稿不易辨识,在整理钱选唐诗书稿时,限于时间和精力,未能充分利用。但我觉得,已经有排印本的《谈艺录》《管锥编》，以及单篇的论文，有些内容还是方便利用的。比方说，《谈艺录》就着重讨论过李贺和韩愈，如论李贺的《梦天》《天上谣》：

> 皆深有感于日月逾迈，沧桑改换，而人事之代谢不与焉。他人或以吊古兴怀，遂尔及时行乐，长吉独纯从天运着眼，亦其出世法、远人情之一端也。

论《高轩过》：

> 长吉《高轩过》篇有"笔补造化天无功"一语，此不特长吉精神心眼之所在，而于道术之大原、艺事之根本，亦一言道著矣。

2021 年 5 月 7 日

天涯风俗自相亲

人的前半生读李白，读苏辛词，读李商隐和杜牧；后半生读杜甫，读韩愈和王安石，读南宋的姜吴史王；陶渊明和王维，如一缕游丝贯穿其中，映着日光，若有若无。读书是一辈子的日常生活，这样轻佻的总结，不免堕入张潮和陈继儒的窠臼，但大致意思如此。耐下心慢慢读杜甫，确实是中年以后的事。但这并不是说，其他人就不读了，譬如李白，这两年来也读了两遍。不过我更愿意说，我是在读"晚年的"李白，和"青春的"李白很不是一码事儿。读李白基本不需要看注解，用心体会就行了。读杜甫则不然，至少仇兆鳌的《杜诗详注》是不能不读的。喜欢的诗，还要参照各种注本，把每个细节弄明白。年轻时候读书，意气用事，不求甚解，如今一认真，发现不少背得滚瓜烂熟、自以为读懂了的诗句，其实并未读懂，不过得其大意而已，有些连字句都记错了。更有不多一部分，文辞并不艰涩，用典并不生僻，意思一目了然，然而理解的偏差更大，几乎成了故意的误读。

这一误，就误了几十年。中国人说诗无达诂，西方人说有一千个读者就有一千个哈姆雷特，这是文学作品"有意味的模糊"带给读者的自由。但有的误解就是单纯的错误，虽然这错误也可找出许多理由来。七律《冬至》是杜甫晚年旅居夔州所作，那时他漂泊西南已有八九个年头。长久滞留异乡，生活很不安定，但他还牵挂着国家的安危和百姓的疾苦，寄望动乱早日结束。双重的愁闷，使他倍有衰朽之感。诗云：

> 年年至日长为客，忽忽穷愁泥杀人。
> 江上形容吾独老，天涯风俗自相亲。
> 杖藜雪后临丹壑，鸣玉朝来散紫宸。
> 心折此时无一寸，路迷何处见三秦。

前四句写现况，颈联回忆长安的冬至，末尾两句生发感慨。仇兆鳌解释说：

> 客途久滞，故自伤泥杀；形容独老，皆穷愁所致。风俗自亲，于为客无与。身临丹壑而意想紫宸，故有心

折路迷之慨。心折则穷愁转甚，路迷则久客难归矣。

每次读到"天涯风俗"一联，就想起他《九日五首·其一》中的"殊方日落玄猿哭"，大概由于二者表达的情绪特别相近的缘故。日落，一直记成"落日"，真是积习难改。异域秋冬之际夕阳下的寒江景物，本是很美的画面，虽然不无枫叶荻花的萧瑟，却另是一种壮阔境界。我读书素有贪多求快的毛病，仗着记性好，走马观花，诗中委婉深沉之处，比照个人意趣去索解和印证，常有"意外"收获，觉得古人之言，深获我心，借花自献，无比快意。"江上形容吾独老"，这一句没有问题：冬天的江上和岸边，卉木枯萎，日色萎靡，一派肃杀景象。然而作者却说，在这个一切都还像是充满生机的世界，唯独自己老迈不堪。杜诗多自伤之词，然而绝少无病呻吟，看似颓丧，骨子里却很自傲。在这句诗里，杜甫就不露声色地以屈原自比。"独"，隐约取"众人皆醉吾独醒"之"独"，"吾独老"，就是"屈原放于泽畔，形容枯槁"。如此，他的坎坷悲辛便被置放在一个广阔背景里，而非一己之身的自怨自怜。

至于"天涯风俗自相亲"，我一直理解为，虽然夔州并不是拥有几亩桑麻田的祖居杜陵，也非朝廷之所在，地僻人远，风俗特异，但住的日子久了，逐渐熟悉以至习惯，不免稀里糊涂，觉得它和故乡一样可亲，和故乡没有两样了。其实，"自相亲"的意思，如仇兆鳌所说，是"风俗自亲，于为客无与"。异乡做客的人，终究是客，无法变成主人，一方面是自己不认同，另一方面是在当地人眼里，外来者终究是外来者。借用在海外中国人爱说的一句话，就是难以"融入主流社会"。他自他，我自我。萧涤非说得更明白："自相亲，是说人们自相亲，而不与我亲，此即汉乐府'入门各自媚，谁肯相谓言'意。"就是这么一种异乡为客的感觉。杜甫诗中同样的句子还很多。《偶题》中有"异俗更喧卑"，仇兆鳌说这是"厌人寰之喧卑"，喧卑的人寰即指其漂泊所在的夔府。《南极》中有"近身皆鸟道，殊俗自人群"，也是作于在夔府的日子。"自人群"，仇兆鳌注曰："非我俗也。"关于这首诗，仇兆鳌注释说是"公不欲久居南土而作也"。身在异乡，远离京城，又衰老多病，不仅不能报国，生计也成问题，穷途末路，看不到一丝一毫的希望。

科幻小说家罗伯特·海因莱因的名作《约伯记：一部喜剧》，讲述一个人被魔鬼戏弄，突然之间被挪移到一个迥异的时空，被迫面对突如其来的新身份和陌生得离谱的新环境，陷入种种尴尬和困窘境地，欲哭无泪的同时，又觉啼笑皆非。然后，当他逐渐适应了一切，甚至还能得到一点快乐，或即将从困境中解脱的时候，魔鬼再次出手干预，颠倒乾坤，让他前功尽弃。这本书二十年间读了两遍，第二遍读，读出些萨缪尔·贝克特的味道。《约伯记》的书名，我觉得还不如和海因莱因的另一部名作《异乡异客》互换，会更贴切。书中的异乡客坚持信念，永不言弃，期待而且相信最终必有的幸福，或者说最终的安居乐业。这是我理解的"自相亲"。杜甫没有这个意思，我希望他有。在成都的草堂，几乎成了他的家。成都的三年多，是他晚年最安逸的日子。如果不是挚友严武的英年早逝，使他失去庇护和帮助，他真会在那里安心终老，而不是死于颠沛流离的舟中。

他的《江村》诗也写到"自相亲"："自去自来梁上燕，相亲相近水中鸥。"梁间筑巢的燕子、水中嬉戏的鸥鸟，悠游自得，超然于人世的忧乐之外。杜甫作此诗的时候，心态闲适，但对于鸟的自相亲近，只能做旁观者。羡慕，却无法身临其境。

说到异乡异客，有人随遇而安，有人做不到。苏东坡说，此心安处是吾乡。以他乡为故乡，前提是心安。如果不能心安，纵然豁达如东坡，还是要唱出这样的诗句："杳杳天低鹘没处，青山一发是中原。"陈寅恪也有诗："松门松菊何年梦，且认他乡作故乡。"且认，显然是不肯认。困于现实，不得不认，就像囚徒被屈打成招一样，也和《红楼梦》里甄士隐的话很接近了。甄士隐说，反认他乡是故乡。这样的错认，本身是荒唐的。

对于同样的作品，不同性格、不同经历的人会读出不同的感觉。创作是高度主观的行为，是个性的体现，阅读也是。作家不可能像放风筝的人，以为手里牵着线，就能控制读者这只风筝飞多高、飞多远，飞往哪个方向。读者是比作者更难以测度的人，比怪异的作者加倍地怪异。读者的荒唐没有节制，这其实就是阅读的自由。莫逆于心的阅读，是借他人之酒，浇自己胸中的块垒，是借他人的针线，为自己织一件袍子。我们一生中，对于喜爱的作品，肯定保留着不少仅属于自己的误读，不会想到那样一厢情愿的理解是"错"的。

读老杜后期的诗，感受比较深的，是他在成都草堂时期写的那些恬淡的山水田园诗。这样偏颇的取舍，等于营造了一个桃花源，把喜爱的诗人安放其间。天涯风俗自相亲，自然就那样理解了。就像《世说新语·言语》所记的："简文入华林园，顾谓左右曰：'会心处不必在远，翳然林水，便自有濠、濮间想也，觉鸟兽禽鱼自来亲人。'"自来亲人，当然不是自相亲。自相亲是明确的事实，自来亲人却只是观者的感觉，鱼鸟是不知情也不介意的。老杜很多诗都写到简文帝的这层意思：花草亲人，鱼鸟亲人，无拘束的邻居们和远近的朋友，以及在困难之际伸以援手的严武和柏茂琳们，也是亲切的。但《冬至》诗没有这样的意思。

再说一个例子，是《衡州送李大夫七丈勉赴广州》中的"日月笼中鸟，乾坤水上萍"。大学前后那些年，正沉迷于现代诗，把能找到的叶芝、艾略特、庞德、瓦雷里，直到意大利的夸西莫多和蒙塔莱的诗，熟读揣摩。遇到唐诗宋词里偶有"现代"和"象征"色彩的作品，则惊喜万分，好似念了芝麻开门，得见奇珍异宝。所以毕业论文写了李贺，恨不得再写一篇李商隐，又特别看重南宋的咏物词，尤其是王沂孙的，觉得满是戈蒂耶和魏尔伦的味道。读到老杜这两句，也是赞叹不已：太阳和月亮，是竹笼中的两只鸟；苍穹和大地，是漂浮在水上的两片浮萍。多好的比喻，多现代的比喻，多大的气魄。然而诗的本意，却是王嗣奭《杜臆》说的："日月照临之下，身如笼鸟；乾坤覆载之中，迹若浮萍。"被困在笼子里的鸟、漂荡不能自已的浮萍，都是作者自喻。王嗣奭说，这是作者在形容自己的垂老飘零之状。句意本是颓丧低抑的，却有着吞吐江河的气魄，不能不使人惊奇和感佩。

迹若浮萍，用老杜另外的诗来写，就是"吾衰同泛梗"。这是《战国策》里最著名的典故之一。土偶和桃木偶互争高下，桃木偶看不起土偶，对土偶说：你不过是河岸上的土捏成的，到秋天，大雨连降，河水上涨，你被水一泡，就散架子了。土偶反驳道：你的命运还不如我呢，我本来就是土做的，被雨淋坏，被水泡散，不过回归原来的土而已。你呢，如果遇到风雨，落入河中，随水漂流，无穷无尽，入海方休，丝毫不能自主。李商隐在咏蝉诗里用了这个典故"薄宦梗犹泛，故园芜已平"，突出的都是人生的无奈和荒诞感。卡夫卡的短篇小说《猎人格拉胡斯》，写一个猎人死后不得安息，躺在一条小船里无可奈何地满世界漂流，整个儿就是这个典故的现代演绎。卡夫卡在那篇小说中，还特地用了庄子蝶梦的典故。

杜甫在诗中，喜欢用极阔大的背景，突出个人在大时代中的孤独和渺小，予读者以苍凉悲壮之感。同时，由于背景阔大，又体现出人的顽强和思想与人格的伟大。"江汉思归客，乾坤一腐儒""飘飘何所似，天地一沙鸥""此身饮罢无归处，独立苍茫自咏诗"，都是如此。对于创作，杜甫爱用"飞动"一词来形容，赠高适诗说："意惬关飞动，篇终接混茫。"以"篇终接混茫"来衡量一首诗，达到标准的，可谓万中无一。中国诗从《诗经》和《楚辞》开始，经两汉魏晋南北朝的发展，一千多年的事业在杜甫这里达到巅峰，他是当之无愧的集大成者。《寄刘峡州伯华使君四十韵》中赞扬刘伯华诗才的一段，正是他的夫子自道："雕刻初谁料，纤毫欲自矜。神融蹑飞动，战胜洗侵凌。妙取筌蹄弃，高宜百万层。"其中也用了"飞动"一词，这样的称许别人是当不起的。

杜甫写天地之大、个人之小，近似如今电影中常见的自空中俯拍的大全景镜头，万里春光骀荡之中，人渺渺如一芥。然后镜头快速旋转，边旋转边推进，推到原先几乎看不见的人物身上。先是孤立的身影，然后是茫然的面孔，待到面孔逐渐清晰而亲切，镜头垂直落下。我们的视角由俯视而平视，由平视而仰视，人物变得完整也变得磊落了。所以说，杜甫是最善于写登高的，即使在他还是二十多岁的小伙子时写的《望岳》中，就已经写得无比豪迈了。本来尚未登上泰山，只在山麓遥望，写到后来，遐想自己攀上峰顶，终于得以一览众山小——归根结底还是气势磅礴的俯瞰。

诗中用"自"字，也是杜甫的习惯，甚至可以说是他的酷爱。葛立方《韵语阳秋》卷一就指出：

老杜寄身于兵戈骚屑之中，感时对物，则悲伤系之。如"感时花溅泪"是也。故作诗多用一"自"字。《田父泥饮》诗云："步屧随春风，村村自花柳。"《遣怀》诗云："愁眼看霜露，寒城菊自花。"《忆弟》诗云："故园花自发，春日鸟还飞。"《日暮》诗云："风月自清夜，江山非故园。"《滕王亭子》诗云："古墙犹竹色，虚阁自松声。"言人情对境，自有悲喜，而初不能累无情之物也。

类似的例子，还能举出很多很多，如"寂寂春将晚，欣欣物自私"，如"暗飞萤自照，水宿鸟相呼"，如"盘涡鹭浴底心性？独树花发自分明"。

"自"有多种意思，在杜诗的这些例子中，"自"表示自然物，特别是有生命的鱼鸟和花草，处于一个相对独立于人类，因此也就是，相对独立于满目疮痍的人类社会的世界。面对这些美好的自然物，杜甫在欣赏和怜惜之外，也表达了羡慕之情。它们没有永无穷尽的感时的忧虞，没有《无家别》《新婚别》《垂老别》那样的人间生离死别，无须为贫富不均的社会而忧郁苦闷。它们顺应自然，齐观生死，它们的思虑达不到人类对于自身和社会的悲剧性认知，因此等于超脱了这些认知。一个"自"字，拉开了诗人和它们的距离，这种距离使它们成为诗人情感的圣哲般的映照，也成为近乎神性的慰藉。

叶梦得《石林诗话》卷下讲"炼"字，从另一个角度谈到老杜诗中的"自"：

> 诗人以一字为工，世固知之，惟老杜变化开阖，出奇无穷，殆不可以形迹捕。如"江山有巴蜀，栋宇自齐梁"。远近数千里，上下数百年，只在"有"与"自"两字间，而吞纳山川之气，俯仰古今之怀，皆见于言

外。《滕王亭子》"粉墙犹竹色，虚阁自松声"。若不用"犹"与"自"两字，则余八言凡亭子皆可用，不必滕王也。此皆工妙至到，人力不可及，而此老独雍容闲肆，出于自然，略不见其用力处。

诗中用"自"，有"我行我素"之意，不管是人还是花木虫鸟，一个"自"表示与外物的距离，显示了自我的独立性。因此很多时候，独立是孤傲的同义词，因为独立就是摆脱了羁縻和控制，不附属于他者。"帝力于我何有哉？"这就是"自"。"诸君北面，我自西向。"还是"自"。

杜甫熟读《文选》，二谢（谢朓、谢灵运）、阴铿、何逊、庾信，都是他苦学的对象。谢灵运的诗我理解不深，谢朓的诗，我觉得特别善用虚字。杜甫的五律和长篇的五古、五排，虚字也用得精彩。叶梦得说到的这一点，可以看出谢朓和杜甫之间的继承关系。老杜转益多师，谢朓对他的影响，往往被其他人掩盖。但谢朓的"大江流日夜，客心悲未央"，显然启发了他的"不尽长江滚滚来"，而且是对这句杜诗的极好诠释。杜甫的一些五律，章法也模仿谢朓。

心理学家说过"有意味"的误读，不知他们有没有说过"创造性"的误读和"个性化"的误读。人的个性有多强呢？看看李商隐、王安石、黄庭坚，还有陈与义、陈师道和陆游等人的学杜，彼此的差别可有多大。李商隐的诗是偏于柔弱和深婉的，可是换了别人用李诗集成几首七律，哀婉一变而为沉郁："九枝灯檠夜珠圆，衰容自去抛凉天。金舆不返倾城色，榆荚还飞买笑钱。若但掩关劳独梦，可能留命待桑田。壶中别有仙家日，省对流莺坐绮筵。""空中箫鼓几时回，哀痛天书近已裁。那解将心怜孔翠，不知迷路为花开。相如未是真消渴，江令当年只费才。大海龙宫无限地，远闻鼍鼓欲惊雷。"同样，也可以用李白的诗句集成香奁体。一首诗几百年上千年流传下来，经过了无数读者，每个读者都在创造他自己的李白和杜甫。只有在读者和他读到的诗人心心相印、合二为一之时，那些诗才是不朽的，因为它永恒的当代性而不朽。

2020 年 9 月 7 日

2023 年 5 月 5 日改定

岁暮咏怀

赵翼《瓯北诗话》卷四专论白居易诗,其中有两条"闲话"。一条说,白居易高寿,仕途虽小有波折,大致一帆风顺,官越做越大。历年所得的俸禄是多少,诗中记得清清楚楚。当校书郎:"俸钱万六千,月给亦有馀。"当京兆户曹参军:"俸钱四五万,月可奉晨昏。"做江州司马:"官品至第五,月俸四五万。"升到太子宾客分司,俸钱多至七八万。再到刑部侍郎,月俸是八九万。赵翼开玩笑说,这些诗句几乎可以当《职官志》《食货志》来读。

白居易不仅记录工资,还记下不同官职的品服。从开始做校书郎,到江州司马,穿青绿,留下"青衫不改去年身""折腰俱老绿衫中"的诗句,更有名的是《琵琶行》中的"江州司马青衫湿"。做到行军司马,改穿绯色。由忠州刺史除尚书郎,则又脱绯而衣青。升到主客郎中知制诰、加朝散大夫，则又着绯。除秘书监，始赐金紫。《初授秘监拜赐金紫闲吟小酌偶写所怀》诗很高兴地写："紫袍新秘监，白首旧书生。"白居易与元稹为好友，两人无话不谈。白居易常在诗中和"老元"比品服的高低，你追我赶，互有先后，但大多数时候，白居易落在后边。赵翼说，这些诗又抵得上一篇《舆服志》。

不厌其烦地记，说明有兴趣，也可能记事细致成了习惯。朱熹对白居易热衷仕途不以为然，说白居易这个人："人多说其清高，其实爱官职，诗中凡及富贵处，皆说得口津津地涎出。"古代士人，做官是唯一的出路，即使没有经国济世的志向，饭总是要吃的，谁敢说自己不爱官职呢。朱熹的意思，大概是做官也就做了，不要天天挂在嘴上。

品级高，宦囊才丰足。有钱好办事，没钱只好喝西北风。有了钱，起楼台，蓄家伎，品茶饮酒，观书赏画，才能一项项落实，把日子过得雍容闲雅、诗情画意。有哪个诗人愿意做挨饿受冻的孟郊，而不愿意做一辈子富贵悠闲的晏殊呢？

方回在《瀛奎律髓》的冬日类，选了白居易的《戊申岁暮咏怀三首·其一》。

穷冬月末两三日，半百年过六七时。

龙尾趁朝无气力，牛头参道有心期。

荣华外物终须悟，老病傍人岂得知。

犹被妻儿教渐退，莫求致仕且分司。

诗里说，年纪大了，身体不好，再在官场上混，好比逆水行舟，已经有心无力。他只想参参禅，悟悟道，过清净日子，可是老婆孩子不答应，说退也只能慢慢退，哪怕任个闲职，不能一下退到底，退成一穷二白。

白居易似乎想说，假如没有家人拖后腿，他是可以做到无官一身轻的。其实不然。人老了，体弱多病，需要照顾，衣食住行，要求更高，这些都必须以经济为基础。无官一身轻的前提，是有了充足的积蓄。

这首诗的中间两联，后人称赞不已。龙尾用鱼豢《魏略》的典故。华歆与邴原、管宁俱游学，三人相善，时人比他们三人为一条龙，华歆为龙头，邴原为龙腹，管宁为龙尾。龙尾在三人中最差，白居易这么说是谦辞。但管宁确实和显贵的华歆不同，他做了一辈子隐士。牛头指牛头禅，是法融禅师在润州牛头山开创的禅宗派别。用典取牛头禅，是为了和龙尾对仗。查慎行称赞"老病傍人岂得知"语浅情真。人老了，处处力不从心，"壮怀不已"四字，说起来豪迈，实行起来难。白居易作此诗时，年已五十七岁。第二首说得明白："唯生一女才十二，只欠三年未六旬。"查慎行大约也到了差不多的年纪，方回本人也是。方回称赞这首诗"言言能道心事"，又说："予年五十七岁选此诗，深愧之。"为什么惭愧？是写不出这么好的诗，还是做人达不到这样的境界？

赵翼说白居易出身贫寒，生活容易满足，钱多高兴，钱少也能将就。这就是诗中所谓的"饥寒心惯不忧贫"。苏轼很佩服白居易这一点。读白居易，想到陆游的《冬日感兴十韵》，也是收在《瀛奎律髓》里的。

雾雨天昏暗，陂湖地阻深。

蔽空鸦作阵，暗路棘成林。

有客风埃里，频年老病侵。

梦魂来二竖，相法欠三壬。

旧愤开孤剑，新愁感断砧。

唐衢惟痛哭，庄舄正悲吟。

瘦跨秋门马，寒生夜店衾。

但思全旧璧，敢冀访遗簪。

楼上苍茫眼，灯前破碎心。

长谣倾浊酒，慷慨压层阴。

陆诗很情绪化，和白居易的散淡不同。他是这种性格，高兴和悲伤都掩饰不住。"二竖""三壬"和"龙尾""牛头"一样，是天造地设的好对子。"二竖"出自《左传·成公十年》：

> 公梦疾为二竖子，曰："彼，良医也。惧伤我，焉逃之？"其一曰："居肓之上，膏之下，若我何？"医至，曰："疾不可为也，在肓之上，膏之下，攻之不可，达之不及，药不至焉，不可为也。"

在梦里，疾病变成两个坏小子，躲到医生无能为力的地方，即所谓膏肓之间。"三壬"出自《三国志·管辂传》：

> 吾额上无生骨，眼中无守精，鼻无梁柱，脚无天根，背无三甲，腹无三壬，此皆不寿之验。

腹有三壬，术士的解释是下腹部肥大。大腹便便是长寿相，现代人肯定不认可。陆游活了八十六岁，在古代诗人里不是一般的高寿。他担忧自己活不长是过虑了。他经历的事情多，忧国忧民忧自己。俗语说忧能伤人，但陆游虽然是情绪型的人，却随和知足，喜交游，爱读书，兴趣广泛，所以忧愁最终未能伤他，反倒是滋养了他。苏轼的好友张耒符合三壬的标准，黄庭坚形容他胖得像弥勒佛，像布袋和尚，然而张耒活了六十一岁，远不如陆游。身体的事，谁能说得清呢。

养生专家申申告诫，冬天是进补以颐神养气的时候，这话无论是在白居易还是陆游看来，移用于读书作文也适宜。天寒风紧，什么都比不上一锅热腾腾的涮羊肉、一壶烫好的清酒，外加酒足饭饱之后一本灯下读不完的厚书。

2019 年 3 月 12 日

雪境和雪诗

宋朝文人大多生活优渥，咏物诗写得多、写得细，又爱比拼技巧。宋末元初人方回的《瀛奎律髓》，按题材分类编选近体诗，咏雪和咏梅诗蔚为大观。雪诗里他选了曾几的《雪作》，誉为南宋"雪诗之冠"：

卧闻微霰却无声，起看阶前又不能。

一夜纸窗明似月，多年布被冷于冰。

履穿过我柴门客，笠重归来竹院僧。

三白自佳晴亦好，诸山粉黛见层层。

品评《瀛奎律髓》时动辄和方回唱反调的纪昀，对这首诗也赞赏不已，说它："浅语，却极自然；熟语，却不陈腐。此为老境。"

南宋的雪诗，《瀛奎律髓》选了陆游七首，其中《大雪》和《雪中作》，一以描写胜，一以寓意胜，都称名作。但陆游任何时候都忘不了言志写怀，《大雪》结句说："此生自笑功名晚，空想黄河彻底冰。"这是我常说的"实结"，意思要足，要新，不用套话，不用寻常收束语。而曾几的诗，纯是诗人雅致，题为《雪作》，就只要写出下雪时的情景、人的感受和联想。咏物诗有寓意当然好，但滥加比附，也是俗套。没有寓意，状物求工，写出一种情调，何尝不可？好的诗，不能简单地以有无寓意为标准。工笔写意，各有所长，环肥燕瘦，各有其态。方回的称赞，应是就状物和情调而言。

说曾几这首诗是南渡雪诗之冠，没有问题，但不能说是宋诗之冠。因为在北宋，有苏轼和黄庭坚在前，几乎高不可攀。纪昀说曾几比苏黄自然，这话也对也不对。说对，苏黄确实用力。曾几当然也用力，但诗艺炉火纯青，可以用力无痕，这一首尤其如此。苏黄也能无痕，但各自的雪诗，是力大势沉的，不求闲雅淡定。再者，东坡豪迈潇洒，和曾几的风格不一样，即使是清水出芙蓉一般的作品，还是气度难掩。黄庭坚稍有不同，他是倔强险峻的，还有耐嚼的老辣。有时候，他就是要把斧凿痕一沟一壑地摆在那里，构成风景的一部分。黄庭坚的一首是《咏雪奉呈广平公》：

连空春雪明如洗，忽忆江清水见沙。

夜听疏疏还密密，晓看整整复斜斜。

风回共作婆娑舞，天巧能开顷刻花。

正使尽情寒至骨，不妨桃李用年华。

这首诗中二联特别好。颔联连用叠字，你能说他不用力？但刻画下雪，无比传神。如此，则用力有何不可，有何不好？韩愈《调张籍》诗里说，生于李杜之后，读李杜的作品，想象其大匠运斤时的风姿："徒观斧凿痕，不睹治水航。想当施手时，巨刃磨天扬。垠崖划崩豁，乾坤摆雷硠。"就是说由他们用力的痕迹而想象到他们当初开创时的壮观。很多人但知不假雕琢好，不知道雕琢也是一种美。美是结果，与创造方式无关。

东坡的雪诗是《雪后书北台壁》：

黄昏犹作雨纤纤，夜静无风势转严。

但觉衾裯如泼水，不知庭院已堆盐。

五更晓色来书幌，半夜寒声落画檐。

试扫北台看马耳，未随埋没有双尖。

这是第一首，第二首不同韵：

城头初日始翻鸦，陌上晴泥已没车。

冻合玉楼寒起粟，光摇银海眩生花。

遗蝗入地应千尺，宿麦连云有几家。

老病自嗟诗力退，空吟冰柱忆刘叉。

后来再用韵又作二首。其二云：

九陌凄风战齿牙，银杯逐马带随车。

也知不作坚牢玉，无奈能开顷刻花。

得酒强欢愁底事，闭门高卧定谁家。

台前日暖君须爱，冰下寒鱼渐可叉。

"顷刻花"，用殷七七的典故。五代沈汾《续仙传》记载，殷七七是唐代道士，名文祥，传说为仙人，"每日醉，自歌曰：'琴弹碧玉调，药炼碧玉砂。解酝迮巡酒，能开顷刻花。'"人家酿酒需要时间，他不需要，顷刻可成。花应时而开，他可以随时让花开。武后冬天要赏牡丹，如果殷七七在，就不成问题了。这个典故，东坡诗中也用了。纪晓岚说，山谷用"天巧能开顷刻花"，不出意料，有点俗了，东坡换两个字，说"无奈能开顷刻花"，句子顿时活了。这里的区别，其实是山谷实写，东坡虚写，山谷正写，东坡反写。山谷说天巧，是赞赏之意，东坡说无奈，是感叹之意，观其前后句"不作坚牢玉"和"得酒强欢"可知。

王安石对苏轼四首诗中押花字韵的两首特别欣赏，一口气和了五首。此后余兴不减，又再次韵一首。荆公一和再和，除了欣赏苏诗，还有一个原因就是原韵甚险，又字很不好押，偶尔一次还好办，连续用就要命了。李清照就曾在《念奴娇·春情》词里以写诗用险韵自夸："险韵诗成，扶头酒醒，别是闲滋味。"可见很多人都有此癖好。东坡的原作，方回说是"才高气雄，下笔前无古人"。荆公好胜，忍不住要试试自己的手段。他的六首，仿佛久未遭逢对手的武功大师，突遇劲敌，在对方激发之下，精神抖擞，奇招层出。其中超绝的想象力，令人目眩神迷。

读眉山集次韵雪诗五首

其二

神女青腰宝髻鸦，独藏云气委飞车。

夜光往往多联璧，白小纷纷每散花。

珠网缅连拘翼座，瑶池淼漫阿环家。

银为宫阙寻常见，岂即诸天守夜叉。

其三

惠施文字黑如鸦，于此机缄漫五车。

皭若易缁终不染，纷然能幻本无花。

观空白足宁知处，疑有青腰岂作家。

慧可忍寒真觉晚，为谁将手少林叉。

其五

戏摇微缟女鬟鸦，试咀流酥已颊车。

历乱稍埋冰揉粟，消沉时点水圆花。

岂能舴艋真寻我，且与蜗牛独卧家。

欲挑青腰还不敢，直须诗胆付刘叉。

　　读来如读奇幻小说，如读《酉阳杂俎》，匪夷所思，而又禅意十足。王苏二公才力宏大，学问渊博，才能玩得这样得心应手。

　　韩愈的五言雪诗，蔚为大观，宋人咏雪，几乎没有和他不沾边的。他的《喜雪献裴尚书》中有两句很有名："骋巧先投隙，潜光半入池。"陈师道把它变为："漫山塞壑疑无地，投隙穿帷巧致身。"《春雪》中的"到江还作水，着树渐成花"，苏黄进一步，变成"顷刻花"。《咏雪赠张籍》中"威贪陵布被"（还有老杜的"布衾多年冷似铁"）先被东坡用作"但觉衾裯如泼水"，又被曾几在这里用作"多年布被冷于冰"。《春雪》的"遍阶怜可掬"，多少启发了东坡的"台前日暖君须爱"和曾几的"起看阶前又不能"。他的

"随车翻缟带，逐马散银杯""入镜鸾窥沼，行天马度桥"千古传诵，东坡的"银杯逐马带随车"就直接搬用了。韩愈这几句是以描写细致生动著称的，东坡自己的"映空先集疑有无，作态斜飞正愁绝"也非常好。

再进一步说，《雪作》的第一句"卧闻微霰却无声"和陶渊明的"倾耳无希声，在目皓已洁"，也应该有些关系。韩愈也写了"气严当酒换，洒急听窗知""当窗恒凛凛，出户即皑皑"。

雪后的酷寒天气里读唐宋人的雪诗，惊讶于自己的迟钝，大概滞泥在无可逃避的庸碌琐事中太深了。多年前的那种欲雪天气，窗外灰蒙蒙的，忽然觉得日子是那么索然无味，对于一辈子热心的事情，也觉得没有意义。听了整整一个下午的贝多芬四重奏，也可能是莫扎特的弦乐五重奏，仿佛慢饮过一壶混浊的米酒，身上有了初次读罢武松打虎一章后的痛快感觉。

俄国导演塔科夫斯基在谈电影画面的文章中提到过一首日本俳句：

> 不，不是我家。
> 那把滴答着水的雨伞
> 踱向隔壁去了。

这和曾几诗中的"履穿过我柴门客，笠重归来竹院僧"相映成趣。一个写雨，一个写雪，雨有声而雪无声，同样的是都有陌生人的脚步从门前过去了。

2015 年 12 月 14 日夜

苏轼与《赤壁赋》

一、五次赤壁之游

自元丰三年（1080）二月至元丰七年（1084）四月初，苏轼在黄州住了四年零两个月。在此期间，城西北长江边上的赤壁，是他经常游览的地方。他不仅喜欢这里的开阔景色，周瑜破曹的三国古战场传说，又容易引发他关于兴废成败的遐想。心肠好而又富于才情的人，多半有孩子气，许多看似矛盾的方面集于一身，聪明时是聪明到极点，单纯时是单纯得仿佛不食人间烟火。苏轼爱玩，也会玩，兴趣广泛。赤壁岸边到处散落着漂亮的鹅卵石，有些像玉一样温润晶莹，浅红深黄，色彩美丽，有些带着指纹一样细细的纹理。他每次去，都挑拣一些带回，日积月累，竟然积攒了两百七十多枚，用一只古铜盆注满清水养着。据他向人夸耀，其中最精彩的一枚，活脱一个老虎或豹子头，口鼻俱全，甚至还有一双炯炯有神的眼睛。

四年里去过赤壁多少次，恐怕他自己都记不清了。他在《记赤壁》一文里说，这里"断崖壁立，江水深碧"，风平浪静的日子，"辄乘小舟至其下"，然后舍舟登岸，凭高望远。来的次数多了，他对赤壁一带极为熟悉。赤壁下有个徐公洞，虽然叫洞，其实不是洞穴，只因山石曲折深邃，给人山洞的神秘之感，因此得名，还攀上古时一个姓徐的名人。山顶有鹰巢，住着一对鹰。这是他见过的，后来几次写到。据说还有两条蛇，有人见过，他没有。

他在诗文里明确记述的赤壁之游，至少有五次。第一次是元丰三年，也就是他初到黄州那年的八月，是和儿子苏迈划着小船去的。其后两次，分别在元丰五年（1082）七月和十月，与朋友同游。这三次都是夜游，后两次夜游的结果，便是著名的词《念奴娇·赤壁怀古》和两篇《赤壁赋》。第四次仍在元丰五年，那年十二月十九日是他四十七岁生日，当天，朋友们特地在赤壁下为他置酒庆生。

第一次的父子同游，苏轼在回复友人参寥子的问候时有过简单的记述：其时他住的地方离江边不远，划着小船就去了。八月初，不到十天就是中秋。"秋潦方涨，水面千里，月出房心间，风露浩然。""西望武昌，山谷乔木苍然，云涛际天。"后来这两段描写略加修饰，都用在《赤壁赋》里。大约节候相近，所见景致亦无大异。"西望武昌"，在赋里是"东望武昌"，或是船在江中从流漂荡，观察方位不同的缘故。

苏轼父子经常夜游，越是险怪之处，越是喜欢趁月色明亮的夜晚去，大概月下景色别具幽趣，也更有惊险之感。四年后写的《石钟山记》，记载另一次探险，也是他"独与迈乘小舟至绝壁下"，所见情景酷似《后赤壁赋》中所写："大石侧立千尺，如猛兽奇鬼，森然欲搏人。而山上栖鹘，闻人声亦惊起，磔磔云霄间。"渲染得有声有色，令读者身临其境，连山上栖息的猛禽被惊起的细节都一样。

第二次和第三次之游，两篇《赤壁赋》已有描写。前赋所记那一次，我们只知道同游者中有此前不久才从庐山来探望苏轼的四川绵竹武都山道士杨世昌，他在苏家住了大约一年。所以，七月和十月的两次赤壁之游，他都在场，前赋中的吹箫者就是他。文中既然写"客有吹洞箫者"，可见客人不止一人。后赋之游，除了杨道士，其他人的名字苏轼也没提。当然，我们可以猜测，苏迈每一次都参加了。

第四次即十二月十九日的那次，时间应该是在白天，因为同游的人全都兴致勃勃地登上了山顶，"踞高峰，俯鹊巢"。而不是像后赋里，只有苏轼仗着酒意，独自冒险去攀爬。而且上去后，四顾无人，景色过于凄清，心中凛然，顿觉惊惧，很快就退下来了。当苏轼和朋友们把酒临风、谈笑正欢的时候，江上远远传来笛声。在座的郭遘和古道耕，是苏轼在黄州新交的朋友，都妙识音律。他们说，笛声颇有新意，非俗人所能为。近前打听，方知是年轻的进士李委。他早就仰慕苏轼，听说当天是苏轼生日，特地作了一首新曲《鹤南飞》，前来助兴。《鹤南飞》之后，李委另外演奏了几首曲子，"坐客皆引满醉倒"。趁着大家兴致正高，李委请求苏轼为他写一首诗，苏轼当即吟出一首《李委吹笛》，诗曰：

> 山头孤鹤向南飞，载我南游到九疑。
>
> 下界何人也吹笛，可怜时复犯龟兹。

再过一年，元丰六年（1083）八月五日，苏轼还有一次赤壁之游，也是第五次赤壁之游，具体经过见苏轼写给范子丰的信。其时李委即将离开黄州，前来与苏轼告别，他们再一次"小舟载酒饮赤壁下"，李委吹笛，"酒酣，作数弄，风起水涌，大鱼皆出。山上有栖鹘，亦惊起"。

这个栖鹘，苏轼总是忘不了。每次谈及，怜惜之情，溢于言表。他津津乐道，后人也爱屋及乌，把它当成心头的挂念。吴曾《能改斋漫录》里说："东坡谪居于黄五年，赤壁有巨鹘，巢于乔木之巅。后赋所谓'攀栖鹘之危巢'是也。韩子苍靖康间守黄州，因游赤壁，而鹘已去。"韩子苍即韩驹，著名诗人。他是苏轼的四川老乡，早年作诗学苏轼，后来受过黄庭坚的影响，因此被吕本中列入江西派，但他自己并不乐意。靖康到元丰六年，过了四十余年，鸟寿有限，巨鹘即使没有迁移，大概也已作古了。为这事，韩驹还写了一首游赤壁诗赠给何次仲："岂有危巢尚栖鹘？亦无陈迹但飞鸥。"感叹说，不仅栖鹘不见，连东坡先生的遗迹也荡然无存了。

苏轼文中提到赤壁山顶的鸟，都是鹘，也就是一种鹰。唯有《李委吹笛》诗的小引里写作"俯鹊巢"，这里的"鹊"大概是"鹘"字的误写。

二、《赤壁赋》与《月赋》

《赤壁赋》横空出世，宛如天外之音，后人叹赏之余，不免议论纷纷，都想为这篇千古奇文找出点来历，发现一条直达玄秘之境的门径。词人周密说《赤壁赋》多用《史记》语（其实苏轼最爱《汉书》，还有《后汉书》），后赋末尾的"开户视之，不见其处"，很像《神女赋》，他因此得出结论，说苏轼是"以文为戏"。罗大经也认为苏轼作文"步骤太史公"，具体而言，《赤壁赋》与《伯夷传》"机轴略同"，都是不拘常格，以虚为实，议论与叙事水乳交融，笔致流转灵动。南宋学者、苏轼的眉山老乡史绳祖说，前赋自"惟江上之清风"至"相与枕藉乎舟中，不知东方之既白"，是把李白的"清风明月不用一钱买，玉山自倒非人推"两句十六个字，演绎成七十九个字，青出于蓝，更加奇妙。话当然没错，可是这个意思，早在王羲之的《兰亭序》中就已经有了。《赤壁赋》中"惟江上之清风，与山间之明月，耳得之而为声，目遇之而成色，取之无禁，用之不竭，是造物者之无尽藏也，而吾与子之所共食"，不就是《兰亭序》中"仰观宇宙之大，俯察品类之盛，所以游目骋怀，足以极视听之娱，信可乐也"吗？

归有光说《赤壁赋》脱胎自陶渊明的《归去来兮辞》。如就文章"潇洒夷旷，无一点风尘俗态"而言，两篇《赤壁赋》和陶文都有近似之处，但也仅此而已。无论文章的思路和章法，还是文中表现的情绪，都与陶文没多大关系。《归去来兮辞》通篇洋溢着脱出樊笼、复归自然的轻快情绪，两篇《赤壁赋》则是无可奈何中的自我安慰、故作旷达，而难掩内心的伤感（前赋）和忧惧（后赋）。要说《赤壁赋》确实有所仿效，仿效的是谢庄的《月赋》。前赋与《月赋》的关系，正如王勃的《滕王阁序》与王简栖的《头陀寺碑文》。

两篇《赤壁赋》同是记游，但侧重点不同。后赋偏重记事，前赋偏重议论。前赋背景紧扣月亮来写，实际上正可作一篇《月赋》看，措辞和命意多有借鉴谢赋之处。譬如"白露横江，水光接天"两句，便自谢赋的"白露暧空，素月流天"化出。谢赋中，陈王曹植望月有怀，背诵《诗经》中的咏月名作，其中的"殷勤陈篇"，即《陈风·月出》。"月出皎兮，佼人僚兮，舒窈纠兮"三句，引起后文思念的话题。苏赋的"诵明月之诗"，说的也是这首诗。前赋中的歌"桂棹兮兰桨，击空明兮溯流光。渺渺兮予怀，望美人兮天一方"，更和谢赋中的前歌如出一辙："美人迈兮音尘阙，隔千里兮共明月；临风叹兮将焉歇？川路长兮不可越。""隔千里兮共明月"一句，还被苏轼化用到寄赠弟弟苏辙的那首众口传诵的中秋词中，"千里共婵娟"遂成千古名句。

三、望美人兮天一方

这里还要提到一点：所谓远方美人，过去多认为如同在屈原赋中，借指君主。作《赤壁赋》时，苏轼因乌台诗案被贬，远离京城而不忘君，当然很可理解，苏轼自己也经常谈到。到黄州不久，他就在致好友王定国的信中，称赞王定国有如杜甫，虽处困穷之中，一饮一食，未尝忘君，每封信"皆有感恩念咎之语，甚得诗人之本意"，说自己虽然不肖，"亦尝庶几仿佛于此也"。但美人指美好之人，可以是君王，也可以是朋友和兄弟。南北朝直到唐宋诗歌中的"美人"，多指志同道合的朋友。谢庄赋中虚拟的情景，是曹植由于多位好友的故世，"悄焉疚怀，不怡中夜"，于是赏月遣愁，并请王粲作赋。王粲歌中遥不可及的美人，既指生死永隔的故人应场和刘桢，也指分散在异地不能相见的兄弟如白马王曹彪等。乌台诗案，很多人受到苏轼的牵连，其中与他关系最亲近的王晋卿和王定国，受处罚最严重，一个被削除所有官爵，一个被流放到宾州。弟弟苏辙也被贬官到筠州。他此时的处境，和遭受猜忌的曹植颇为相似。赋中怀念的美人，显然意指这些亲友更贴切，也更符合前赋的整体气氛。

人的情绪是复杂的，对于同一件事，今日与昨日，昨日与明日，想法都可能不同。即使是完全相反的想法，也不能说一个必真，一个必假，因为它们都是一时一刻的心境的真实体现。就像白居易说的，中国的知识分子，穷则独善其身，达则兼济天下，永远存在着双重选择，端看时势如何。自孔子以来，一贯如此。即使杜甫，最关心时政和民生疾苦的诗人，也有很多时间，想到的只是天各一方的弟妹，只是艰难生活中一点小小的田园之乐。所以，特定的意象、比喻、典故、情境，具体所指要放在上下文的关系中，放在文本特定的情绪氛围里，才能做出恰当的理解。《赤壁赋》不像杜甫那些关心时事的咏怀诗，抒发"致君尧舜上，再使风俗淳"的理想，而是表达了一种流连风月、看淡荣辱的出世情怀。

这种情怀，我们可以用其元丰三年的《答李端叔书》为证。苏轼在信中说自己："自得罪以来，深自闭塞，扁舟草履，放浪山水间，与渔樵杂处，往往为醉人所推骂，辄自喜渐不为人识。"又说，名高必招嫉妒，不如默默无闻："轼每怪时人待轼过重。"弹劾苏轼的何正臣、李定和舒亶，其中舒亶就是一位非常有才气的文学家，诗词都不错。他的札子明显与李、何二人不同，很专业地抠苏诗的字眼，非置苏轼于死地不可。这就是一个才名不及者的狂热妒恨。苏轼愿意"不为人识"，虽是愤激之辞，却也发自内心。然而无名可以借炒作来出名，一个凭作品已经深获天下敬仰的人，难道可以通过反炒作来使自己重新"泯然众人"吗？

有一个与《赤壁赋》相似的例子，是他的《西江月·黄州中秋》。有学者认为这首词作于元丰三年八月十五。开头两句是"世事一场大梦，人生几度秋凉"，结尾两句是"中秋谁与共孤光，把盏凄然北望"。按词意，很显然地，这个"北望"中的不能同杯共盏的知心人，如胡仔《苕溪渔隐丛话》所指出的，系指弟弟苏辙。但也有人认为，苏轼谪居黄州，郁郁不得志，"凡赋诗缀词，必写其所怀，然一日不负朝廷。其怀君之心，末句可见矣"（胡仔《苕溪渔隐丛话》引杨湜《古今词话》）。其实，我们稍稍想一想就能知道，且不管开头人生如梦的感慨，就说这"把盏凄然北望"，如果所望的是君王，凄然二字用在前头，无论如何也是不妥当的。

更能说明问题的是作于元丰五年九月，也就是作于前后《赤壁赋》之间的《临江仙·夜归临皋》，词中意思也正好上承前赋——游仙的幻想引出出世的念头，下启后赋——知身不由己，不能自主，乃拘于外物之故，醉中悟道，醉即是梦。这首词的核心思想"长恨此身非我有"，和两赋一样，也是化用《庄子·知北游》的原句："舜曰：'吾身非吾有也，孰有之哉？'曰：'是天地之委形也。'"

正因为前后两赋抒发的个人情感并不那么"积极向上"，并不那么"主旋律"，甚至关于曹操的那些议论，还有可能被人认为是借古喻今、语含讥刺："固一世之雄也，而今安在哉？"很像针对当政者而发的。蔡京专权时，就有人因类似言论而被追究直至杀头。而自北宋末年到南宋的大部分时间，告密相当普遍，秦桧和史弥远时期尤其盛行。文人之间有私怨的、没有私怨却别有所图的，动不动就去举报别人诗文中的"违禁"之处。早先，表兄文同就告诫过苏轼："北客若来休问事，西湖虽好莫吟诗。"北客指的是从北边汴京来的人、从朝廷来的人，遇到他们，千万别问有关朝政的事；身在杭州，西湖虽美，还是不写诗为好，容易落下话柄。到苏轼晚年，好友郭祥正还不断提醒他："莫向沙边弄明月，夜深无数采珠人。"我读到"夜深无数采珠人"这一句，真是感慨万分。众目睽睽，人焉廋哉？采珠人的眼睛是雪亮的。难怪苏轼在《志林》和题跋中反复提到"忧患之余"，提到"平生遭口语无数"。再怎么说，就算天下识字者都是欧阳修那样的正人君子，《赤壁赋》也绝不会让人读过之后产生"苏轼终是爱君"（宋神宗语）的印象。苏轼对此自然心知肚明。发牢骚在熙朝盛世，不，在任何朝代，肯定都是不讨好的事，因此也是危险的事。所以在赋成后的次年，即元丰六年，当他应友人"钦之"请求，为之书写《赤壁赋》时，便很慎重地嘱咐对方不要拿给别人看："轼去岁作此赋，未尝轻以示人，见者盖一二人而已。钦之有使至，求近文，遂亲书以寄。多难畏事，钦之爱我，必深藏之不出也。"

这个钦之，现在一般认为就是傅尧俞，北宋仁宗、英宗、神宗、哲宗四朝重臣，和苏轼一样，也是新法的反对者。苏轼为他抄写的《赤壁赋》，现藏台北故宫博物院。谁能想到千古名篇的《赤壁赋》居然也是敏感文章呢。

四、虚而遨游

苏轼自小喜读庄子，两赋取意庄子之处，比比皆是。前赋主人与客的对话，大部分意思直接取自庄子的《秋水》。客所说的"寄蜉蝣于天地，渺沧海之一粟。哀吾生之须臾，羡长江之无穷。挟飞仙以遨游，抱明月而长终"，十分切合道士的身份。可见这个客，就是杨世昌。苏轼与李白不同，虽然亲近道教，却不虔信，长生久视，羽化登仙，不是他意之所在。李白以此来抵抗俗世，故能超然出尘。苏轼却甘心在人世，他的洒脱和解放是内心的觉悟。这个觉悟，回归到庄子那里，就是海神所讲的："大知观于远近，故小而不寡，大而不多：知量无穷。证向今故，故遥而不闷，掇而不跂：知时无止。察乎盈虚，故得而不喜，失而不忧：知分之无常也。明乎坦涂，故生而不说，死而不祸：知终始之不可故也。"苏轼的精神根基，便在此处。

但赋中也有一些不容易看出来自庄子，或看出了却未能尽得其意的地方。比如"盖将自其变者而观之，则天地曾不能以一瞬"一段，句式和用意均仿《德充符》中的"自其异者视之，肝胆楚越也；自其同者视之，万物皆一也"。宋人指出这一点，今天的各种注本也都注明，但《德充符》在这段文字之前还有一段话："仲尼曰：'死生亦大矣，而不得与之变，虽天地覆坠，亦将不与之遗。审乎无假而不与物迁，命物之化而守其宗也。'"这个意思就是苏轼所说的"物与我皆无尽也"。守其宗，不与物迁，就是人的永恒。

再如"浩浩乎如冯虚御风，而不知其所止"这两句，"御风"自然是用《逍遥游》中"列子御风"之典，但"不知其所止"也有讲究，即庄子所说的"乘天地之正，御六气之变，以游无穷"。《后赤壁赋》中的"反而登舟，放乎中流，听其所止而休焉"意思近似，出于《列御寇》："巧者劳而知者忧，无能者无所求。饱食而遨游，泛若不系之舟，虚而遨游者也。"不知所止，一层含义是无穷，另一层含义是顺其自然，所谓"野渡无人舟自横"。无人即无心，无心才能"自横"。苏轼在《十八大阿罗汉颂·第九尊者》中也说"空山无人，水流花开"，是得到大自在之意。前后《赤壁赋》文不对题，题目是赤壁，写的却是赤壁之游。然而赤壁也好，赤壁之游也好，都是比喻。"虚而遨游"四字，正是两赋的主旨。

五、"共适"还是"共食"?

苏诗多异文，苏文亦然。异文多的原因，一是传抄的错误；二是后人自以为是的修改，其中有改得好的，也有改得不好的，但即使改得比原文更好，也不能成为取代真本的理由；三是作者自己的修改，杜甫和苏轼都喜欢反复修改作品，所以常有不同稿本并存的情况。《赤壁赋》最有争议的是"造物者之无尽藏也，而吾与子之所共适"这一句。现在的大多数选本中，都作"共适"。但传世的苏轼手迹中，却都写作"共食"。孔凡礼先生点校的《苏轼文集》，就将"适"字改回"食"字，并在注释中说："'食'原作'适'，今从集甲卷十九、《文鉴》、三希堂石刻。"至于改的理由，孔凡礼征引了多家旧说，最重要的两条，一是《朱子语类》卷一百三十记载："尝见东坡手写本，皆作'代'字、'食'字。"当年苏季真刊刻东坡文集时，问东坡"食"字之义。答之曰："如食邑之食，犹言享也。"说明苏轼的手稿上这个字是写作"食"的，周代之卿大夫世代以采邑为食禄，拥有食税权，称为食邑，食的意思是享用。段晓华教授说，苏轼自言"如食邑之食"，自我调侃，甚为风趣。其次是清代李承渊《古文辞类纂》校勘记中记载，桐城派大师刘大櫆解释

"食"，还有另外一层意思，引明人娄子柔的话说，佛经有"风为耳之所食，色为目之所食"语，东坡盖用佛典云。

我最早留意此事，是读了清末书画收藏家裴景福的《河海昆仑录》。裴景福说：

> "食"字寻常刻本均作"适"，明以来书家屡书之亦同，吾见东坡墨迹书《赤壁赋》者二，均作"食"。其最初本为元丰甲子将去黄州前数日书赠潘邠老者，指顶楷书最精，藏予壮陶阁。前明入凤洲尔雅楼，后有贾秋壑印，亦作"食"字，与三希堂本同。按：耳食出《史记》，人所共知也，而《阿含经》云：眼以色为食，耳以声为食，又目以睡为食，亦本佛经，周栎园曾引之。是"共食"二字，上顶"耳目"句，句法最为精密。若用"适"字，便少味。

裴景福也说到苏轼的墨迹写作"共食"，其中一幅是苏轼在离开黄州前几天抄赠好友潘大临的。这一幅不知是否尚存。另外，裴景福是桐城派文人，桐城派作文章讲究义法，他读文章，注意文章的规范。对于《赤壁赋》中用"食"字，他就有个很好的看法："食"字既然出于佛典的"眼以色为食，耳以声为食"，那么"共食"两字正好紧扣前文的

"耳得之而为声，目遇之而成色"，如果用"适"，就照应得没那么好。

看了诸家征引的宋元明人的意见，给我的感觉是，赞同用"适"字的都是明以后人，宋人则觉得原文作"食"字没有疑问。裴景福也说，只有明朝以来的书法家抄写时才把"共食"写成"共适"。我去查了查，直到元人赵孟頫的《前后赤壁赋帖》，这句话还是写作"共食"的。据此猜想，这个"适"字，可能真是明人刻书时改的。明人喜欢改古人的书，一是常把比较生僻的字改成比较通俗的字，二是把他们觉得太俗的字改成比较"雅"的字。他们不知古人的用字有很多是看似极俗而实际上藏着出处的，"食"字就是如此。

改用"适"字，理由很明显，因为这是庄子书里多次出现的一个重要的字，既能和苏轼喜欢庄子联系上，庄子用"适"字的几处，意思和《赤壁赋》也能契合。庄子用"适"，主要为以下四处：

> 古之真人，不知说生，不知恶死。其出不欣，其入不距。翛然而往，翛然而来而已矣。不忘其所始，不求其所终。受而喜之，忘而复之。是之谓不以心捐道，不以人助天，是之谓真人。……若狐不偕、务光、伯夷、叔齐、箕子、胥余、纪他、申徒狄，是役人之役，适人

之适，而不自适其适者也。(《大宗师》)

忘足，履之适也；忘要，带之适也；知忘是非，心之适也；不内变，不外从，事会之适也。始乎适而未尝不适者，忘适之适也。(《达生》)

夫不自见而见彼，不自得而得彼者，是得人之得而不自得其得者也，适人之适而不自适其适者也。夫适人之适而不自适其适，虽盗跖与伯夷，是同为淫僻也。(《骈拇》)

生有为，死也。劝公，以其死也，有自也；而生阳也，无自也。而果然乎？恶乎其所适？恶乎其所不适？天有历数，地有人据，吾恶乎求之？(《寓言》)

"适"的本义是往、到、归，引申为符合、适合、舒适、安适。前引庄子三例，第一例和第三例中，"适"的意思都是安适，第二例中，"适"的意思是合适。第四例中，"适"是去往的意思，与苏文关系不大。陶潜诗有"美酒聊共挥"的句子，江淹所拟的《陶征君潜田居》，变一下意思，改为"浊酒聊自适"。这里的"适"，还是舒适闲适之意，亦即舒适地享受。李白《淮南卧病书怀寄蜀中赵徵君蕤》诗曰："故人不可见，幽梦谁与适。""适"有共享之意。这两个例子与《赤壁赋》"吾与子之所共适"一句，用法完全相同。所以后人将苏赋中的"共食"改为"共适",道理也很简单,因为"共适"更容易理解,看上去更雅,然而意蕴较之含有那么多层典故的"共食",毕竟差了一等。

退一步说,就算"适"字源出庄子,又有江淹、李白的诗句在前,和"食"字相比,毫不逊色,就算我们可以假定是苏轼后来把"食"改为"适",但毕竟没有证据。而唯一确定无疑的是苏轼的手迹,是他自己明确无误地写作"共食"。

2020 年 5 月 19 日

7 月 28 日改

《后赤壁赋》中的鹤

从作文的角度来看，前后两篇《赤壁赋》，前赋精心结构，章法谨严，是南朝抒情小赋的路子，后赋更像小品，不经意写来，丽词雅意，符采相胜，精工之外，多有出人意料之处。李白诗"有时白云起，天际自舒卷"，说的就是这种感觉。李贽说，前赋说道理时，有头巾气，后赋则灵空奇幻，笔笔欲仙。前赋确实大半篇幅在讲道理，但也不是卓吾老人说的头巾气，后赋只有纪实和描写，但趣味和寓意掩藏其中。若说灵空奇幻，两赋都灵空奇幻，若说笔笔欲仙，前赋的"飘飘乎如遗世独立，羽化而登仙"，是明写而意思浅，后赋的"开户视之，不见其处"，是暗写而意思深。但不管意思深浅，都不过一个幌子，意似在此而实不在此。

庄子笔下的列子，御风而行，悠然自得，就像他不惜笔墨夸写的大鹏，虽然志向远大、气势宏伟，实非理想所在。

因为庄子的理想是超越万象，一无所待，这才称得上自由和逍遥。苏轼熟读庄子，不可能不知道，所谓冯虚御风，不过一个阶段性的善美，是要被超越的。所以在前赋里，借道士之口说出的那段"挟飞仙以遨游"的洋洋洒洒的高论，只是后文作者现身说法，是以有限为无限，以不得为得，齐万物、等生死之思想的一个引子。

同样，在后赋里，写孤鹤化为道士，用意也不在显示神仙的高明。老子说过："吾所以有大患者，为大患，及吾有身；及吾无身，吾有何患？"鹤能变化为道士，现身于他人梦中，说明已摆脱了形体的束缚。但苏轼不是要说这个，他要说的是一句在他这一时期以及以后的诗文里反复出现的话：万事皆梦幻。两篇《赤壁赋》的题旨如此，在大约与前赋差不多时间写的《念奴娇·赤壁怀古》词里，结尾的点题也是："人生如梦，一樽还酹江月。"古人早已看出这一点，明人《草堂诗余正集》里就《南乡子·重九涵辉楼呈徐君猷》中的"万事到头都是梦"一句评价说：

　　东坡升沉去住，一生莫定，故开口说梦。如云"人间如梦""世事一场大梦""未转头时皆梦""古今如梦，何曾梦觉""君臣一梦，今古虚名"，屡读之胸中鄙吝自然消去。

直到晚年在岭南，他还有著名的"春梦婆"传说。梦这个温情脉脉地带着宗教性的抚慰和感恩情绪的主导动机，一直绵延到他生命的最后一刻。曹唐游仙诗《仙子洞中有怀刘阮》里的那句"尘梦那知鹤梦长"，苏轼读来，必定觉得非常亲切。

元人虞集《道园学古录》曾感叹说，前赋已曲尽其妙，后赋则更上一层楼，"末用道士化鹤之事，尤出人意表"。读《后赤壁赋》，很多人都觉得，道士入梦一段最是神来之笔。按常规写出的好文章，是学养和才力的结果，其好是可以想见和预料的，甚至觉得它就应该是那样，尽管读者可能一辈子也达不到那样的境界。苏文在《赤壁赋》之外，我最爱的还有《潮州韩文公庙碑》，在我心中，也是无上神品，但它有章法可循，而《后赤壁赋》不然。我想即使苏轼在写下"是岁十月之望，步自雪堂，将归于临皋"之后，也未必料到这篇不长的文章会有那样一个结尾。后赋的一些日常生活细节，如同游的朋友捕得细鳞鱼，贤惠的苏夫人拿出收藏已久的美酒助兴，如东坡夜深独自登高，这些也许是纪实，也许不是。回程途中，一鹤掠舟而过，却非虚构。苏轼另有帖子《与杨道士书帖》记此事：

十月十五日夜，与杨道士泛舟赤壁，饮醉。夜半有一鹤自江南来，翅如车轮，戛然长鸣，掠余舟而西，不知其为何祥也。

夜色昏茫之中，飞速掠过的鹤影看上去比实际更大，这是可以理解的。但鹤为什么半夜还不栖息，是受到惊吓了吗？

苏轼觉得这也许是某种兆头，不知是吉是凶。一个志得意满的人不会这么疑神疑鬼，只有身处忧患的人才会这么敏感。因为心存疑惑，入睡后梦到那只鹤，就很自然了，因为他要听听那鹤怎么讲。然而鹤变成的道士并没有给他指点迷津，只轻描淡写地问他，赤壁之游是否开心。开心也好，不开心也好，是一种情绪，和实际发生的事并不一定完全对应。既然如此，遇鹤，你觉得是好事就是好事，你觉得不好就不好。苏轼的豁达正在于此。他在任何环境下，最后都能心安理得，如他在《记游松风亭》里所言：

余尝寓居惠州嘉祐寺，纵步松风亭下。足力疲乏，思欲就亭止息。望亭宇尚在木末，意谓是如何得到？良久，忽曰："此间有甚么歇不得处？"由是如挂钩之鱼，忽得解脱。

庄子和列子的相对主义，精义正在这里。梦鹤虽不过是借鹤抒怀，但也值得梳理一番。说到鹤化道士，我们马上想到两个著名典故。其一见于陶潜的《搜神后记》，说有辽东人丁令威，去灵虚山学道，学成之后，化鹤回乡，落在城门的华表柱上。城里少年见了，张弓欲射。鹤赶紧飞起，但还不忍离去，徘徊空中，作诗曰："有鸟有鸟丁令威，去家千年今始归。城郭如故人民非，何不学仙冢累累。"然后一飞冲天，飘然而逝。这是古诗词中最常用的典故之一，表达了世事变迁的沧桑感。丁令威虽然修炼成仙，但他的还乡故事却怅惘迷茫，因为故乡与他疏离了，故乡的人不认识他，也不欢迎他回来。

宋人张清源在《云谷杂记》里补充说，化鹤事有二，虽若相类，其实不同。《神仙传》记载，苏仙公苏耽，桂阳人，汉文帝时得道。当时几十只白鹤落到他家门外，他告别母亲，飞上云端而去。后来白鹤止于郡城东北楼上，有人拿弹弓射它，白鹤在楼板上题了一首诗："城郭是，人民非。三百甲子一来归，吾是苏君弹何为。"黄庭坚诗"化作辽东白鹤归，朱颜未改故人非"，用丁令威典。"人间化鹤三千岁，海上看羊十九年"，用苏耽典。张清源说，苏武牧羊，苏耽化鹤，都是苏氏故事，用在苏东坡身上，最是恰如其分。

这两个故事显然同出一源，但不知谁先谁后而已。第二个故事也很有名，年代稍晚，出自唐人薛用弱的小说集《集异记》。天宝十三年重阳日，唐明皇猎于沙苑，见云间孤鹤盘旋，亲自弯弓而射，一发中的。鹤摇晃着下坠，离地面一丈左右，突然振翅奋起，向西南方飞走了。万众极目，良久乃灭。再说蜀地益州城外，离城十五里，有座明月观，依山临水，松桂深寂，不是道行高深的修道者，没机会住在这里。东廊第一院，又是其中最幽静之处。有个自称为青城道士徐佐卿的人，每年都来三四次，观里的长老每次都把正堂收拾干净，留给他住。有一天他又来了，精神看来不好，对大家说："我在山里被人射了一箭，现在没事了。但这支箭不是人间所有，我留在这里，你们好好收着，将来箭主到来，你们可以交给他。"又提笔在墙上题道："留箭之时，则十三载九月九日也。"安史之乱爆发，明皇避乱到四川，偶然游览到明月观，看见墙上的箭不同寻常，取下把玩，发现就是自己当年所用。明皇觉得奇怪，道士就讲了徐佐卿的事，再看墙上的题字，算算日子，终于明白当年沙苑所射的鹤，就是徐佐卿所化。

徐佐卿的故事并无深意，旨在宣扬道术的神奇而已。丁令威和徐佐卿都是道士。道士不仅能化鹤，道教神仙的坐骑也经常是鹤。"腰缠十万贯，骑鹤下扬州"，为什么骑鹤？有了钱，有地方花，还得长生不老，否则，玫瑰和美酒的日子能享受几天？骑鹤，显见是做了神仙。唐人李绰《尚书故实》里，对仙人骑鹤讲得更是像今天的纪实文学一样具体生动。他说有一天，天空特别澄澈，他的表弟卢某偶然抬头，看见一群仙人乘鹤而过。更巧的是，表弟还看到一个仙人从一只鹤的背上换乘到另一只鹤的背上，就像人换马骑一样。

东坡好读杂书，好谈神鬼，对于道教，虽不像李白那样专注和专业，也颇热衷于修炼和服食丹砂，对此类掌故自然烂熟于心。由鹤联想到道士，自然而然。此外，元丰五年的两次赤壁之游，陪他游览的都有来自他老家四川的道士杨世昌。这位杨道士到黄州看望苏轼，在苏家住了一年。苏轼很欣赏杨世昌，因为这是个多才多艺的人。苏轼说他："善画山水，能鼓琴，晓星历骨色，及作轨革卦影，通知黄白药术，可谓艺矣。"（《帖赠杨世昌》）苏轼自己也以多才多艺著称，这两人在一起，有很多共同语言，在很多方面都可作交流。苏轼《次韵孔毅父久旱已而甚雨三首·其三》就专写杨道士，说"不如西州杨道士，万里随身惟两膝"，又说"杨生自言识音律，洞箫入手清且哀"。前赋中"客有吹洞箫者"的客，也是杨道士。

无独有偶，被唐玄宗误射的徐佐卿就是四川人，所以，注苏诗的施元之就认为，梦一道士，指的就是杨世昌。徐佐卿和杨世昌身上，寄托着他对故乡的思念。施元之还说，苏轼道大才高，不容于时，忧患半生，幸好有陈季常、巢元修、张中、吴子野这些人，相从他于流离困苦之际，这些人也借着苏轼的文字流名于后世。施元之的话不是空穴来风。苏轼自己就说过，他给王巩和王晋卿等人的诗文作叙，目的就是使他们不被埋没。

苏轼在之前的《放鹤亭记》中已表达过对鹤的赞美："盖其为物，清远闲放，超然于尘垢之外。故《易》《诗》人以比贤人君子，隐德之士。"文中的招鹤之歌唱道："鹤归来兮，东山之阴。其下有人兮，黄冠草履，葛衣而鼓琴。"《和刘道原见寄》诗中"独鹤不须惊夜旦"，和《后赤壁赋》的情境相似。作后赋之后的当年十二月十九日，朋友们在赤壁为苏轼庆生，进士李委特地为苏轼谱写了一首新曲，曲子也和鹤有关，名为《鹤南飞》。

见鹤而梦，很可能是受了庄子的启发。《至乐》篇有个著名的故事，曾被鲁迅先生铺衍为《故事新编》中的《起死》。庄子在前往楚国的路上，见到一只髑髅，乃用马鞭指着髑髅说："你这个人啊，是因何而死的呢？是因为贪欲，还是因为亡国而死？是因为做了丑事，无颜面对父母妻子，羞愧而死，还是冻饿或是因年寿太高无疾而终呢？"说罢，因天色已晚，又在荒郊野外，庄子就枕着髑髅睡了。睡到半夜，梦到髑髅和他辩论："你白天说的那些，都是生者才有的牵累，死了就不存在了。你愿意听我说说死后的好处吗？"庄子点头。髑髅就说："死了，上无君主，下无臣子，也没有四时的寒凉暖热，世上还有什么比这更快乐呢。"庄子不相信他真的觉得死有那么好，就说："我认识司命大神，我请他让你复活，重新回到父母妻子邻居朋友身边，你觉得如何？"髑髅闻言，顿时愁容满面，说："我怎能放弃死后的快乐去重受生的劳苦呢。"

很多人觉得，《赤壁赋》洒脱空灵，好似郭璞的游仙诗，其实反复品读则不难发现，前赋中作者针对客人的那段豁达之言，不是纠正客人的看法，而是对自己的劝解。后赋更深藏着难以掩饰的忧谗畏讥的不安甚至恐惧，这是乌台诗案死里逃生后的忧患意识，是苏轼始终不能摆脱的噩梦。读其笔记、题跋、书信，反复谈到的一个话题，就是"吾平生遭口语无数"。他很认真地说，他和韩愈一样，命宫在磨蝎，终生难免诽谤之害。后赋里写道，船上饮酒作乐之后，他独自攀上山崖，"履巉岩，披蒙茸，踞虎豹，登虬龙，攀栖鹘之危巢，俯冯夷之幽宫"，景色幽寂而荒冷，一声长啸，"草木震动，山鸣谷应，风起水涌"。那时的感觉，不是豪气满怀，而是"悄然而悲，肃然而恐"，于是赶紧回到船上，"放乎中流，听其所止而休焉"。在那之后，便是孤鹤东来，掠船而过。夜深人静，鹤的长鸣想必是惊心动魄的。

《次韵孔毅父甫旱已而甚雨三首》作于《赤壁赋》同年

而较早，第一首开篇写道："饥人忽梦饭甑溢，梦中一饱百忧失。只知梦饱本来空，未悟真饥定何物。"肚子饿的人梦到满盆满钵的饭食，在梦中大快朵颐。吃饱了，什么忧愁烦恼都没有了。可是梦中之饱是不能当真的。这个道理容易明白，但什么是真正的饥饿，那就一言难尽了。道士问"赤壁之游乐乎"，正可用这四句诗来回答。赤壁一游再游，旨在遣怀一时，不过梦中一饱，只能暂解饥渴。人生忧患，岂是畅游之乐能够消解的。

关于鹤和道士，还可说句题外话。在苏轼的手迹上，"梦一道士"写作"梦二道士"。朱熹考证说，"二"显然是笔误，既然说"孤鹤"，当然只能是"一道士"。但在当时，却有不少人相信是"二道士"。师法李公麟的北宋画家乔仲常作画《后赤壁赋图》，用长卷形式展现后赋故事，其中最后一段画的就是苏轼与两位身着羽衣的道士对话。此画现藏美国堪萨斯城纳尔逊美术馆，是一幅国宝级的名画。

2020 年 5 月 30 日

读坡三记

一、山谷和东坡

一九九六年，台北故宫馆藏文物精品来纽约大都会艺术博物馆展出时，有幸相隔咫尺，欣赏到黄庭坚的《松风阁诗帖》。遗憾的是，东坡的《黄州寒食诗》不在参展之列。乾隆皇帝题诗刻字的上古玉器，大概比较容易让西方人感兴趣，来了多件，我却觉得意思不大。寒食帖没来也好，有朝一日，可激发去台北一游的兴致。

北宋诗苏黄并称，宋人书法，苏黄的名字也并列在一起，偏偏他们又是那么好的关系、那么特殊的关系，比起唐朝的李杜，更有意思。因为李杜毕竟天各一方，来往不算多，也没有共同的庞大朋友群。李杜交往的故事，杂记中寥寥几条而已，而苏黄加上秦观、陈师道、晁补之，等等，至少二十几个人，他们的相见、闲谈、题赠、唱和，可以写整整一本书。

元朝大画家王振鹏的《维摩不二图》，收藏在纽约大都会艺术博物馆，我特别喜欢，尤其喜欢画中维摩诘的容态和气度：自信从容而不咄咄逼人，"不见人物臧否，全用其辉光以照本心"，天花散落，随其着身或堕落，根本不在意。东坡赠朝云词中说："白发苍颜，正是维摩境界。"维摩境界是什么境界呢？"空方丈、散花何碍？"黄庭坚在《病起荆江亭即事》中即以维摩自比："翰墨场中老伏波，菩提坊里病维摩。"又说："维摩老子五十七，大圣天子初元年。传闻有意用幽侧，病着不能朝日边。"作诗那年，他五十七岁。和东坡不一样，山谷有时苦涩，俨然金庸小说《笑傲江湖》里衡山派的莫大先生，然而又硬朗倔强，这就是莫大先生不能比的了。

东坡岭海归来，鬓发尽脱，山谷写他："文章韩杜无遗恨，草诏陆贽倾诸公。玉堂端要真学士，须得儋州秃鬓翁。"简直不能相信有人会以"秃鬓翁"形容东坡，不能相信东坡会如此狼狈。一个脱了头发的东坡！

沿着东坡的路线走，惠州和海南我是一定要去的。山谷死在广西宜州，这地方我也想去。山谷《观化》诗十五首，如下这三首很有绝笔的味道：

其三

故人去后绝朱弦，不报双鱼已隔年。

邻笛风飘月中起，碧云为我作愁天。

其六

菰蒲短短未出水，渺渺春湖如冻云。

安得酒船三万斛，棹歌长入白鸥群。

其十二

身前身后与谁同，花落花开毕竟空。

千里追奔两蜗角，百年得意大槐宫。

东坡生平最后的两首诗，一首是梦中作赠朱服的，另一首是写给惟琳法师的。总结一生，他有自题画像诗。表达无得无失的从容心态，则无过于《书上元夜游》：

己卯上元，予在儋州，有老书生数人来过，曰："良月嘉夜，先生能一出乎？"予欣然从之。步城西，入僧舍，历小巷，民夷杂糅，屠沽纷然。归舍已三鼓矣。舍中掩关熟睡，已再鼾矣。放杖而笑，孰为得失？过问先生何笑，盖自笑也。然亦笑韩退之钓鱼无得，更欲远去，不知走海者未必得大鱼也。

文中用了韩愈的典故。韩愈与学生侯喜一起在乡下钓鱼，可是地方不好，水浅鱼小。半天时间，只钓到几条很小的鱼。两人都很气闷。韩愈回家后，写诗《赠侯喜》，在诗中劝勉他："君欲钓鱼须远去，大鱼岂肯居沮洳。"韩愈看事还是乐观的。他和孔子相似，觉得人生在世，须有大志，自强不息，死而后已。这是对的。东坡熟读佛老，看法有所不同。他说，海里当然有大鱼，但你即使千里跋涉，来到海边，却未必一定钓到。这也是对的。同一件事，他们侧重的是不同的方面。

苏辙在《追和陶渊明诗引》中回忆，东坡来信谈到他在海南追和陶渊明诗时说：

> 古之诗人有拟古之作矣，未有追和古人者也。追和古人，则始于东坡。吾于诗人，无所甚好，独好渊明之诗。……吾前后和其诗凡百数十篇，至其得意，自谓不甚愧渊明。……然吾于渊明，岂独好其诗也哉？如其为人，实有感焉。渊明临终，疏告俨等："吾少而穷苦，每以家弊，东西游走。性刚才拙，与物多忤，自量为己必贻俗患，黾勉辞世，使汝等幼而饥寒。"渊明此语，盖实录也。吾真有此病而不早自知，平生出仕，以犯世患，此所以深服渊明，欲以晚节师范其万一也。

东坡说，他的性格正像陶渊明自我评价的一样，太刚直，不会为人处世，与外界多有触犯，做了一辈子官，屡遭险恶，晚年想明白了，所以很佩服陶渊明的急流勇退。他早年赠给看相的术士程杰的诗《赠善相程杰》就说过："火色上腾虽有数，急流勇退岂无人？"读哥哥的信，苏辙感叹说：

> 渊明不肯为五斗米一束带见乡里小儿，而子瞻出仕三十余年，为狱吏所折困，终不能悛，以陷于大难，乃欲以桑榆之末景，自托于渊明，其谁肯信之？

可见性情是改不了的。上元夜游，一路所见，醒者忙碌，眠者安闲，众生攘攘，各有所归。东坡回到家里，想到人生得失，不禁哑然。儿子苏过问他为何发笑，他说笑自己。为什么笑自己？明知是冥顽不化，是一塌糊涂，即便明白了世理，依然我行我素，这种一条路走到黑的精神，以及因此而来的际遇，就是最大的快乐。山谷诗说得好："花开岁岁复年年，病眼看花隔晚烟。春去明明红紫落，清风明月是春前。"人必有所坚持，尽管有时候，你觉得这一辈子的坚持，未免有点痴傻。

2017 年 1 月 23 日

二、彭城观月

描写月亮的诗词，如果只选十几首最为人传诵的，东坡至少占了两首，一首是《水调歌头·丙辰中秋》（"明月几时有"），是怀念弟弟子由的。一首是《中秋月》："暮云收尽溢清寒，银汉无声转玉盘。此生此夜不长好，明月明年何处看？"作于熙宁十年（1077），他任徐州知州的时候，立意酷似他的《东栏梨花》："梨花淡白柳深青，柳絮飞时花满城。惆怅东栏一株雪，人生看得几清明？"两首诗都是唐人风格，近似杜牧和王建。梨花那一首，本来就是受了杜牧《初冬夜饮》的影响。说来巧合，杜牧有两首绝句，仿佛有意等着与东坡遥相呼应，不仅风格近似，情怀也相同。其中一首是《初冬夜饮》："淮阳多病偶求欢，客袖侵霜与烛盘。砌下梨花一堆雪，明年谁此凭栏杆？"另一首是《题禅院》："觥船一棹百分空，十岁青春不负公。今日鬓丝禅榻畔，茶烟轻扬落花风。"

彭城是徐州的古称，作于徐州的《中秋月》，东坡称之为彭城观月诗。他到徐州上任，子由陪同，兄弟俩一起度过一百多天的好日子。那年中秋，他们泛舟赏月，子由作《徐州中秋》词，词牌用的也是"水调歌头"：

离别一何久，七度过中秋。去年东武今夕，明月不胜愁。岂意彭城山下，同泛清河古汴，船上载凉州。鼓吹助清赏，鸿雁起汀洲。

坐中客，翠羽帔，紫绮裘。素娥无赖，西去曾不为人留。今夜清尊对客，明夜孤帆水驿，依旧照离忧。但恐同王粲，相对永登楼。

熙宁十年，东坡四十一岁。十八年后，他年近六十，自觉老迈，在贬谪岭南的途中，遥望他乡之月，想起彭城的中秋夜，在纸上重抄旧诗，并题跋其上：

余十八年前中秋夜，与子由观月彭城作此诗，以《阳关》歌之。今复此夜宿于赣上，方迁岭表，独歌此曲，聊复书之，以识一时之事，殊未觉有今夕之悲，悬知有他日之喜也。

"阳关曲"是著名的词牌，因王维《送元二使安西》中的"劝君更尽一杯酒，西出阳关无故人"而得名。东坡自注："中秋作。本名小秦王，入腔即阳关曲。"音乐的境界，从王诗可以想象。东坡的"阳关曲"有三首，《中秋月》是其中的一首。

人在衰年回忆盛年旧事，有人说是安慰，有人说是无奈，不知是安慰更多，还是无奈更多。韩愈诗"一年明月今宵多，人生由命非由他，有酒不饮奈明何"、王安石诗"青眼坐倾新岁酒，白头追诵少年文"，都是写这种心情。东坡题跋屡见他书写早年的诗文，书写友人之作，像普鲁斯特那样，把一切已经消逝和注定要消逝的，借助回忆唤回，留在文字中，美其名曰"重新获得的时光"。《记黄州对月诗》情形类似，但回忆中的两位友人均已故去，就愈见悲凉：

> 仆在徐州，王子立、子敏皆馆于官舍。而蜀人张师厚来过，二王方年少，吹洞箫饮酒杏花下。明年，余谪居黄州，对月独饮，尝有诗云："去年花落在徐州，对月酣歌美清夜。今年黄州见花发，小院闭门风露下。"盖忆与二王饮时也。张师厚久已死，今年子立复为古人。哀哉。

文中引用的诗句出自作于黄州的《定惠院寓居月夜偶出》第二首，而第一首中有这样的句子："饮中真味老更浓，醉里狂言醒可怕。"在黄州的时候，距离衰老，还有好多年。真正老了，在海南，饮酒更能知味，常常喝得满脸通红，然而心地澄澈，尘霾俱空。姜夔说："仗酒祓清愁，花销英气。"东坡则把这些全都抛开了，饮酒只是饮酒，不必另生枝节。而一生以言语得罪，酒话、梦话，一不小心便成罪证。他没听说过马克·吐温笔下汤姆·索亚的故事，汤姆为防梦中说话暴露心思，被同睡一床的弟弟"告密"，睡前特地用胶布把嘴封起来。也不懂得把词语颠倒过来写，或者拆字，或者用符号或偏旁代替。如果知道，也许要学古代的士兵，必要的时候口中衔枚吧。

韩愈感叹自己多遭人诽谤，作《三星行》诗。三星指牛、斗、箕三个星宿，诗曰：

> 我生之辰，月宿南斗。
> 牛奋其角，箕张其口。
> 牛不见服箱，斗不挹酒浆。
> 箕独有神灵，无时停簸扬。
> 无善名已闻，无恶声已谨。
> 名声相乘除，得少失有馀。
> 三星各在天，什伍东西陈。
> 嗟汝牛与斗，汝独不能神。

东坡有感于此，在《志林》中说："退之诗云：'我生之辰，月宿南斗。'乃知退之磨蝎为身宫，而仆乃以磨蝎为命，平生多得谤誉，殆是同病也。"清风明月，东坡说，是大自然无尽的宝藏，可以尽情享受。他预料不到的是，身后几百年，就连这两个词也成为忌讳（"清风不识字，何故乱翻书"），成为太平盛世无辜著书人的罪过。

三、黄泥坂

苏轼在黄州的时候，寓居江边的临皋亭，后来在临皋亭附近的山坡上，利用废弃的园圃，建了一座房子。房子是在雪天建造完成的，故取名"雪堂"。为了更加名副其实，四壁全部画满雪景。从雪堂到临皋亭，中间一段土路，遇上雨天，便一片泥泞。这段路，他称之为黄泥坂。雪堂、临皋亭、黄泥坂，以及生长着那株著名海棠的柯丘，都在他这一时期的诗文中反复出现。《后赤壁赋》写这一带的情景：

> 是岁十月之望，步自雪堂，将归于临皋。二客从予过黄泥之坂。霜露既降，木叶尽脱，人影在地，仰见明月，顾而乐之，行歌相答。

某个秋末的夜晚，东坡与朋友饮酒，尽兴而归，半途醉倒在黄泥坂上。到家后，趁着醉意酣畅，作了一首《黄泥坂词》。之后大睡不起，手稿被孩子收妥。东坡醒后，把作词的事忘得一干二净。几年后在京城，夜间与黄庭坚、张耒、晁补之闲坐聊天，忽然想起来。三位苏门弟子都想见识一下这篇奇文，于是一起动手，翻箱倒柜，把手稿找出。不知是因为放置久了，还是大醉之下书写零乱，文稿中的字迹一小半无法辨认。大家按照前后文意反复探究，终于凑成完璧。张耒脑子转得快，当即手抄一份给东坡留下，自己把原稿带走。

东坡的老友王诜，平日最爱收集东坡墨迹，次日得到消息，当即给东坡写信，抱怨说：我一年四季不遗余力寻访购藏你的手迹，最近又用三匹细绢，换得你两页纸。你如果有新作，好歹送我几幅，免得我没完没了地破费银子啊。东坡得信，当即用澄心堂纸、李承晏墨，将《黄泥坂词》书写一份，送给这位豪爽重情的老友。王诜字晋卿，是著名的书画家和词人，传世《渔村小雪图》卷现藏故宫博物院，《烟江叠嶂图》卷现藏上海博物馆。他喜好收藏，特地筑了一座"宝绘堂"，置所藏历代书画于其中。东坡为他写了《宝绘堂记》，其中的名言是"君子寓物不留物"。

东坡书法为世人所重，在当时就很值钱。有人为了得到他的字，不停地给他写信，得到的回信便成珍藏。宋人笔记中有个故事，颇能说明问题。黄庭坚有一回告诉东坡："古时候王羲之写字换鹅，传为佳话。近日出了个韩宗儒，这人很贪心呢，每次得到你的法书，就拿到殿帅姚麟家，换回好几斤羊肉。羲之的字是换鹅书，你的字是换羊书。"不久，韩宗儒又来信，送信人等在一边，不断催促东坡回复。东坡笑着说："告诉你家主人，本人今日断屠。"王晋卿当然不会像韩宗儒那样，拿东坡的书法去换羊肉，他是真心喜爱。乌台诗案发生，他因为与东坡关系亲密并为东坡通风报信而被撤职。

东坡题跋有一则，记录黄泥坂帖的故事，落款是元祐元年（1086）十一月二十一日，东坡刚好五十岁。据《黄泥坂词》所写，当日醉酒的情形是：

> 初被酒以行歌兮，忽放杖而醉偃。草为茵而块为枕兮，穆华堂之清宴。纷坠露之湿衣兮，升素月之团团。感父老之呼觉兮，恐牛羊之予践。于是蹶然而起，起而歌曰：月明兮星稀，迎余往兮饯余归。岁既宴兮草木腓，归来归来兮，黄泥不可以久嬉。

这是说，东坡酒后与朋友们分别，独自步行回家。他兴致很高，一路还唱着歌。后来酒劲上来，脚步不稳，干脆把手杖一扔，倒在草地上，枕着土块呼呼大睡。不知过了多久，露水渐渐沾湿衣裳，月亮也升起来。起早放牧的老乡经过，怕他被牛羊踩伤，把他叫醒。他爬起来，还唱歌拿自己开玩笑：是秋天了，天凉了，赶紧回家吧，不能在黄泥坂一直玩啊。

黄泥坂这段路不短，还很坎坷，左边是汹涌的长江，右边是草木葱茏的柯丘。东坡宴散往家走时，天还没黑，应该是在下午，顶多接近傍晚，月亮是他在草地上睡着的时候才升起的。睡了多久，没人知道。词中有"岁既晏兮草木腓"，可见季节已经很晚，但上有坠露，下有细草，可见还没入冬，不然会被冻坏的。

东坡屡次说过他酒量不高，容易喝醉，然而性情爽朗，喜欢热闹，一旦高兴，什么都不管了。微醺的情况下，常有奇思妙想，醒后展读，常惊讶怎么写出如此文句来。这种经验，写作的人大多有过。十九世纪欧洲诗人和艺术家服用药物以求，不免落了下乘。亲朋好友把酒言欢，偶得三两次东坡似的奇遇，这才真正令人神往。"陵轹卿相，嘲哂豪桀""雄节迈伦，高气盖世"，如鲁迅先生说，把皮袍下面藏着的"小"都榨出来，抛之一尽。刘伶《酒德颂》的结尾，想起来就不免发笑："俯观万物，扰扰焉，如江汉之载浮萍；二豪侍侧焉，如蜾蠃之与螟蛉。"前一比，是李贺游仙诗中的"梦天"，后一比，是李白到了明皇的宫廷，不把位高权重的高力士当人。刘伶的醉眼中，怒目切齿的贵介公子和缙绅处士变成了两条小虫子。

大醉之后是要受些苦的，头痛，恶心，没有食欲。李白写"觉来眄庭前，一鸟花间鸣"，经过了整整一宿的昏睡，神志初清，看见花开，听到鸟啼，恍然大悟到这是最好的春天，于是开心起来。东坡写完《黄泥坂词》的那个深夜，大约连梦都是糊糊涂涂的。

我早年在北京，几次喝酒太猛，又和东坡一样酒量低，夜深骑车回宿舍，一次次摔倒爬起，茫然无所感觉。次日醒来，胳膊腿上到处疼，才想起前一夜骑车横穿大半个城市（从小庄到羊坊店）的情形。醉意未消时，在日记本上写过诗，语句杂乱，但多有奇怪的想象。我不会写字，假如会，也许能留下一点当年的豪气吧。

2018 年 10 月 18 日

东坡畏谤

明代莲池大师《竹窗随笔》中有"闻谤"一条：

> 经言："人之谤我也，出初一字时，后字未生；出后一字时，初字已灭。是乃风气鼓动，全无真实。若因此发嗔，则鹊噪鸦鸣，皆应发嗔矣。"其说甚妙。而或谓："设彼作为谤书，则一览之下，字字具足，又永存不灭，将何法以破之？"独不思白者是纸，黑者是墨，何者是谤？况一字一字，皆从篇韵凑合而成，然则置一部篇韵在案，是百千万亿谤书，无时不现前也。何惑之甚也。虽然，此犹是对治法门；若知我空，谁受谤者？

人类特别喜欢诽谤同类的物种，出于嫉妒、厌憎、不高兴或伸张正义等千百种理由。有的理由，常人难以想象，然而确有实事。美名人所共求，然而阅世深的人说："誉之所至，谤亦随之。"不遭人妒是庸才。明明不是庸才的人，谁甘心做庸才呢。不甘心，露了锋芒，就得有面对诽谤的准备。这真是很矛盾的事。

读《志林》，发现苏轼经常提到"忧患之余"四个字。自乌台诗案开始，他屡遭陷害，屡被流放，对于谤，感受至深。惊弦之鸟，闻声胆寒。韩愈写《三星行》诗，感叹牛、斗、箕三星，牛、斗徒有其名，牛不能拉车，斗不能舀酒浆，只有箕星显灵，不断簸扬，使他备受小人诋毁。"无善名已闻，无恶声已谨。名声相乘除，得少失有馀。"苏轼读韩愈此诗，说："乃知退之磨蝎为身宫，而仆乃以磨蝎为命，平生多得谤誉，殆是同病也。"又说："吾平生遭口语无数，盖生时与韩退之相似，吾命在斗间而身宫在焉。……今谤我者，或云死，或云仙，退之之言良非虚尔。"按旧时星象家的说法，一个人的身或命位于磨蝎宫，必遭受磨难。苏轼和韩愈都是磨蝎身宫，命当如此，无可奈何。

在纪念韩愈的《潮州韩文公庙碑》里，苏轼更是感慨万分地写道：

> 公之精诚，能开衡山之云，而不能回宪宗之惑；能驯鳄鱼之暴，而不能弭皇甫镈、李逢吉之谤；能信于南

海之民，庙食百世，而不能使其身一日安于朝廷之上。

能与不能，原因何在？苏轼说："盖公之所能者，天也，其所不能者，人也。"这个天人之辨，在于人是无所不至、无所不为的，而天不容伪。韩愈不能防止小人的诽谤，因为他不可能像小人那样行事。君子行事有节，小人肆无忌惮，在势均力敌的情况下，君子毫无胜算。韩愈的坚持操守，正是他易受伤害的软肋。

苏轼晚年远谪岭南，自觉生还无望，绝望之余，认清形势，很快振作起来，于困境中寻找乐趣。乌台诗案死里逃生，他在黄州的几年，亲近佛庄，思想上发生巨大的变化。在儋州，一来环境恶劣远过于黄州惠州时，二来年事渐高，更多一些敬畏心和慈悲心。明了生命的脆弱，对于天地间的生命，便更多同情。《西游记》里唐僧说，出家人时时常要方便，念念不离善心，扫地恐伤蝼蚁命，爱惜飞蛾纱罩灯。这样细致的哀怜之情，少壮时不容易体会，等到老了，才有深切的感受。在《志林》中，苏轼讲过钱塘寿禅师放生的故事。寿禅师还不是禅师的时候，见有人售卖鱼虾便买下放生，为此倾家荡产。他当税务官，盗用官钱来行善，案发判死。侥幸逃生之后，彻悟得道，毅然出家为僧。

苏轼说，我窜逐海上，等于到鬼门关前走了一回，这样的人生历练，怎么也应当"证阿罗汉果"吧。他回忆自小受母亲影响，避免杀生，但没有彻底断绝。中年以后，做到不杀猪羊，但爱吃螃蟹、蛤蜊之类，杀生仍不能免。乌台诗案发生，原以为难逃一死，不料竟得活路，于是发誓从此不杀一物。别人送他的蟹蛤，都放到长江里。他知道，螃蟹、蛤蜊在江里未必能存活，但还是抱着万分之一的希望。退一步想，即使它们不能存活，也胜过被煎烹而死。他说，这样做，并非希求果报，只是因为亲历过患难，在牢狱中待决，就像鸡鸭在厨房里待宰，知道等死的滋味，从此再不忍心为一己的口腹之欲，使无辜的生物遭受恐怖和痛苦。

诽谤是一种恶，知恶而为之，也许有不得已的苦衷，事前不免犹豫，事后也许懊悔。有人因为无知，把诽谤当作一种恶作剧；有人不能摆脱猜忌和妄念，可笑可恨亦复可怜。真正以害人为快、以恶行为天经地义的人，我想，总归是很少的吧。

像莲池大师这样的出家人，以谤为虚，以我为空，立足点高，从容得令人感佩。但我愚昧，觉得这对于普通人，怕是过于乐观了。东汉崔瑗在《座右铭》里说："隐心而后动，谤议庸何伤？"度心而动，三思而后行，谤议就不能造成伤害。李善为之作注，引《周易》："君子安其身而后动，易其心而后语。"这和莲池大师的说法类似。道理固然好，问题是有用吗？凡事谋定而后动，君子三省其身，有几人做得到？做到了，真的就能弭谤？韩愈刚直，没有做到，苏轼率性，更不可能做到。才气横溢的诗人和艺术家，一万个里头也出不了一个王阳明或曾国藩，但王阳明和曾国藩，虽然明智通达，又建立旷世功勋，到底哪一个都未能免于被谮毁。王士禛《池北偶谈》卷九说朱之冯（谥忠壮）著《在疚记》，语多精诣，选录的几条中，有一条也是谈诽谤的：

> 士憎兹多口，则何以故？曰：持介行者不周世缘，务独立者不协众志；小人相仇，同类相忌，一人扇谤，百人吠声。予尝身试其苦者数矣。故君子观人，则众恶必察。自修，惟正己而不求于人。

对于小人的"颠倒善恶以快其谗谤"，仍然只有正己一条路。这真是卡夫卡式的悖谬。要知道所谓诽谤，不是因为你做了什么，而是你根本没做什么，却硬是把没做的事栽到你头上，这才叫诽谤。那么，正己有什么用呢？苏轼诗云："云散月明谁点缀？天容海色本澄清。"他说澄清，奈何舒亶和李定辈不这么认为。

2018 年 7 月 2 日

王令的诗到底有多好

钱锺书先生在《围城》里写董斜川论诗：

> 我常说唐以后的大诗人，可以用地理名词来包括，叫"陵谷山原"。三陵：杜少陵、王广陵（知道这个人么？）、梅宛陵；二谷：李昌谷、黄山谷；四山：李义山、王半山、陈后山、元遗山；可是只有一原，陈散原。

尽管杨绛先生早已指出，董斜川虽有真人的影子，作者"信手拈来""夸张了董斜川的一个方面，未及其他。但董斜川的谈吐和诗句，并没有一言半语抄袭了现成，全都是捏造的"。王培军在《钱锺书小说里的几个故典》中也说："这一段话，不过是钱先生的雅谑，未必真是冒的诗学见解。"不是冒的诗学见解，当然更不是钱先生自己的诗学见解，但仍有学者认为，"陵谷山原"的说法，至少有一部分确是《围城》作者自己的体会，称扬北宋早逝的诗人王令，就值得注意。

研究宋诗的王水照先生说：

> 王广陵是宋代年轻诗人王令，只活了27岁，在文学史上一向不被重视，正是《宋诗选注》称赞他为"宋代里气概最阔大的诗人"，才为人们所知，读到"知道这个人么"这一特别提示，总不免联想起他在《宋诗选注》中对他的格外揄扬，郑重推荐，让世人都能"知道这个人"。

钱先生《宋诗选注》的王令小传写道：

> 王令字逢原，江都人，有《广陵先生文集》。他受韩愈、孟郊、卢仝的影响很深，词句跟李觏的一样创辟，而口气愈加雄壮，仿佛能够昂头天外，把地球当皮球踢着似的，大约是宋代里气概最阔大的诗人了。运用语言不免粗暴，而且词句尽管奇特，意思却往往在那时候都要认为陈腐，这是他的毛病。

从这段话里可以看出，钱先生对于王令，固然有"郑重推荐"之意，但评价谈不上多高。说他气概最阔大，语气不无嘲谑，随即批评他运用语言粗暴。王诗的一大优点是词句奇特，然而意思陈腐，而且在当时就被认为陈腐。我们知道，诗最重要的是立意，"意犹帅也。无帅之兵，谓之乌合"。立意要高、要深、要新，力避陈词滥调。高和深，说到底，还是新。前人没看出来的、没想到的、没说过的，固然是新，前人的立足点不及这么高，看得没有这么深，那么，你还是新。有了好的立意，剩下的就是如何把这些意思尽可能完美地表达出来。其实所有艺术，不独文学，更不独诗词，高下都是由这两个因素决定的：一是表达什么，二是如何表达。词句奇特，是一种风格、一种习气，奇特大多数情况下不失为一个优点，但并不等于绝对的好。李白的语言有点奇特，杜甫的语言不奇特，但他们尤其是杜甫，都是语言大师，可见奇特并非唯一的衡定标准。如果意思陈腐，就算语言奇特是个优点，诗的好处也终究有限。

《宋诗选注》中的诗人小传和诗后评注，向以精彩著称。但关于王令的这一段，写得似乎马虎了，因为意思基本上是从《四库全书总目提要》里抄过来的：

令才思奇轶，所为诗磅礴奥衍，大率以韩愈为宗，而出入于卢仝、李贺、孟郊之间，虽得年不永，未能锻炼以老其材，或不免纵横太过，而视局促剽窃者流，则固偶偶乎远矣。

王令受到的影响，钱先生去掉李贺，加上了李觏。据他说，李觏的诗也很受韩愈影响，王令是词句奇特，李觏则意思和词句都很奇特。提要所说的"磅礴奥衍""纵横太过"，就是钱先生所说的昂头天外，把地球当皮球踢。钱先生对王令的评价，虽然大致如四库馆臣，实际不如前者宽厚。提要说，王令享年太短，来不及锻炼成熟，所以存在太过的毛病，但总比那些只知道陈陈相因、缺乏创造力的作家强多了。不过，从几十万首宋诗里选取三百首，王令一人占了三首，就此而言，说钱先生有向世人推荐王令的用心，也是确切的。

回头再看董斜川的话，所谓三陵，其中王令与梅尧臣的成就，和杜甫相去不可以道里计。梅尧臣是欧阳修捧上天去的，王令受到王安石的激赏。梅尧臣继承了杜甫和白居易的现实主义精神，这是他了不起的一面，在北宋早期，也算名家。但就诗的艺术成就而言，历来的评价稍稍高了。尽管方回在《瀛奎律髓》里给他面子，选了大量梅诗，朱熹则毫不客气地说："梅圣俞诗，不是平淡，乃是枯槁。"真是一语中的。王令才华横溢，可惜天不假年，他又不像李贺那么早熟，没来得及多写几首好诗就去世了。

二谷和四山的说法，相对比较靠谱，这六位都是一流大诗人。若论艺术风格，则是"果然一点不相干"。当然你可以解释说，把他们相提并论只是说他们成就高，并非搞江西派那样的宗社图。然而论成就，为何李白、白居易、杜牧、韩偓、陈与义、陆游、杨万里都名落孙山呢？他们哪一位比王令、梅尧臣和陈散原逊色？《围城》里写道：

> 鸿渐怯懦地问道："不能添个'坡'字吗？""苏东坡，他差一点。"鸿渐咋舌不下，想苏东坡的诗还不入他法眼。

连苏东坡都"差一点"，钱先生的诗论，恐怕不会如此"语不惊人死不休"吧。

钱先生说王令诗气派大，并非空穴来风，张邦基《墨庄漫录》就记载了一个故事：王令和王安石的弟弟安国等人同登蒋山，相约赋诗。王令第一个写完，念给大家听。念了头几句，王安国觉得并无特殊之处。等王令念到"仰跻苍崖颠，下视白日徂。夜半身在高，若骑箕尾居"，王安国这才心悦诚服："此天上语，非我曹所及。"搁笔不写了。要知道王安国也是一位天才诗人，极为时人推崇，四十余岁病逝，不久就有他仙去的传说，与唐人关于李白和李贺的传说如出一辙。王令能叫王安国心服，哪怕只是偶然一次，也可见王令的不凡了。因钱先生的评选而为人熟知的《暑旱苦热》，其中充满想象"奇特"的句子：

> 清风无力屠得热，落日着翅飞上山。
> 人固已惧江海竭，天岂不惜河汉干？
> 昆仑之高有积雪，蓬莱之远常遗寒。
> 不能手提天下往，何忍身去游其间？

刘克庄《后村诗话》称赞为"骨气老苍，识度高远"。只不过这样的诗，王令集子里不多，而且"好"也是有限的。《宋诗选注》除了《暑旱苦热》《饿者行》，另外一首选的是《浯浯》：

> 浯浯轻云弄落晖，坏檐巢满燕来归。
> 小园桃李东风后，却看杨花自在飞。

诗句清丽自然，既不雄壮，不奇特，也不陈腐。张景星等编选的《宋诗别裁集》，王令诗仅选一首，是《思京口戏周器之》：

> 江南别日醉方醺，贪爱青天带水痕。
>
> 忘却碧山归路直，误投浮世俗尘昏。
>
> 终期散发江边钓，当有渔舟日系门。
>
> 但恨故人犹喜仕，他时胸腹未堪论。

　　也是很平易爽快地写出来，全不拿腔拿调。"终期散发"一联，虽然不过是归隐的老话，却说得新鲜有趣，而且语气好，不油滑，像王安石和王安国一样气度恢宏。

2019 年 5 月 10 日

黄庭坚的落星寺诗

黄庭坚的《题落星寺》一共有四首，三首七律，一首七绝，可能是同时所作，也可能不是。因为题目相似，被编集者归到一起。最著名的是第三首：

> 落星开士深结屋，龙阁老翁来赋诗。
> 小雨藏山客坐久，长江接天帆到迟。
> 宴寝清香与世隔，画图妙绝无人知。
> 蜂房各自开户牖，处处煮茶藤一枝。

落星寺在江西鄱阳湖北，它之得名，是传说天上一颗星星坠地，化为小岛，被称为落星石。寺建在落星石上，故名落星寺。高步瀛《唐宋诗举要》引《水经注》"庐江水"注："湖中有落星石，周回百余步，高五丈，上生竹木。"引《舆地纪胜》："夏秋之季，湖水方涨，则星石泛于波澜之上，至隆冬水涸则可以步涉。"黄庭坚自注说："寺僧择隆作宴坐小轩，为落星之胜处。"

高步瀛认为四首非一时所作，其中的这三首，有人据黄庭坚诗稿手迹指出，原来的诗题是《落星岚漪轩》。对照黄庭坚的自注，很有可能，择隆和尚选择风景最佳处建的宴坐小轩，也许就是岚漪轩，既能平览山色，也可俯瞰湖光。诗中的龙阁老翁，一般认为是指诗人的舅舅李公择，他做过龙图阁学士。但若指李公择，他变成吟诗的主人，这首诗就乱了，因为后面六句都是直接写落星寺，诗作者黄庭坚反而无立身之地了。所以高步瀛说，龙阁老翁应是"山谷自谓"，否则诗中没有"主脑"。退一步讲，这个龙阁老翁也只能是泛指，相当于今天的诗中动辄说的"我们"，指谁都行，但主要还是诗人自己。高先生进一步推测，诗当作于黄庭坚五十岁时。五十岁，可以自称老翁。

"小雨藏山客坐久""蜂房各自开户牖"，都是名句，尤其是后者，比喻新奇，被誉为前所未有。不知是不是因为它太好了，黄庭坚像晏殊两用其"无可奈何花落去"一联一样，把这一句也用到了第一首里，只变动了一个字，即"蜂房"变为"蜜房"，意思全同。也许是误抄，因为"蜂"对"蚁"显然更恰当。第一首也是七律：

星宫游空何时落，着地亦化为宝坊。

诗人昼吟山入座，醉客夜愕江憾床。

蜜房各自开户牖，蚁穴或梦封侯王。

不知青云梯几级，更借瘦藤寻上方。

　　这首诗，要说也不错，但选本一般都不选。原因是有第三首在，映衬之下，它显得光芒弱了些。其次，也是更重要的，是因为"蜂房各自开户牖"一句的重复。但方回的《瀛奎律髓》就两首全留。纪昀认为这两首的关系，是初稿和定稿。这真是行家的明眼，一看便知。但他觉得第三首是初稿，第一首是定稿。这就有些奇怪，因为很明显，第三首比第一首好。好的怎么反而是初稿呢？纪昀没说他的依据，但我们细想一下，也有道理："蜂房户牖"一句，在第三首里用在尾联，不作对子用，可惜了。而在第一首里，"蜜房各自开户牖，蚁穴或梦封侯王"就很出彩。"蚁穴"句初看稍平，不过是南柯典故的直接运用，但它加深了出句的意思。上句写山间僧房，各自开着门窗，密密排排，好像蜂巢一般，下句忽然写到蚁穴，当然还是对僧房的比喻。修行者漠视人间富贵，为什么说"梦封侯王"呢？是僧人们眼里的人世，不过蚁国一梦，还是作者自己想到这里，觉得连落星寺的僧居生活，也无异于一梦呢？这么看，就非常有意思了。

蚂蚁和蜜蜂之事，黄庭坚诗中屡用，如"鸟飞鱼泳随高下，蚁集蜂衙听典常"。《埤雅·释虫》释"蜂"曰："蜂有两衙应朝其主之所在，众蜂为之旋绕如卫。"黄庭坚之后，"蜂衙"成为诗人竞相使用的熟典，如陈师道"风翻蛛网开三面，雷动蜂窠趁两衙"、陆游"微雨晴时看鹤舞，小窗幽处听蜂衙"。连《西游记》里也用，第二十八回写黄袍老怪："他也曾小妖排蚁阵，他也曾老怪坐蜂衙；……他也曾月作三人壶酌酒，他也曾风生两腋盏倾茶。"把李白、卢仝一股脑儿拉来，好不潇洒风雅。

接着说第一首。首联"星宫游空何时落，着地亦化为宝坊"开宗明义，直接破题。杜甫有一些诗，很爱这种写法。如"清秋幕府井梧寒，独宿江城蜡炬残"，上句破"府"，下句破"宿"。又如"花近高楼伤客心，万方多难此登临"，上句破"楼"，下句破"登"。唐人破题，不像后代做八股文和试帖诗那么严格，不忌讳犯题。颔联"诗人昼吟山入座，醉客夜愕江憾床"写寺院的地理形势，居山临江。出句写景色之迷人，对句写形势之险峻。颈联"蜜房各自开户牖，蚁穴或梦封侯王"写僧房，蜜房蚁穴，从人引到虫豸，借助比喻，转入感悟的道理。用一"梦"字，把前头所写，都轻轻虚化、淡化，所以尾联"不知青云梯几级，更借瘦藤寻上方"自然而然，说前面都已走过游览过了，以后的山路不知还有多高，仍需继续攀登，看个究竟。全诗结构谨严，最具章法，每一联都不松懈，可以说是很完美的作品。纪昀说它是定稿，是有眼光的，虽然未必是定稿。

黄庭坚作诗，讲点铁成金，脱胎换骨，化用前人诗句，装点自己的面目。他说杜甫诗"无一字无来历"，有人说他的诗也是如此。这当然是夸张了，但多有来历是真的。有来历，用典是一个方面，化用前人的诗句也是一个方面。我们就以第三首为例，看他是怎么字字有来历的。

"落星开士深结屋"：出自杜甫《玄都坛歌寄元逸人》："故人今居子午谷，独在阴崖结茅屋。""结屋"，黄庭坚加了个"深"字，非常有力。

"龙阁老翁来赋诗"：出自杜甫《七月一日题终明府水楼·其二》："可怜宾客尽倾盖，何处老翁来赋诗。"

"小雨藏山客坐久"：因为下雨，来客多坐了一会儿，写留恋而故意轻描淡写，仿佛漫不经心，反而更有情调。句子本身已十分好，可是还藏着一个典故。《庄子·大宗师》："夫藏舟于壑，藏山于泽，谓之固矣。然而夜半有力者负之而走，昧者不知也。"庄子的典故与诗中的意思若即若离，你说它有寓意吧，寓意是什么，很难说得清。你说它没有寓意吧，庄子下文说："藏小大有宜，犹有所遁。若夫藏天下于天下而不得所遁，是恒物之大情也。……故圣人将游于物之所不得遁而皆存。"郭象注："故向者之我，非复今我也。我与今俱往，岂常守故哉？而世莫之觉，横谓今之所遇可系而在，岂不昧哉。无所藏而都任之，则与物无不冥，与化无不一。故无外无内，无死无生，体天地而合变化，索所遁而不得矣。"那么，游客因为小雨而久坐，他可能想到的，会不会就是庄子说的这些人生哲理呢。

"长江接天帆到迟"：一看就知是化用韦应物《赋得暮雨送李胄》："漠漠帆来重，冥冥鸟去迟。"韦应物诗多少又受了杜甫的启发，杜甫《梅雨》："湛湛长江去，冥冥细雨来。"李白的"孤帆远影碧空尽"，说一片帆影到了水天交接处，犹在送行者眼中久久不灭，写出境界之阔大，以比喻别情的深远。视觉久长，也暗含"迟"的意思。这是黄诗深一层的、没有痕迹的用典。

"宴寝清香与世隔"：这一句也明显，出自韦应物《郡斋雨中与诸文士燕集》："宴寝凝清香。"韦诗开头的四句，可以作为黄庭坚此句诗意的补充："兵卫森画戟，宴寝凝清香。海上风雨至，逍遥池阁凉。"这是一种笃定、从容、安闲的心境。韦应物写到雨，黄庭坚也写到了雨，雨能破闷，也能破执，可见不是随便借用的。

"画图妙绝无人知"：此句之后黄庭坚有注："僧隆画甚富，而寒山拾得画最妙。"他在寺中游览，看壁画，其中以唐朝诗僧寒山和拾得画像最为精妙。这一句当然是写实，但你又可以说，它是从韩愈《山石》诗中"僧言古壁佛画好，以火来照所见稀"两句脱胎而来的。《山石》前面韩愈以文章的细致作法，按时间顺序写自己游惠林寺的经历，末尾四句忽然感叹："人生如此自可乐，岂必局束为人鞿。嗟哉吾党二三子，安得至老不更归？"黄诗以这一句给人暗示，使人联想到韩愈的诗，那么，韩愈《山石》诗的主旨，也就不动声色地成为落星寺诗的一部分了。

论者曾批评江西派酷爱用典的习气，是獭祭、掉书袋、展览学问，弄得诗意全无。实际上，用典是否得当，要看具体效果。比如范成大咏耳鸣："东极空歌下始青，西方宝纲奏韶英。不须路入兜玄国，自有音闻室筏城。牛蚁谁知床下斗，鸡蝇任向梦中鸣。如今却笑难陀种，无耳何劳强听声。"诗是好诗，但不容易懂。借助注解弄清典故之后，就很喜欢了，因为诗写得非常好玩，耐品嚼。黄庭坚此诗中间二联，句句有出处，但即使不知道这些出处，也不妨碍欣赏这首诗。但知道出处，多了一重趣味，意思更深一些。这个趣味是纯智力的，仿佛游戏，得其味者嗜之成癖，但在外人眼里，可能不值一笑。

方回说，这首诗是模仿杜甫《七月一日题终明府水楼》，音节和气味都神似，"而别出一段风趣"。细看技法确实如此。黄庭坚正是苦学老杜的。杜甫的题水楼二首，写得工稳、沉着、得体。第二首从赞颂终明府开始，写到一众宾客，再归结到自己，然后轻轻掉头，以明丽如画、被誉为"绝唱"的写景一联结束。诗曰：

> 宓子弹琴邑宰日，终军弃缑英妙时。
>
> 承家节操尚不泯，为政风流今在兹。
>
> 可怜宾客尽倾盖，何处老翁来赋诗。
>
> 楚江巫峡半云雨，清簟疏帘看弈棋。

此外，"小雨藏山客坐久"，这个"久"，令人想起王安石的"细数落花因坐久"；"山"，令人想起杨万里的"尊酒灯前山入座"。王杨的两句也是盛传的名句，而杨万里的那句，显然是从黄诗第一首中的"诗人昼吟山入座"化来的。山来入座陪坐，写人和山的相契，相看不厌，也有"久"的意思。这个写法，追根寻源，可以追到李白那里，一是《敬亭独坐》中的"相看两不厌，只有敬亭山"，二是《月下独酌》中的"举杯邀明月"。

2015 年 9 月 25 日

康雍乾的诗

  吉林人民出版社二十世纪九十年代出了一套《爱新觉罗家族全书》，第六卷为《诗词撷英》，收入清朝诸帝和宗室诗词八百余首。我在图书馆地库准备淘汰的旧书中看见这套书，觉得其中有些不错的资料，故请同事留下。然而时过年余，断续取读的，不过诗文书画这几册而已。

  乾隆的诗，因为颇有传奇性，如四万多首的惊人数量、沈德潜等文士代笔的传说，加上被周作人讥为"哥罐体"（清人小说《绿野仙踪》中乡下老儒酸腐不通的打油诗），找来读过一些。康熙和雍正的诗，差不多是一无所知。这三位皇帝的大作，《诗词撷英》所选，虽然每人不过二十余首，尝鼎一脔，能大概知道是什么样子。大致说来，雍正的诗，诗境清幽，言语温和，完全看不出他为人的果决和狠辣。乾隆的诗，品质在意料之中，出自一个真心喜爱的人之手，却不幸给人附庸风雅的感觉，此盖天分所限，无足够诗才之故。康熙的诗，从气质上看，不太恰当地高攀一下，有点像唐太宗，不够俊逸而颇具胸怀，因此自信而沉稳。如果不看作者的身份，只当读《全唐诗》任意读到某位刘商、杨凝、薛奇童，夹在刘长卿、韦应物、韩愈这些人之间，虽非光芒四射，却也各有好处，称为小名家不为过。我读诗偏爱幽寂清丽的一路，这路诗姿态放得低，眼界缩得小，相对容易写好。李白那样的自由奔放、杜甫那样的沉郁深刻，不是一般人能够达到的。所以孟浩然虽然被人说是才短，留下几十首《过故人庄》《夏日南亭怀辛大》那样的清闲散淡的五言诗，照样卓然成家。康熙祖孙三人，就诗才而言，大致半斤八两，因为以上的原因，我可能更喜欢雍正的诗。只看诗，雍正给人的印象就是一个隐逸诗人，比韦应物还清冷，快赶上政治上倒霉、个性又偏于感伤的柳宗元了。有人说，那是因为做皇子的几十年，争夺皇位的斗争太残酷，时时处于忧患之中的缘故。也许吧。要说做皇帝，相对而言，似乎康熙才是既有雄才大略、性情又较宽厚的一位。

与此相关，我在文物期刊和拍卖目录上看到康雍乾三人的字，真是如出一手，都是四平八稳的馆阁体，给人憨笑着的胖乎乎的乡下老财主的感觉，其中又以乾隆的字为最软。看画像呢，康熙清癯，雍正严正，乾隆平和。这些不知和性格有没有关系。诗也是作者的画像，不过是自画像而已。古人称画像为写真，这话一定要打个折扣。人有可画出的一面，更有画不出的一面。现代照相犹如此，何况下真迹一等的画，何况隔了重重语言帘幕的诗词文章。因此，诗如其人这句话，不能不信，也不能全信。历史、回忆录、传记，皆应作如是观。

康熙擅长七律，如以下两首：

塞上宴诸藩

龙沙张宴塞云收，帐外连营散酒筹。

万里车书皆属国，一时剑佩列通侯。

天高大漠围青嶂，日午微风动彩斿。

声教无私疆域远，省方随处示怀柔。

登澄海楼观海

危楼千尺压洪荒，骋目云霞入渺茫。

吞吐百川归领袖，往来万国奉梯航。

波涛滚滚乾坤大，星宿煌煌日月光。

阆苑蓬壶何处是，岂贪汉武觅神方。

这些都严正堂皇，显然受到王维和岑参的影响，大约他是学盛唐诗的。臣子作应制诗，起首河山壮丽，结句歌功颂德。《红楼梦》里，宝钗和黛玉都很擅长，但若不是应酬的场合，也知道"犯不着替他们颂圣去"。康熙自己就是"圣上"，没人强迫他自己去颂圣，但他的诗给人应制诗的感觉。可见他自重身份，无论写景抒怀，都站了很高的立脚点，是物理上的高，也是自以为在道德制高点上的高，是傲然立于观礼台最中心、最高处的那种镇定从容。文人常有的对景伤情，在此像千钧巨石下的狗尾巴草的嫩芽，怎么用力也冒不出来。两首诗的末联，自抒怀抱，虽然仍不免粉饰太平，到底表达了个人的政治理想和志趣。尤其他说，神仙世界虚无缥缈，他不会像汉武帝那样，糊涂到沉湎其中。这确实是康熙了不起的地方，他儿子雍正帝听了，也许会觉得惭愧吧。雍正也许不求仙，但他和唐太宗一样，可能也死于服用丹药。

康熙好学，《初秋晚雨后观仪器》写道：

> 从容更觉静悠悠，片片荷香送小舟。
> 日落开窗云外景，风清拂户雨中秋。
> 宽怀自有数行字，乐志须操一算筹。
> 万物无穷最易晓，其间诸象列天球。

他喜书法，《机政偶暇辄留意书法漫成》即描述了研习书法时的心得和乐趣：

紫宸唤仗晓初散，坐挹朝爽浮南荣。

时平偶得机政暇，鸱棱浮影风日清。

盘螭画几青玉色，回鸾素纸雪茧明。

临池试作波折势，染翰聊适优闲情。

体安要使结构密，志一始觉风神生。

心手调娱本非易，筌蹄脱落宁有程。

古来圣学亦游艺，别具妙诣非形声。

他是分得清轻重主次的人，既然做了皇帝，就要为国家负责，旁枝末节的闲耍小玩意儿，不管多喜欢，不会因之耽误正事。

雍正即位前，编过一本《悦心集》，收录历代有关读书、处世的诗文，如陶渊明的《归去来兮辞》《桃花源记》、王维的《山中与裴迪书》、刘禹锡的《陋室铭》等，处处表现出安闲知足、与世无争的趣味。如其诗《园居二首·其二》中所写的：

懒问沉浮事，闲娱花柳朝。

吴儿调凤曲，越女按鸾箫。

道许山僧访，棋将野叟招。

漆园非所慕，适志即逍遥。

更有代表性的是《夜坐》，仿王孟韦柳一派：

> 独坐幽园里，窗开竹影斜。
>
> 稀闻更转漏，但听野鸣蛙。
>
> 活活泉流玉，溶溶月照沙。
>
> 悠然怡静境，把卷待烹茶。

类似的还有《寒夜有怀》，清幽冷峭的同时，写得一往情深：

> 夜寒漏永千门静，破梦钟声度花影。
>
> 梦想回思忆最真，那堪梦短难常亲。
>
> 兀坐谁教梦更添，起步修廊风动帘。
>
> 可怜两地隔吴越，此情惟付天边月。

无论看标题、读诗，都让人想到韦应物。他有一首《一日闲》：

> 闭门一日隔尘嚣，深许渊明懒折腰。
>
> 观弈偶将傍着悟，横琴只按古音调。
>
> 新情都向杯中尽，旧虑皆从枕上销。

信得浮生俱是幻，此身何处不逍遥。

《诗词撷英》的编者说："看似抒发闲适情怀，其实不然。观棋一句，令人玩味。诗中的消极情绪，若同争位日益激烈的情况相联系，当别有新意。"雍正有一定的佛学造诣，喜作禅诗，如《河沙》格调很健康，次联更像是出自孜孜格物的北宋理学家笔下。

> 河沙千世界，只此一微尘。
> 为见禽鱼乐，方知天地春。
> 无心还是妄，有说却非真。
> 识得西来意，时时景物新。

乾隆的文化素养很高，按说作诗不至于弄到如近代政坛名流张宗昌之类，成为笑柄而为人所传。他贪多，经常即兴作诗，以显示"圣藻光辉动北辰"的伟大，结果不免硬凑，韵押不上，句子收不拢，只好以不通为通。章太炎举了个例子，说："清高宗作诗，至无韵可押，强以其字作他音协之。自古至今，他人断无敢如此妄作者。"别人不敢，他敢，就因为他是皇帝，不通的诗写出来，没人敢挑错，反而同声叫好。天长日久，习以为常，不通之处自己也看得顺眼了。诗坛有捧杀和骂杀，身居九重的人，多半被捧杀。

但乾隆也有好诗。《高其佩指头画虎》学杜甫和王安石，就相当精彩：

> 铁岭老人阎李流，画不用笔用指头。
> 纵横挥洒饶奇趣，晚年手法弥警道。
> 落墨伊始鸦雀避，着色欲罢豺狼愁。
> 怒似苍鹰厉拳爪，炯然霹雳凝双眸。
> 万里平川望无极，三株古柏拏龙虬。

结尾一转"高堂昼静风生壁，却忆行围塞北秋"，别开生面，能得杜王二公的精髓。大概他比较善于七言歌行，虽然对对子不如他祖父拿手，《海东青行》也是他难得的不俗之作：

> 鸷鸟种不一，海青称俊绝。摩空健翮上层霄，千里下击才一瞥。当其脱韝始纵时，风力未会迟飞掣。群燕缘扑或坠落，何异淮阴胯下气且折。鹰鹯之雏可罹置，海青之雏得未逢。闻之育卵大海东，追逐天鹅入云中，回顾忽失故国踪。海东青，尔不远为利，尔不高腾空，安得受制于人，垂头仰饲居樊笼！王孙莫恨未央宫。

很有几分豪气，描写也很精神，学李白，有几分李白的神韵，尤其是"闻之育卵大海东"之后的部分，连参差多变、自由舒展的句式都像。把群燕被扑落时的沮丧比为韩信微时遭遇的胯下之辱，比拟有点独特，大约只有他老人家才想得出来。

他欣赏黄庭坚，也欣赏吴梅村。他有一首《题吴梅村集》，很真切地表达了他对吴诗的感受：

> 梅村一卷足风流，往复披寻未肯休。
> 秋水精神香雪句，西昆幽恩杜陵愁。
> 裁成蜀锦应惭丽，细比春蚕好更抽。
> 寒夜短檠相对处，几多诗兴为君收。

意思虽好，就是太四平八稳。末联的"寒夜短檠相对处，几多诗兴为君收"，读起来多少有点怪怪的。"寒夜短檠"出自韩愈诗《短灯檠歌》，描写的是穷书生读书的境况，短檠灯也是贫家妇女所用。等到书生一朝富贵，"长檠高张照珠翠"，短檠灯便被丢弃于墙角了。乾隆和短檠灯哪里沾得上边？苏轼、陆游用这个典故，还是书生本色，乾隆用，就谦虚过度了。

清朝盛世三帝，不是朱元璋那样流氓无赖气十足、心胸狭窄又阴狠刻毒的粗人。他们受过良好的教育，读四书五经，读《资治通鉴》，读《贞观政要》，琴棋书画，无所不通。但以九五之尊，不免、不得不或乐于指鹿为马，不糊涂时装糊涂，糊涂时装不糊涂。康熙名臣陈鹏年案，江南总督嘎礼指陈鹏年游虎丘诗中有反清之意，说"代谢已怜金气尽"一句中的金指满人，"一任鸥盟数往还"则是阴通台湾郑氏。对此，康熙不以为然，说："诗人讽咏，各有寄托。岂可有意罗织，以入人罪？""陈鹏年虎丘诗二首，奏称内有悖谬语。朕阅其诗，并无干碍。朕纂辑群书甚多，诗中所用典故，朕皆知之，即末句'鸥盟'二字，不过托意渔樵。"真是明察秋毫！然而这并不妨碍他因仓颉发明的小玩意儿兴起大狱。后继的雍正和乾隆，杀人、戮尸、灭族、流放，更是毫不手软。

但也许是很少读史，不仅没有读熟二十四史，连单单把《清史稿》读得烂熟都没有做到的缘故，我读了他们有限的几首诗，总难想象，写了意思那么好的诗，如何同时又能有那些残酷的行为，即使是皇上。如果因为龙飞天上，身不由己，如何又去写那些明明足踏在实地上的诗呢？这个疑惑幼稚不过，但我的幼稚也是无药可救。古今中外的诗读了千千万万，以诗观人，则天下无一个不是好人。然而事实远非如此。好人写诗，糊涂虫写诗，伪君子写诗，卖国贼、奸臣、暴君，很多都写诗，而且诗里无一处不好——更要命的是，那些诗不尽是伪装，很多是发自肺腑的。你疼爱儿女，他们也是；你喜欢美丽的花和风景，他们也是；你爱茶爱酒，喜欢有茶的夏日午后和有酒的春夜秋夜，他们也是；你远行，登高，离别，逸兴遄飞或触绪生悲，他们也是。普通人容易诗如其人，有些人很难，所以我们称自己为"我"，他们不，他们称自己为"朕"，为"寡人"，为"不穀"。

2019 年 8 月 6 日

辑 二

楼上苍茫眼

白杨雨声

　　老家城外有座不高的山，生满柏树，故名柏台子。也有人说是北台子，因为在西门外偏北。山上旧时有庙，名叫宝相寺。我记事的时候，寺已无存，只留下一个地名。方言发音，以讹传讹，我们一直叫它保险寺。山顶有围墙，不知里面是什么工厂或单位，没有进去过，是寺的旧址也说不定。围墙外柏树成林，夹杂着一些松树。柏树矮小但稠密，地上落了松针和柏子，踩上去软软的。浓荫匝地，市声悠远，空气中飘着树叶和树脂的香味。电影里看多了英雄人物牺牲时一定出现的仰拍的松树和柏树的镜头，习惯上将松柏和死亡联系在一起，所以对这片小林子，感觉里面像是布满了累累坟茔，不免有敬畏和悚然之感。

　　自然界的事物被人赋予伦理和情感意义，我们的喜爱、尊敬和恐惧，很多都来源于此，不管有没有道理，不管我们是否意识到了，还是受了影响，受了牵制。陶渊明《拟挽歌辞·其三》：

> 荒草何茫茫，白杨亦萧萧。
> 严霜九月中，送我出远郊。
> 四面无人居，高坟正嶕峣。
> 马为仰天鸣，风为自萧条。
> 幽室一已闭，千年不复朝。

这首诗想象未来，写得凄切悲凉，人读了，真如爱米丽·狄金森的诗里写的，血里凉得要结起冰来。这首诗简直是开了爱伦·坡的先河。陶渊明的豁达和爱伦·坡的怪异，居然有异曲同工的地方。而我活到陶渊明的年纪，未免太敏感了。

周作人在其散文名篇《两株树》中说，他爱两种树，一种是乌桕，另一种便是白杨。他引明人谢肇淛《五杂组》中的介绍：

> 古人墓树多植梧楸，南人多种松柏，北人多种白杨。
> 白杨即青杨也，其树皮白如梧桐，叶似冬青，微风击之
> 辄淅沥有声，故古诗云，白杨多悲风，萧萧愁杀人。

古人有在墓地种白杨的风俗，源于何时不得而知，从诗里看，最晚到汉朝已经盛行。生离死别之际，荒郊的风吹白杨声给人悲哀的感觉，但换了环境，同样的声音便滋味不同。我上中学那时候，暑假里骑自行车走四十里从乡下外祖母家回来，临近县城那段路，两旁就是白杨树。暮色里迎风西行，斑驳的夕阳中，风翻树叶，哗哗作响，听得人凉爽又安逸。周作人也说：

> 我承认白杨种在墟墓间的确很好看，然而种在斋前又何尝不好，它那瑟瑟的响声第一有意思。我在前面的院子里种了一棵，每逢夏秋有客来斋夜话的时候，忽闻淅沥声，多疑是雨下，推户出视，这是别种树所没有的佳处。

中国人喜欢听雨，雨打篷窗，读书、清谈、小憩、睡觉，都有情调。"楚江巫峡半云雨，清簟疏帘看弈棋"，大概是古诗里最优美的画面了。雨打在泥地上既不好看，也不好听，打在草木的叶子上，打在花上，打在船篷上，就不同了，颜色新鲜，音韵和谐，是距离造成的优美。杜甫写雨中决明："著叶满枝翠羽盖，开花无数黄金钱。"一读难忘，连带着对朋友泡着喝的决明子也有了好感。李商隐的"留得枯荷听雨声"，大得林黛玉的赞赏。汪遵的"秋宵睡足芭蕉雨"，让不知多少宋代词人受了启发，听芭蕉简直成了一种时尚。

然而白杨的好处，在于不雨也让人听出了雨声。谢肇淛回忆说，他有一天夜宿邹县驿馆，就枕即听到雨声，终夜不绝。侍儿说，下雨啦。谢肇淛觉得奇怪，哪有下了一夜雨而听不见屋檐滴水的事呢？天亮了出门看，原来是白杨树的声音。

不光白杨，其他植物也有类似的效果。苏轼在《舟中夜起》中写他夜宿湖畔的情景："微风萧萧吹菰蒲，开门看雨月满湖。舟人水鸟两同梦，大鱼惊窜如奔狐。"和谢肇淛、周作人一样，苏轼开始也以为菰蒲声是雨声，"推户出视"，却见月光匀洒湖面，岸边的水鸟沉沉入梦，远处大鱼奔窜，溅起点点水花，哪里有一丝雨的影子。

菰蒲到底与日常生活远了些，白杨却正像周作人说的，可以种在院子里。喜欢白杨的人大概不少，讨厌它的却也有。《红楼梦》里晴雯生病那一回，宝玉批评医生下的药太猛，不适合娇贵的女孩子，只适合他那样的粗蠢之人："我和你们一比，我就如那野坟圈子里长的几十年的一棵老杨树，你们就如秋天芸儿进我的那才开的白海棠，连我禁不起的药，你们如何禁得起。"麝月等笑道："野坟里只有杨树不成？难道就没有松柏？我最嫌的是杨树，那么大笨树，叶子只一点子，没一丝风，他也是乱响。"

麝月说杨树笨，不说杨树挺拔，我倒觉得笨一点的树可人。一棵树如果像袭人一样，处处玲珑剔透的，还能让人静静观赏吗？至于挺拔，曹雪芹大概不喜欢，他喜欢那种枝叶铺开、亭亭如车盖的树。麝月觉得杨树无风乱响，很有点多事。有人说，麝月是借杨树笑话宝玉，宝玉不是常被人说成无事忙吗？

我对白杨无所谓喜欢不喜欢，对树叶声如雨声也没特别的兴致，虽然雨夜睡觉真是极好的享受，睡前读几篇鬼故事更是好上加好。至于生死之类，唯觉虚妄，因为没什么可说的。假如非得在这个题目上找"情调"，我能想到的例子是塔科夫斯基的影片《索拉里斯星》，其中有个叫人难忘的细节：常驻太空站的学者们远离地球，思乡情切，长夜难眠，孤独难忍。有人发明一个方法，在卧舱内的通风口粘一排纸条，纸条被吹得抖动不停，发出的声音酷似风中树叶。听着树叶声，仿佛回到了地球，回到了家乡，可以安心入梦了。

2019 年 8 月 27 日

春在溪头荠菜花

正月将过，纽约仍在飘雪，然而春天终究来了。站在窗前向外看，白茫茫的漫天飞絮中，棕红色的玫瑰叶已经快要绽开，而荠菜在这些日子更是随处可见。看见荠菜，再想起吃荠菜，时令便晚了。舒展到巴掌大的野荠菜，即使还没老，味道也差了。

荠菜在我家乡，吃法似乎只有包饺子一种。我喜欢的饺子，一种算是素馅的，鸡蛋、韭菜、粉丝，加上剁碎的油渣子。另一种就是猪肉荠菜的。荠菜个儿小，收拾起来麻烦，一般人家并不常吃。何况荠菜是有时令的，其他季节吃不到。

荠菜容易和几种不能吃的野草相混，和常见的车轴草甚至小蒲公英也酷似。但见多了，无论外形怎么变，还是一眼能认出来，但要告诉别人却不容易。这大概和生活中看人一样，很多感觉是难以言述的。

荠菜有不同品种，彼此差别很大。叶子有绿的，有铁锈红的，还有叶尖棕色或金属般的灰白色的。叶缘多半呈锯齿状，但有的乖巧妩媚，近乎无齿，有的则天性刁蛮，分裂太深，细长加扭曲，弄得如一团缠丝。

长在麦田和菜地里的荠菜，地腴水足，借了农人的爱护，免于牲畜的踏踩，养得鲜嫩水灵，叶子上举，回转成伞形，叶面常趴着亮晶晶的水珠，仿佛小姐颈上的珠链。这种荠菜绿得油亮，比野地的荠菜长得肥大，然而味道淡，剁碎就出水，没多少筋骨。荠菜的香主要在根，家养的荠菜植株挺拔，看起来有模有样，根却萎缩得不成比例，又细又短，像阿Q脑后拖着的小辫子。

挖荠菜自然不能到麦田和菜地里挖，只能去野地。事实上，在我老家那一带，地少人多，能从容生长荠菜的野地，早就被开垦了。山坡荒瘠，杂生着茅草和橡树，大概土质不对，荠菜不能存活。只有连日阴雨后冒出来的地衣，像细薄的小木耳，贴着地皮，混着草末子，黑黝黝地铺散开来。地衣，我们叫地皮子，真是再形象不过，也能吃，素炒了，小小一盘，味道淡得只有土味和水味。据说地衣现在也上了饭店的菜单，搅和在鸡蛋里大油热炒，这就不是当年所能想象的了。

能挖荠菜的地方，是房前屋后、菜地外围，以及路边和田埂上。生在这里的荠菜，天天被践踏。人践踏，牲畜践踏，鸡鸭啄食，牛羊啃啮，驴车的轮子碾来碾去，荠菜便长得异常瘦小，叶子匍匐下去，紧趴在地面上。说趴还不够确切，该说紧紧抓着地面。老叶子在外，新叶子在内，一圈一圈，几乎像个圆，但不整齐，又松散。颜色也很少是绿色，绿中带点铁灰，很枯干的那种，更多的是给人红色感觉的铁锈色和棕色。因为必得结实才能生存，它们水分少，干硬，撕开叶子见到筋。麦地里的荠菜伸手便揪起来了，这些荠菜不能，贴地太紧，根特别粗壮，叶子扯碎了，根还扯不出来，要用剪刀往深处剜才行。那么板结的土里，荠菜的根足有一拃长，粗而不肥，仍然白色，凑近鼻孔，香气四溢。

两种荠菜，两种品质，同样时代，不同命运，像是遗民和贰臣的对比。这是我童年的印象，几十年过去，免不了被陶冶，被修补，也许并不可靠。

唐人郭湜的《高力士外传》，记录了高力士亲口所说的一件与荠菜有关的故事。高力士是唐玄宗的亲信太监。安史之乱，玄宗西狩，肃宗乱中即位。等到玄宗从四川还都，做了太上皇，大权旁落，饱受肃宗猜忌，亲信被一一剪除。忠心耿耿的高力士自不能幸免，垂暮之年被流放巫州。巫州在今天湖南的怀化，荠菜甚多，而当地人不吃。高力士喜欢荠菜，经常采来做羹。日暮途穷，他乡流落，有感于荠菜滋味的鲜美，作了一首小诗："两京秤斤买，五溪无人采。夷夏虽有殊，气味应不改。"（《新唐书》所引文字小异）怀化远离京都，当时算是化外之地吧。高力士说，虽然地方不同，荠菜的味道仍然没变啊。这首诗朴实无文，读来却能令人反复回味。无限感伤，尽以浅淡通达之言出之。杜甫流落蜀中，怀念长安，冬至日作诗说："江上形容吾独老，天涯风俗自相亲。"高力士表达的是差不多的意思。他那时的年纪，可比杜甫大多了。

我初到纽约，每发现一种过去见惯的草木虫鸟，都觉得惊喜。第一次看到萤火虫，是在朋友院里吃烧烤的时候，竟然忍不住惊叫出声。荠菜，很快就发现在公园里，在球场周围，乃至一些僻静小街的两边，到处都是。拔起闻闻，气味仿佛。儿子出生那年冬天，在附近的草地上挖了很多。包饺子之后，还有剩余，下到面条里吃掉了。

后来几年还挖过几次，感觉却不对了，不仅不那么香，还有一股土腥气，根老，咬不动，从此没了兴趣。高力士说虽然夷夏有别，荠菜气味不改，看来适用范围有限。远，要看远到什么程度，太远，所有漂亮的假设便都不成立了。

荠菜开花细小而白，杂在草丛中，毫不起眼。反倒是结籽之后，分权得很好看的细枝条上，缀满扁扁的小种子，在微风中摇摇摆摆，风致不亚于狗尾草，都是朴素又让人觉得舒服的。辛弃疾的名句："城中桃李愁风雨，春在溪头荠菜花。"平平淡淡一首词，这两句大有深意。

2018 年 3 月 8 日

柿有九德

张大千为自己在巴西圣保罗远郊的私人庭园取名为八德园，园中种了很多柿树。据唐人段成式《酉阳杂俎》中的说法："俗谓柿树有七绝，一寿，二多阴，三无鸟巢，四无虫，五霜叶可玩，六嘉实，七落叶肥大。"张大千说，劳作之余，翻看医书，方知柿叶煎水可治胃病，那么，柿子树岂不是具有八种功德吗？

宋人罗愿《尔雅翼》卷十、《西游记》第六十七回采用了这个说法。唐僧师徒经过驼罗庄，叩门求宿，自我介绍"乃东土差往西天取经者"。开门老者闻言，感叹说，往西是去不得的。唐僧问，怎么去不得。老者以手指道："我这庄村西去三十余里，有一条稀柿衕，山名七绝。"三藏问何为七绝，老者回答：

这山径过有八百里，满山尽是柿果。古云柿树有七绝……故名七绝山。我这敞处地阔人稀，那深山亘古无人走到。每年家熟烂柿子落在路上，将一条夹石胡同，尽皆填满；又被雨露雪霜，经霉过夏，作成一路污秽。这方人家，俗呼为稀屎同。但刮西风，有一股秽气，就是淘东圊也不似这般恶臭。如今正值春深，东南风大作，所以还不闻见也。

喜欢柿子的人读到这一段，也许会像我一样，搓手扼腕，惋惜不已吧。八百里山，满山柿果，该是什么样的迷人景象。有人轻描淡写的一句"十月的柿子挂红灯"，也不知道红灯究竟有几盏，已令人口中流涎，何况千林万树的累累嘉实。前年秋天回北京，随张辉兄去香山，离开北大不远，就见一路明黄的银杏树，夹道数里，灿若金箔，树叶在风中簌簌作响，闪烁着光芒飘飞在空中，落地犹自余光耀眼。入山后，高大的柿子树点缀土路边，果实初熟，衬着枯棕色的果蒂和粗糙的枝丫，果真火一样夺目。柿尖点染的黑斑，越发加强了红色的质感。山路狭窄又不平，车堵得如同蜗牛爬，因此柿子倒是看踏实了。说来我不算是嗜吃柿子的人，可是真爱柿子，年纪越大，越爱柿叶厚实和斑驳的暗红，就像喜欢秋天的乌桕叶。柿树的美德之一是不生虫子，这个好处堪比人的宽容和随和，以无为有，熨帖到人心里。而乌桕呢，叶子漂亮，白蜡籽好玩，可以做豆豆枪。然而生起虫来，老天，叶背上密布的毛毛虫不把人蜇死也把人吓死，不把人吓死也把人恶心死了。

比起新鲜柿子，我更爱吃柿饼。新鲜的柿子，稍稍喜欢那种咬开个口子、一口嘬尽的汤柿子。北京冻柿子有名，可我在北京住了五年，没有吃过，也没人告诉我还有这么一种好东西。北京给我留下忆念的只有玫瑰香葡萄和大久保桃，而大久保桃毛茸茸的，比老家那种汁水血红、甜香迷人的大桃子（也许该叫"血桃"）差远了。多年后在纽约，又吃到了所谓的怀柔板栗，可惜不是新鲜的。

老家的柿子，寻常只有零落的栽种，不成片，不成林。高坡上的村子，村头如果孤零零的一株，往往显得高大。枝叶那么繁密，天将晚时映衬着西方天空的余晖，疏阔又雄壮，很有镜头感。暮色里传来的狗叫声，提醒噙着口水遥望的孩子，想偷摘那些比鸽子蛋大不了多少的青涩柿子，得胆子大，手脚麻溜，还要跑得飞快。

青柿子不能入口，咬下去，白浆流出来，舌头马上麻了，呸呸地吐半天，不起作用。最简单的处理办法，是埋在稻田青黑色的污泥里，几天后挖出来，柿皮捂出一层乌气，青还是青，但不鲜亮了，灰灰的，闷闷的。洗净，咬开坚实的果皮，果肉雪白，带着细微的小麻点，有点脆，但粉质很重，嚼碎咽下，舌尖和唇齿间仍然留着圆溜溜的粉粒。这被迫早熟的柿子几乎没有味道，就是一点涩麻，嚼久了，才慢慢泛出一丝甜来。

柿子如果比较多，不便埋在稻田里，可以找小坛子注满淘米水，把柿子浸在里面，坛口揉一团辣蓼棵子封上。这样泡熟的柿子，和稻田里捂出来的，效果差不多，然而果肉似乎不那么白，也不那么粉，更甜一些。我觉得还是稻田里的好。

柿子适宜入画。生活中的柿子树我见得不多，见到的多是画上的。明清人秋山图上的一抹红色，看不出是什么树，也许是枫，是槭，也许是黄栌。山脚矮石边上的，是野山楂甚至灰灰菜也说不定。野生的灰灰菜能够长到比人高，梗子比大拇指还粗，乍一看，几乎就是灌木了，沧桑得很，红起来也是有模有样的。而我，常常猜想是柿子树。唐朝人喜欢柿蒂图案，就是柿子成熟后留在果实上的干燥宿萼，织在绫罗上，成为著名的柿蒂纹。仕女的绿色柿蒂纹长裙，有出土的三彩俑为证，清雅秀丽至极，如白居易诗中描写的："红袖织绫夸柿蒂，青旗沽酒趁梨花。"就连元人吕诚照葫芦画瓢的"市桥风旆梨花酒，游女春衫柿蒂绫"，也美不可言。

算上柿蒂，柿树岂不是有九德吗？

2019 年 3 月 19 日

爱情与毒药

　　在莎士比亚戏剧《罗密欧与朱丽叶》中，罗密欧因斗杀人命被流放，朱丽叶被家人逼迫嫁给巴里斯伯爵。劳伦斯神父为了玉成这对相爱的少男少女的好事，让朱丽叶服用药汁，进入假死状态，四十二小时后才能醒来。待朱丽叶被家人认定已死，灵柩送到家族墓地，罗密欧事先在那里守候。其时药效已过，朱丽叶醒来，两人携手远走高飞。这本是万无一失的妙计，不料阴错阳差，神父的消息没有及时送到罗密欧那里。罗密欧深夜赶到墓地，以为朱丽叶已死，当即服毒殉情。朱丽叶醒来，也在哀痛之中自杀。

　　梁实秋中译本的题解中说，情人离别与睡药的故事，在西方源远流长，早在奥维德和以弗所的色诺芬笔下就已出现过。莎士比亚取材的马苏齐欧·萨勒尼塔诺的故事集，是一四七六年在那不勒斯印行的。直到晚近的童话《白雪公主》，以及柴可夫斯基的芭蕾舞剧《睡美人》，都还有类似的关键情节，只不过在《睡美人》里，毒药换成了咒语。中国读者则不难发现，与《罗密欧与朱丽叶》故事相似的，莫过于纪昀《阅微草堂笔记》中的福建女子一条。

一、茉莉花根

纪昀的故事说，福建有户人家的女儿，未嫁而死，父母哀伤，将其隆重安葬。可是过了一年多，亲友却在外地见到了这姑娘。开始只是觉得长得像，再注意听她说话的声音，看她的行为举止，完全一样。亲友趁其不备，在背后喊她小名，她果然闻声回头。亲友确知没有认错，但不相信她还活着，怀疑是鬼，回去告诉她父母，挖开坟墓验视，棺里是空的。于是全家人一起出动，找到女孩，女孩却坚决不承认自己的身份。父母说，她胸前有瘢痣，可以为证。邻家妇女将女孩引入内室检查，果然有。至此，女孩只好吐出实况。原来她和邻家男孩有了私情，怕父母不同意婚事，听说有一种茉莉花根，磨碎了下到酒里喝下，人就和死了一般。一寸花根，昏死一天，两寸花根，昏死两天。最多到六寸，还可以复醒。用到七寸，就真的死了。女孩和情人商定，用这种方法诈死，等她下葬之后，男孩把她挖出来，逃到外地安家。

这里说的茉莉花根，不知是否确有其物。一寸昏厥一天，显然是传说。就算有这种毒草，作用也不可能如此精确。《老残游记》里写到一种名叫"千日醉"的药草，"少吃了便醉一千日才醒，多吃就不得活了"，泡出的药水，"色如桃花，味香气浓，用舌尖细试，有点微甜"。小说写到一桩冤案，贾家一十三口中毒而死，清官刚弼认定女子贾魏氏下毒，严刑逼供，屈打成招，问成凌迟大罪。老残多方寻访，探明真相，不仅救出无辜的贾魏氏，还巧计骗得解药，救活了其实只是沉睡的贾氏一家。这种千日醉，"只有一种药能解，名叫'返魂香'，出在西岳华山大古冰雪中，也是草木精英所结。若用此香将文火慢慢的炙起来，无论你醉到怎样田地，都能复活"，比纪昀书中的茉莉花根更加夸张。

二、一种灵药

中国古代小说和野史笔记里，此类故事很多，毒药充当成就爱情的手段，与莎士比亚是同样的机杼。唐人薛调的传奇小说《无双传》，写名叫王仙客的年轻人，父亲早逝，随母亲回到舅舅家住，和舅舅刘震的女儿无双一起长大，青梅竹马，亲密无间。王母临死，请求哥哥把女儿许给儿子。刘震嫌仙客贫穷，不肯答应。后来泾原兵士造反，唐德宗仓皇出逃，刘震让仙客押送他家财物出京，许诺把无双嫁给他。刘震夫妇未能逃出首都，被迫接受伪职。乱平之后，刘震夫妇被处死，无双被籍没为宫女。

王仙客打听到无双的下落，趁宫女集体出游的机会，见到无双，倾诉衷情。他得知富平县有个叫古洪的下级军官，是个豪侠之士，便百般结交，一年之后才说出自己的心事。古洪慨然相助，从茅山道士那里讨得一种灵药，那药"服之者立死，三日却活"。得了药，古洪便指派刘家从前的丫鬟采苹假装太监传令，说无双是逆党家人，赐令自尽。无双服药后，古洪假称亲友，赎出尸身，运回王家救活。仙客和无双连夜逃走，事情平息后回到老家，过了五十年好日子。

茅山道士的药究为何物，是草木还是矿物，故事中没说，但毒性巨大，事后的救治相当费功夫。小说里写到，古洪救出无双，告诉王仙客，无双已经死了，但心头还是暖的，后天就会活转来，要小心地灌她汤药，保持室内安静隐秘。仙客把无双抱进阁子，独自守在身边。到天亮，无双全身回暖，不久睁开眼睛，看见仙客，哭了一声，又昏迷过去。灌药治疗一整天，直到入夜才复原。

三、常春草与千岁蘽

时间背景更早、流传也更广的，有崔怀宝和薛琼琼的故事。这故事半真半假，像虚构，又像纪实，牵扯到杨贵妃，还留下一首有名的爱情小词，被张君房收入《丽情集》，成为文人喜爱的典故。

说的是在唐明皇时候，有个乐供奉杨羔，因为和杨贵妃同姓，而且很受皇上宠幸，外人尊称为"羔舅"。天宝十三年春天，清明将至，皇帝开恩，允许宫女们到郊外踏青。唐朝风气开放，思想自由，自统治者到平民百姓，心智健康而率性豪迈的人物很多，不管是在功名利禄、文化艺术，还是在个人生活上，与后世惊弓之鸟式的猥琐和凡庸不同。有个叫崔怀宝的人，向称狂生，大概就是明清戏曲小说中唐伯虎一类的人物，相貌英俊，才华横溢。他看见宫里车队出来，假装避道不及，站在树下偷看，看见车中一位丽人敛容端坐，顿时动了心。崔怀宝目不转睛地看她，她也看见了崔怀宝。

两人正在互送秋波，忽听有人喝道："什么人在此，胆敢偷看宫人？"崔怀宝吓坏了，老老实实地招认了偷窥行为。没想到这人听过之后却笑了，说："你这人也算个大傻瓜了，知道看的是谁吗？这可不是等闲女子，是宫中第一等手。你若有心，我倒是可以帮你。这样吧，晚上你到永康坊东，去杨将军宅上找我。"这人便是羔舅。

到了晚上，崔怀宝如约而至。羔舅说，你想得到天下佳人，得显点本事让我看看啊，唱首小词吧。崔怀宝大概熟读过陶渊明的《闲情赋》，顺着那意思，稍一思索，便有了五句："平生无所愿，愿作乐中筝，得近玉人纤手子，砑罗裙上放娇声，便死也为荣。"杨羔大为叹赏，当即请出一人，正是车中那姑娘，告诉怀宝："她叫薛琼琼，是良家出身选入宫中的。既然你们两情相悦，今天我做主，把她嫁给你，你就带她走吧。"

然后给他们各倒一杯酒，说："这叫熏肌酒，是常春草泡制的，也有人说是用千岁蘽泡制的，总之喝了以后，白发变黑，能够益寿延年。"又告诫他们，到了外地，一定要低调，不能显本事，以免暴露身份。

宫中发现筝手失踪，通告全国搜寻。崔怀宝带了薛琼琼去荆南做官，闲时夫妻唱和，日子过得很惬意。中秋赏月的时候，薛琼琼忍不住技痒，取出筝来弹奏。同僚听见，起了疑心，心想近来到处查找筝手，这人筝弹得如此出神入化，又是从京都来的，显然就是宫中逃走的人物。他报告上司，崔怀宝夫妇被捕，被押回长安。

审问时，崔怀宝说，他没有拐带薛琼琼，薛琼琼是杨羔赐给他的。杨羔闻讯，赶紧向杨贵妃求救。贵妃就对明皇说："是杨二舅赏给他的，陛下就饶了他们吧。"明皇当即赦免诸人，并下旨赐薛琼琼与崔怀宝为妻。

故事里提到熏肌酒。熏肌，顾名思义，如白居易诗所言："气熏肌骨畅，东窗一昏睡。"肌肉被熏得松散，懒洋洋地浑身无力，自然要入梦了。然而药效如果太重，肌肉松弛乃至麻木，养神就变成了毒害。造熏肌酒所用的千岁藟，古书上常见，有人说就是《诗经》《左传》里的葛藟，是葡萄科的藤蔓植物。本草书中说它的功用是补五脏，续筋骨，益气，止渴。杨羔说熏肌酒可使头发变黑，这里的千岁藟显然不是寻常的千岁藟，更像是何首乌。何首乌也是藤蔓植物。

至于常春草，估计也不是实指，就是一种仙草，好比《汉武洞冥记》的荃蘼、碧草、吉云草之类。然而在唐代，有一种常春藤，是大名鼎鼎的药草。故事里的常春草，也有可能就是常春藤，而常春藤就和前面说的几种毒药或麻醉药有了关联。

据《新唐书·方技传》，有位江湖术士姜抚，自称懂得神仙的不死之术，隐居在深山，不轻易见人。开元末年，正好在崔怀宝故事发生之前，太常卿韦绦祭祀名山，顺便寻访山中隐士，见到了姜抚，回来报告唐明皇说，姜抚已活了数百岁，是有道之人。唐明皇把他召到洛阳，询问长生不老之法。他推荐明皇服用常春藤，说常春藤能使白发返黑，可致长生。这与杨羔所言，完全一样。他还说太湖的常春藤质量最好，明皇派人去太湖采摘，不仅自己服用，还赏赐给亲近大臣。

大臣中有位右骁卫将军甘守诚，是位药物行家，他对唐明皇说，所谓常春藤，就是千岁蔂，因为毒性太大，术士们都已放弃不用了。姜抚把它改个名字，吹得神乎其神，这是欺骗陛下。民间以常春藤渍酒，听说喝的人多半暴死。唐明皇听了，觉得害怕，不敢再服用。姜抚见势头不对，假称去山中采药，一溜了之。可见那时候，民间仍然流行饮用常春藤酒，虽然不断有人被毒死，但延年益寿的吸引力太大，大家照饮不止。

据此，崔怀宝故事中的药酒情节，应该与姜抚传里所说之事有关。这个故事的原始版本不得而知，依理推测，杨羔应该和劳伦斯神父及古洪一样，也是用毒药让薛琼琼假死，瞒天过海，使她逃出宫廷。否则，他一个乐工头儿，胆子再大，关系再硬，也不敢把皇帝的宫人私许给外人。

四、其他毒药

历代相传的奇异药物，特别是与名人轶事或文学名著有关的受到关注，吸引学者研究，有的可以考证出来。如苏格拉底死于毒芹汁，死前肌肉麻木，麻木感自脚下升起，直至胸臆，颇有"熏肌"的本义。古罗马人善用颠茄杀人，《基督山伯爵》中维尔福夫人给继女下毒，有人言之凿凿，说所用的是马钱子。但大多数时候，要么语焉不详，要么出自幻想。中国人说鸩毒，起初是指用鸩鸟羽毛浸泡的毒酒，后来描写宫廷斗争，不管什么人，只要被毒死，就说是饮鸩而死，鸩便成为毒药的代名词，比最恶俗的砒霜还司空见惯。然而鸩这种怪鸟到底有没有，至今不得而知。也许早先有过，后来灭绝了，也许根本没有。《老残游记》里的"千日醉"，不用说，是从《搜神记》中狄希酿造的让人一醉千日的"千日酒"变化而来，与还珠楼主和金庸小说里千奇百怪的毒物属于同样性质。

让人先死后活的药，如《罗密欧与朱丽叶》《无双传》以及崔薛故事里的，如果往现实中套，最可能的是宋代词人周密在《癸辛杂识》里记载的西域奇药"押不芦"："回回国之西数千里地，产一物极毒，全类人形，若人参之状，其酋名之曰'押不芦'。生土中深数丈，人或误触之，着其毒气必死。"采挖的方法，先在四旁挖深沟，然后用皮条层层缠裹，一头系在狗腿上。用棍子打狗，狗一跑，把押不芦连根拔起。狗感染毒气，很快就死了。再一起埋在土里，一年后取出晒干，配合其他药物制成毒品。"每以少许磨酒饮人，则通身麻痹而死，虽加以刀斧亦不知也。至三日后，别以少药投之即活。"押不芦又是什么？我觉得和曼陀罗差不多。相传华佗给人动手术，用曼陀罗作麻醉药，周密则说用押不芦。《水浒传》中的蒙汗药，有人考证，主要成分也是曼陀罗。

古希腊人的戏剧中，解决难题的方法之一，是神祇的干预。以神力干预人间的事，自然十拿九稳。中国人退一步，换成皇帝插手，如鲁迅嘲笑过的穷秀才爱上富家女，受百般磨难，最后中状元，圣上降旨赐婚。然而神仙和皇帝都是靠不住的，道理很简单：神仙和皇帝高高在上，凡世的苦难还未上达天听，人已死得冷透，更何况神仙和皇帝还常常犯糊涂。神恩和帝力不及的地方，只好自我努力，借用一切力量，靠智慧，靠蛮力，靠坏人无疾而终或突然改邪归正，靠阴错阳差化险为夷，来解决问题。毒药便不可避免地成为天降奇迹般的超凡力量的象征，一条捷径，一种变通，寄托了非分的希望，在没有希望中硬挤出希望，如同在堕崖途中恰好抓住的半崖上的一棵树。

人间的戏剧中需要奇药的时候越多，说明凭借理性力量和正常努力破除困境越不可能。奇迹和祈祷一样，如果发生和应验了，生死肉骨也不过是寻常事，然而没有人能够保证，奇迹一定会发生，祈求一定会应验。所谓命运无常，就是这个意思。朱丽叶和刘无双喝毒药，无疑是一场赌博，即使一应安排都不出错，更大的可能还是醒不来。

2018 年 5 月 30 日

端午节的爱情

在欧阳修和苏轼笔下，端午是一个吉祥欢快的节日。正值夏初，天气清和，繁盛一时的春花次第落罢。在风和流水将犹带残香的花瓣渐渐吹尽和流去之后，大地上的草木仿佛一夜之间铺满了每一个角落。树叶由亮丽的柔嫩沉积为宁静的暗绿，白昼日长，时光变得从容和厚重。在不下雨的日子，已经感觉得到丝丝暑意，然而熏风时来，楼阁生凉，石榴花开得火一样鲜明。在浓密的树荫深处，听得见早蝉的嘶鸣，虽然高亢响亮，但还没有太歇斯底里。正午的慵懒带来困倦，而拂过麦田的风给半沉的梦涂上一层清远的香气。这是一个与伤春和悲秋都距离遥远的季节，即使梅子黄时连天的雨水，也不能冲淡文人心中普遍的韦应物式的愉悦和安详。事实上，苏轼的十几首端午帖子词，都难得一致地展露出韦应物诗的气质："午景帘栊静，熏风草木酣。""微凉生

殿阁，习习满皇都。""雨细方梅夏，风高已麦秋。应怜百花
尽，绿叶暗红榴。""秘殿扶疏夏木深，雨余初有一蝉吟。"

　　但对于南宋词人吴文英来说，端午不仅是一个驱邪去殃
的节日，不仅是一个纪念屈原的日子，也是他最终失去的爱
情中曾经有过的无与伦比的良辰。端午在吴文英的词中，正
像锦瑟在李商隐的诗中、橙子在陆游的诗中，是一个不褪色
的象征、一个隐秘的幸福和怅惘的符号：

　　　　润玉笼绡，檀樱倚扇。绣圈犹带脂香浅。榴心空叠
　　舞裙红，艾枝应压愁鬟乱。
　　　　午梦千山，窗阴一箭。香瘢新褪红丝腕。隔江人在
　　雨声中，晚风菰叶生秋怨。

　　这首《踏莎行》是端午节感梦怀人之作，怀念他爱的一
个女子。上片五句描写那位女子的容饰，从皮肤、嘴唇、纱
衣、扇子、裙子，直到头发，精美细腻，仿佛一幅工笔仕女
图。润玉形容她的皮肤。绡是一种轻薄透明的丝织品，说明
衣服的质地。檀是淡红色，她的嘴唇像淡红色的樱桃。扇
子半遮着脸，她脖子上围着绣花的圈饰，还带着淡淡的脂粉
香。她的舞裙是石榴花一样鲜艳的红色，鬓边插着粘贴了艾
叶的小饰物。

艾叶剪成老虎形状，或用布剪成老虎形状，粘上艾叶，用来辟邪，端午节时佩戴。这几句都是静态描写，但也交代了几个意思。第一，大红的舞裙，不是一般人穿的，说明女子是歌姬身份。第二，"空叠"这个"空"，表示没用了，裙子那么漂亮，舞动起来该多么华丽，然而她不会再穿着跳舞了，因为思念愁苦，没有那种情绪了。空也可理解为时间久，舞裙已经破旧。这两重意思，另一首词《风流子》中就都写到了："芳期嗟轻误，花君去、肠断妾若为容。惆怅舞衣叠损，露绮千重。料绣窗曲理，红牙拍碎，禁阶敲遍，白玉盂空。犹记弄花相谑，十二阑东。"第三，后一句那个"应"字，非常重要。插了艾叶的头发，应该有点乱了吧。到底乱不乱，不知道，说明人不在眼前。鬓丝蓬乱是想象之词、猜测之词。"榴心空叠舞裙红"，还有一种解释，说是裙子上画了石榴花的图案。我觉得这一句就是个简单的倒装句，正常语序是"舞裙空叠榴心红"，是榴花心一样娇妍的红。

作者的描写如此生动，细味却有朦胧甚至虚无缥缈的感觉。比如扇子遮面，吴文英不这么说，反过来说嘴唇轻轻倚靠着扇子。扇子小而轻盈，而人面可以相依，可见人该是多么轻盈。绣圈在身，当然有脂香，词中却说"犹带"，仍然带着，那意思是，不应该还有脂香的。再加上舞裙之

"空"，空是否定，石榴红的舞裙，可能早已化为烟云。

读到下片，读者终于恍然大悟：上片的描写，并非写实，而是记梦。梦比现实还逼真，说明作者爱她之深，熟悉她身上的每一个细节。又那么朦胧，不确定，因为毕竟是梦里，想不起来的地方，无法重温和验证。他爱的女子远隔天涯，梦里走过千山万水，其实时间不过一瞬。一箭，是说计时的刻漏才走了一小格。

端午节用五彩丝线系在手腕上驱鬼祛邪，叫作长命缕，或续命缕，这是汉朝以来的讲究。宋朝可能有所变化，这里只在臂腕上缠红丝线。人瘦了，丝线在手腕上缠过的痕迹，因此而显得轻淡了——这和衣带渐宽是同样的形容法。这一句本该和上片五句在一起的，却在说明做梦后插进来，这个细节比前面的还更小，却记得那么真切。

接下来，作者回到现实：他临水而居，下雨的日子，风吹动岸边的菰叶，发出凄楚之声，明明是夏天，却感觉到秋天一样的哀伤。作者做梦，明说是午梦，最后写到晚风。这就是说，整整一个下午，他都在沉浸在思念之中，无以排遣。最后两句，写人水相隔，就是"所谓伊人，在水一方"的意思。加上雨天，更加迷茫，更加不可亲近，这就在《诗经》"蒹葭苍苍"那首诗的意境上，更深了一层。

吴文英作于端午的词还有《满江红·甲辰岁盘门外寓居

过重午》《杏花天·重午》《隔浦莲近·泊长桥过重午》《澡
兰香·淮安重午》，都和此作题旨近似，后一首可与这首
《踏莎行》参看：

> 盘丝系腕，巧篆垂簪，玉隐绀纱睡觉。银瓶露井，
> 彩箑云窗，往事少年依约。为当时曾写榴裙，伤心红绡
> 褪萼。黍梦光阴，渐老汀洲烟蒻。
>
> 莫唱江南古调，怨抑难招，楚江沉魄。薰风燕乳，
> 暗雨梅黄，午镜澡兰帘幕。念秦楼也拟人归，应剪菖蒲
> 自酌。但怅望、一缕新蟾，随人天角。

作这首词的时候，作者人在淮安。他设想爱人在苏州家
中，此时大约已经睡起，手臂上缠着彩丝，发髻上插着辟邪
的饰物，收拾整齐，准备过节了。从前两人一起歌舞饮宴的
日子，仿佛已经非常遥远。姬人红色的裙子上，他还曾经题
写诗句呢。可是现在，裙子一样颜色的石榴花正在凋谢，水
边的菖蒲也快老了。人生可不就像黄粱一梦吗？端午古人原
本视作恶日，最好挂起吉日佳辰铸造的镜子，沐浴兰汤，祓
除不祥。这一天还要把菖蒲剪成细丝或碎片，泡在酒里饮
用。家家门上挂着艾人，有些讲究的，身上还佩戴灵符。你
独自在家，是不是也在盼着我回去，共饮一杯菖蒲酒呢？

词中涉及很多端午的习俗，爱人臂腕上缠丝的情景，尤其让作者难忘，其他词里不止一次反复提到：

> 合欢缕，双条脱。自香消红臂，旧情都别。
>
> 榴花依旧照眼。愁褪红丝腕。
>
> 还暗忆，钿合兰桡，丝牵琼腕，见的更怜心苦。
>
> 竹西歌断芳尘去。宽尽经年臂缕。

据夏承焘先生《吴梦窗系年》考证：吴文英大约在理宗绍定五年（1232）至淳祐五年（1245）这十多年时间住在苏州，其间纳一小妾，后来不知因为什么缘故遣去。他在杭州也纳过一妾，后来亡故了。这两个小妾，一去一亡，成为吴文英一生痛苦的根源。他的三百四十一首词，有一百多首是言情的，占三分之一还多。夏承焘还进一步指出："集中怀人诸作，其时夏秋，其地苏州者，殆皆忆苏州遣妾；其时春，其地杭州者，则悼杭州亡妾。"

吴文英被称为词人中的李商隐。李商隐写爱情的那些以无题为主的诗，虽然可以肯定牵涉一段或几段情事，但具体涉及几个人，又都是什么人，是女道士还是贵家的宠姬，很难找到确证。诗词本不以叙事见长，李商隐的诗风偏又是那么晦涩含蓄、意象纷繁，大跨度跳跃相接，用典精深，寓意微妙，诗意往往如羚羊挂角，无迹可寻。吴词的风格较之李商隐，有过之而无不及，情绪深婉，气氛浓郁，隔雾看花，不见花，只见美丽的花影。便如苏州歌姬之事，事情的来龙去脉，众说纷纭。有人进一步推理，说吴文英爱上她，为她脱籍，纳为妾。有人谨慎，只认可他爱上歌姬这件事，是不是纳妾了，没有明证。因为是歌姬，不能永结连理也是自然而然。

吴文英怀念苏姬之作，以写在清明日的《风入松》为最：

> 听风听雨过清明。愁草瘗花铭。楼前绿暗分携路，一丝柳、一寸柔情。料峭春寒中酒，交加晓梦啼莺。
>
> 西园日日扫林亭。依旧赏新晴。黄蜂频扑秋千索，有当时、纤手香凝。惆怅双鸳不到，幽阶一夜苔生。

西园是吴文英在苏州的居处，他和苏姬的幸福时光，大半是在这里度过的。西园也是吴词中反复出现的一个词。词的下片说，尽管人去楼空，他还是天天打扫花园，觉得爱人还会回来和他共赏新晴后的美景。院子里秋千仍在，蜜蜂一个劲儿地往秋千绳子上扑，因为当年她荡秋千，手握绳子，上面留下了她的香气。可惜，她再也不会来了，无人踏足的台阶上，仿佛一夜之间爬满了青苔。其实，秋千索上留下的香气不可能经年不灭，苔藓也不可能一夜长满，这样夸张正写出他的一往情深。

但苏姬的故事，基本上是一个谜。长达二百四十多字的《莺啼序·残寒正欺病酒》，被认为是写尽了作者和杭州爱人的"流连欢事"。如果要从中找故事，不过是说，两人在西湖初遇，小丫头传情，去到女子家里，成就好事，后来不知何故分别，多年后旧地重游，女子已经去世。大量篇幅是写他的思念和伤感。写苏姬的词作不少，情形也是如此。有些怀人之作，很难分清哪一首写杭姬，哪一首写苏姬。但从这些词中捕风捉影一番，还是可以找出一些线索的。

比如《解连环·暮檐凉薄》中写"记湘娥，绛绡暗解，褪花坠萼"，《过秦楼·藻国凄迷》中写"湘女归魂，佩环玉冷无声"，《凤栖梧·湘水烟中相见早》中写"湘水烟中相见早"，《满江红·甲辰岁盘门外寓居过重午》中写"湘水离魂菰叶怨"，一方面用湘水女神的典故，另一方面可能暗示这位女子原籍在湖南。吴文英词写同一事时，一些用语反复出现，如苏姬穿衣的"绡"、水边风景的"菰叶"，说明这些细节和对方以及他们往日的共同生活密切相关。

《尾犯·甲辰中秋》中有几句话说得少有地明确："露蓼香泾，记年时相识。二十五、声声秋点，梦不认、屏山路窄。"夏承焘考证，甲辰年是苏姬离去之年，其时吴文英四十五岁。苏姬去后五个月为中秋节，故词中有"影留人去"之语。采香泾在苏州太湖之滨，按词意，作者和苏姬是在这里相识的。红蓼花开，白露团团，时间应是在秋天。

《齐天乐·烟波桃叶西陵路》："华堂烛暗送客，眼波回盼处，芳艳流水。素骨凝冰，柔葱蘸雪，犹忆分瓜深意。"这很可能描写了他们初次定情的情形：夜深宴散，烛火低暗，送走众客，只留下两人共度良宵。这里用了两个典故。回眸一笑传情，即《九歌·少司命》中的"满堂兮美人，忽独与余兮目成"；"分瓜"，令人想起周邦彦《少年游·并刀如水》中的"并刀如水，吴盐胜雪，纤手破新橙"。这些都是写男女在一起的亲密，一个分橙子，一个分瓜。"素骨凝冰，柔葱蘸雪"两句，写对女子的观感，虽是老套的比喻，却带着惊喜，说明此时作者对她还不十分熟悉，女子的肤色容貌给他惊艳之感。后面的"梦不湿行云"，用巫山神女的典故，显然别具意味。

紧接着，就是《夜合花·自鹤江入京，泊葑门外有感》追记他们在苏州东城葑门外船上度过的一夜："当时夜泊，温柔便入深乡。词韵窄，酒杯长。剪蜡花，壶箭催忙。共追游处，凌波翠陌，连棹横塘。"《霜叶飞·重九》则回忆他们重阳登高："记醉踏南屏，彩扇咽寒蝉，倦梦不知蛮素。"寒蝉声中，女子持扇歌唱，作者畅饮忘形，几乎忘了身边的佳人。这首词，有人说是回忆杭姬，但我觉得持扇唱歌，应是写苏姬。蛮素指白居易的侍妾小蛮和樊素。可见这时女子的身份已变，由歌姬变为侍妾。说作者纳苏姬为妾，这算是一个证据吧，尽管仍是推测。

《解连环·暮檐凉薄》写到他们有一柄扇子，上面画了女子的小影："抱素影，明月空闲，早尘损丹青，楚山依约。"他们尚在一起，但事情已经出现不好的兆头："银瓶恨沉断索。叹梧桐未秋，露井先觉。"分手似已难免。但原因为何，没有明说。《新雁过妆楼·梦醒芙蓉》用了唐朝柳浑因为自己年老而让爱姬琴客另嫁他人的典故，后面又提到唐朝张建封死后，他的爱妾关盼盼独居燕子楼十年不嫁："宜城当时放客，认燕泥旧迹，返照楼空。""宜城"指柳浑。白居易曾经因为自己年老，想把家养的歌姬樊素和小蛮放出，心里舍不得。他也作过诗，赞赏关盼盼的"守节"。这两个故事彼此矛盾。吴文英用前一个故事，是说苏州女子离开了，用后一个故事，是说希望她不离开。苏姬的遣出，是被迫，还是一时的冲动，过后又追悔不迭？其中难衷，读者今天已无从得知了。

吴文英的词，好像一个个梦的片段，依照情感的内在逻辑串接在一起，不是深知其生平的人，很难还原真相。后世的读者按图索骥，虽然不无依据，毕竟主要靠推测。象征之所指，用典之取意，不可能落实到具体的情节上。比如"二十五、声声秋点"，真是指自初见至今，已经二十五年吗？"不知蛮素"一句，蛮素是泛指身边女子，还是特地强调姬妾的身份？都不好论断。说得比较"明确"的只有四件事：采香泾上的相逢，华堂之夜和小舟夜泊共度的时光，以及不明原因的分手。端午在他们的爱情故事中扮演了极其重要的角色，然而具体因由是什么，我们找不到确实的线索。

2017 年 5 月 23 日

三副集句联

前些天做了一个梦。

在梦里，兄弟姊妹一大群人，赶几十里山路去看电影。披着月光，穿林爬坡，最后来到悬崖边上。向下的石壁陡直如墙，深不可测。幸好石壁上丛生着野竹，可以攀缘而下。下到半山腰，豁然一片平地，坐落着老式农家小院一样的电影院，被黑魆魆的山影和树林紧紧环抱着。两扇蹲在石墩上的厚木门半开着，两边门框上刻着大字隶书对联："顾我有怀同大梦，怜君何事到天涯。"木板染成深棕色，字是绿的。

梦做到这里，后面不知是没做完，还是醒后忘记了，印象深的唯有这副集句联。这其实是几年前上班路上集的，上句李商隐，下句刘长卿。两句再熟悉不过的诗，忽然想到它们可以凑成一对，不仅浑然天成，而且切合心境。得意之余，有点不放心，怕是前人已经集过。请教几位朋友，都说不曾见，那么，算是我的"原创"了。

诗写不好的时候，可以集句。写诗容易暴露个人水平，集句不会。集得不好，无非是集得不好而已，都是古人的现成句子，看不出你文字功底多深。大学时读《唐诗别裁集》，前前后后集了不少对子，有一联至今不忘，说明当时觉得还不错："云连海气琴书润，人卧秋阴衾帐寒。"典型的许浑体。这一联虽然工丽，可惜有清客气。陆游被后人赞为对尽了古今的好对子，他有一些写闲适生活的，走的便是这条路，如《红楼梦》里提到的"重帘不卷留香久，古砚微凹聚墨多"。其他如："纸帐光迟饶晓梦，铜炉香润覆春衣。""樵柯烂尽棋方剧，客甑炊成梦未回。""活眼砚凹宜墨色，长毫瓯小聚茶香。""鸥鹭向人殊耐久，山林与世本无营。"真是不胜枚举。大概闲适情绪，正如幸福、富贵、春风得意，想写，写来写去无非那几句话，殊难写出新意。但因披了古雅的辞藻，虽然为一般人看不起，但在应酬场合，处于客套的快乐中时，清客体还是大有市场的，因为它体面。集许浑的诗时，未经世故，却很自然地喜欢这样的调调儿，说明清客式的高雅里头，多少还带着年轻人的单纯。只不过，已经世事洞明的人如果还在那里故意天真烂漫，不免给人老莱子彩衣娱亲的感觉。

我说清客体，不是说陆游。陆游的诗不是清客体，但后人把它学过去，变成了清客体。就像王麻子打出好菜刀，是用来切菜的，但豪杰们买去，用来智取生辰纲，那是怨不得王先生的。

扯到这些，有些扯远了。其实我是想说，梦里艰难跋涉，登山探崖，差不多冒了生命危险，不过为看一场电影。到头来，连电影是否看到都不知道，想来是有些虚无主义的吧。所幸并非孤单一人，还有亲友陪伴。走夜路看电影是谁的主意，我不知道，但这样一段艰难而并无必然的光明前景的路，大家走也就走下去了，没有谁提出疑问或抱怨。梦里省略掉的细节，都是友爱和信任。像我这样有恐高症的人在爬下绝壁时，尽管紧张得全身哆嗦，却不感到惊恐，也没有因为焦虑而从梦中惊醒。事后回想，心中温暖。这路程几乎就是令人无限怀念的唐僧四众（其实还有白龙马）历"一十四遍寒暑"、行"十万八千里"之旅的细微翻版。

关于《西游记》，我在八年前的《美好的旅途最好不要到达》一文中写道：

　　读《西游记》读到四圣成真，怅然若失。就像小时候看电影，每当大大的"完"字摇摇晃晃地出现在银幕上，灰茫茫的灯光突然劈头罩下，人影晃动的剧场里，只见满地瓜子壳和糖纸，还有小孩子撒的尿，那种失落感，多少年后犹不能忘怀。因为他们旅途已尽，事业已成，再也没有人生的目标，再也没有艰难和历险，再也没有每一次脱出险境后的欣喜。他们将各自分散，汇入人流，彻底消失。

美好的旅途最好不要到达，因为是旅途决定了他们之所以为他们。旅途，正如我在回答一位朋友时所说的，它应该是：永远正在。因为不能重新开始，因此不要终结。

唐太宗的《圣教序》是我喜欢念诵的文章。序中赞扬玄奘法师：

> 乘危远迈，策杖孤征。积雪晨飞，途间失地；惊沙夕起，空外迷天。万里山川，拨烟霞而进步；百重寒暑，蹑霜雨而前踪。诚重劳轻，求深欲达。周游西宇，十有四年。穷历异邦，询求正教。双林八水，味道餐风；鹿苑鹫峰，瞻奇仰异。承至言于先圣，受真教于上贤。探赜妙门，精穷奥业。三乘六律之道，驰骤于心田；一藏百箧之文，波涛于海口。

放在《西游记》的结尾，是雄浑的终曲。猴子、八戒、沙和尚，他们漫画般的风趣或滑稽的形象，忽然高大庄严起来，妖精们瞬间面目全非，变成了内心所经历的犹豫、怀疑、迷惘、愤怒、惶恐、懊恨、绝望、沉默以及突然洒落的无数细微的无妄之灾。但最终，险途和精怪，全都灰飞烟灭，无他，"良由所附者高，则微物不能累；所凭者净，则浊类不能沾"。

《美好的旅途最好不要到达》像是对这个梦的预先回应，补足了欠缺的结局：电影落幕，一切结束。在梦中，梦迅速穷尽，将自己彻底颠覆。想想英国小说家 J. G. 巴拉德的《无限梦想公司》，"无限"二字，岂不是一个讽刺吗？谢泼顿小镇的居民布莱克，一辈子梦想着逃离束缚他的世界，驾驶一架偷来的旧飞机出走，结果坠落在泰晤士河里。他可能淹死了，也可能成了神。布莱克的名字，据说是影射诗人威廉·布莱克。在他的长诗《弥尔顿》里，大诗人约翰·弥尔顿自天降临，和他一起探讨在世的作家与前辈作家们的关系，并展开一次神秘之旅，升华自己的灵魂。布莱克有什么难解的心事呢？他有必要借弥尔顿来为自己壮胆吗？作为诗人的布莱克，并不比弥尔顿逊色，何况他还有那么多神奇的画作。

前年读黄庭坚寄友人诗，又集一联："残年意象偏多感，暮齿相思岂久堪。"这里的相思是思念朋友，不是如今口语所说的意思。对联上句出自王安石的《宿土坊驿寄孔世长》，他原先那一联比此处集成的一联更亲切："残年意象偏多感，回首风烟更异乡。"残年，说老之将至，诸事无力，少年意气消磨一尽，这种年纪，一灯如豆，卧读古卷，该是最合适的选择；偏多感，是说自知时日无多，对诸事倍加挂心，芥豆之微的得失，便久久不能释怀。想做一些有意义的事，结果自讨苦吃。回首中仍可见昔日风烟，是什么意思？王安石写到这里，是否有当初没有做出更大努力的悔恨呢？也许有吧，因为这也是常情。王诗此联堪称完美，为了集句，只好用黄诗来搭配。新集的对子寓意其实是弱了些，想念远方亲友，似乎没什么好说的，但还是很切合中年的心境。我做过几次大致如一的梦，梦见父亲母亲在院里浇花种菜，梦见和弟弟妹妹一起吃饭喝酒，梦见一些彼此并不相识的人，因了我的缘故聚在一起，相谈甚欢。在洛阳看过《星际穿越》后，记住了男主角隔着不同的时空看见幼年的女儿，欲传消息而不能的场景，从此这些平淡无奇的梦就多了一个细节：我总是隔着墙间的缝隙看见他们，却挤不过那道墙缝，我能听见他们的话语，却不能让他们听见我。

三十年集得三副对联，可算一个人的心迹，正如东坡晚年对其一生的总结："问汝生平功业，黄州惠州儋州。"一生六十六年，换来三个地名。生于眉州，殁于常州，在徐州和密州，也有相当日子的盘桓，但他觉得这都算不得一生最典型的遭际。黄州是他一生的大转折，四年多的贬谪生活，改变了他的信仰，不，更准确地说，是丰富了他的信仰。他的诗文，从此少了浮躁和骋才使气，多了一份从容和深沉。我也有几个地名：光山，武汉，北京，纽约。生于光山，在那里度过最初的十七年。北京，工作过五年，曾经很喜欢的城市，本来是有终老的打算的。如今无根无蒂，它也就像一艘曾经乘坐过、如今被废弃的飞船，逐渐远去，消失于太空深处。

王安石最喜欢集句，《竹坡诗话》载：有一次，他以白居易的"江州司马青衫湿"为上联，欲以全句作对，久而未得。一日问蔡天启："'江州司马青衫湿'，可对甚句？"天启应声曰："何不对'梨园弟子白发新'？"公大喜。这只是巧，意思并没有什么。唐朝诗人东方虬说他的名字，就等着将来被人拿去与西门豹作对。也是巧。

梦里集句说到了梦，梦里的电影犹是空虚。也许梦里实实在在看了电影，不知为什么，却连姑妄言之的兴趣也没有。如果允许事后补选，选小津安二郎的《浮草》还是《秋刀鱼之味》呢？

2016 年 9 月 19 日

擎钵大臣的故事

早晨喝咖啡，读台北中正书局的《三国魏晋南北朝文选》。一杯咖啡，半个小时，就只读了一篇《擎钵大臣》。这是竺法护译《修行道地经》中的一段，胡适在《白话文学史》中摘录，作为佛经翻译文学的范本。寓言精彩，译文也是一流。竺法护是世居敦煌的月氏人，和其后的鸠摩罗什，同为中国译经史上的伟大人物。擎钵大臣的故事是，昔日有一国王，欲选一贤能之人为辅臣，不久果然找到一个。这人"聪明博达，其志弘雅，威而不暴，名德具足"，各方面都出类拔萃。为慎重起见，国王决定考验他一下，故意治他以重罪，然后端来满满一碗油，让他捧在胸前，在城里，从北走到南门，再出城二十里，送到一处庭园。一路上，如果碗里的油洒出一滴，将立刻被砍头。

贤者手捧油碗，心中绝望。京城人多，车马不断，到时观者如堵，油又满到碗边，这种情况下，走七步恐怕都做不到，何况几十里。他想，自己这回是死定了。既然必死无疑，怎么担忧都无益，不如把所有杂念抛开，只将注意力集中在碗上，如果运气好，也许能够渡过难关。

于是贤者安下心来，不慌不忙，擎钵而行。民众闻讯，齐来街上围观，又指手画脚，议论纷纷。贤者家人赶到，挤在街边痛哭呼叫。凡此种种，贤者一概不闻不见。美女现身，发疯的大象横冲直撞，城中失火，官兵扑救，百姓惊恐奔逃，贤者只当任何事都没发生，目不旁骛，一心向前，终于顺利到达庭园。国王惊叹不已，当即任命他为大臣。

故事说完，讲经者据此引申道："心坚强者，志能如是，则以指爪坏于雪山，以莲华根钻穿金山，则以锯断须弥宝山。有信精进，质直智慧，其心坚强，亦能吹山而使动摇，何况而除淫怒痴也。"

精神力量能够战胜一切，古人似乎很相信这一点。庄子和列子都说过类似的话，什么入水不濡，入火不伤，讲的故事也类似。今天的人大约很难有这样的自信了，因为我们的知识丰富多了，也因为我们的生活复杂多了。我们的寿命大大长过古人，但我们显然更胆怯，更谨小慎微。想象力对于我们，像是一只猛兽，我们没有足够的自信去驾驭它，因此不愿解放其束缚，任其自由驰骋，久而久之，它在我们肉体衰老之前就早早衰老了。幼小的时候，无论发生什么，只要父母亲抚摸着我们的头，说放心吧，没事。我们立刻就安心了。我们本该一辈子持有这样的相信，无条件地信任某种力量，可是经验把我们本该有的信任和想象力剥夺了。

一个醉酒的人从疾驶的马车上摔下，仅仅因为他处在无意识的状态下，不知道恐惧，分不清利害，不疑不虑，结果翻然无伤。捧着满满一碗油的贤者，从纷扰的人群中挤过，穿行在不平的乡间路上，一滴油都不洒出来。道理是好的，但故事我们实在难以相信。我羡慕相信奇迹和无条件地相信的人，因为他们单纯，而单纯是有福的。所谓寓言，多半如此。既然道理是好的，我们不妨把它降低高度来看，那就是一句大白话：人必须内心强大。

《三国魏晋南北朝文选》所收多为短文，适合用早点喝咖啡时翻阅，擎钵大臣的故事因此多读了好几遍。我想，自古内心坚强的人不在少，知己曰明，自胜曰强，有目标，有理想，愿意实实在在做些事的，大致都能不受外物的诱惑和逼迫，孟子所谓的大丈夫，说来不过如此。对于擎钵人，我最佩服他超凡的心理素质。游名山，时常遇见深渊上的狭窄石桥，近年又有悬空的玻璃平台。这些地方，如果其下只是三尺高的平地，那就稀松平常得很，抬脚就过去了。然而在险境，依然是同样的路，就战战兢兢，如履薄冰，迈不动步，要手足并用爬过去。人如果能克服心理障碍，世上大多数困难其实算不得困难。心理问题，往往理智不能解决，既是情感之所系，也是道德的约束，所谓悟，就是超越了这些后天的养成和社会的规定。

西方传说中，有一个国王经过百般磨炼，道行愈高，然而仍有一点，他觉得不肯定，不踏实。他的师父，一个大漠中的隐士，告诉他：只剩下最后一关了，打破这一关，说难则难，说易则易如反掌，四个字：学会"自私"。自私，不是叫你损人利己，是叫你以己为本。何谓以己为本？就是爱惜和保护你的自性，不让它受戕害。风涛万里，坚定不移。"我"是前提，也是因果。记住这一点，自然所向无敌。

帝王的勋业，对普通人而言，无异痴人说梦，自然不值分文。但一个人无论经历了多少沧桑世变，照愿意的样子做人，按兴之所至行事，始终不失本来面目，这就是地地道道的君子或英雄了。

我曾做过一个梦，梦里寒风苦雨，也许是迷了路吧，沿着小溪蹚水向上走，走了很久很久。不知是什么季节，感觉仿佛深秋，其时衣服早已湿透，雨和溪水都冰凉。转过一道湾，溪流隐藏在高墙右边，另一边是密不透风的树林。光线忽然暗下来，好比深夜。溪流黑魆魆的，偶尔溅起发亮的水花。我在溪水中，尽量贴近墙边走。走了几十米，随着地势升高，墙逐渐消失，左边变成空旷的草地。我也就从溪水中上岸，拨开草叶和枝条，吃力地攀爬。蛛网不断缠在脸上，枯枝扎人生疼。这样斜行而上，终于来到草地上。我停住脚步，抹把脸，抹下一团蛛丝。看看手掌上，一只被蛛丝粘住的细小蜻蜓，牙签一样纤细。就是停落时翅膀竖立的那种，头一抬一抬，试图挣脱纠缠，一边自言自语："再接再厉，再接再厉。"声音低微，入耳却清晰可闻。就在那一瞬间，我的另一只手已经落下，在自己还没反应过来时，把它从掌心拂去了。

醒来之后反复想过这个梦，梦中本来要把那只蜻蜓从蛛网中救出来，放它飞走。可是手太快，习惯性地一个拂拭动作，虽无恶意，还是把它害了。相对于蜻蜓，我们太强大，它没有反抗的余地，它不知道我们会如何对待它，一点预测的根据都没有。它不可能和我们沟通，它即使能够哀求和祈祷，我们也注意不到，它太微小了。对我们来说，一只蜻蜓的死无足介怀，连一个事件都谈不上。可是对于蜻蜓，那就是不可抗拒的命运。

也可以这么理解。比如说，我是在梦里这么告诉自己：每个人都有过失败，有的不值一提，有的终生难忘。失败再刻骨铭心，最终必然被拂去，就像梦中被拂去的那只蜻蜓。要知道，所有的失败都是无辜的，和那只蜻蜓一样。蜻蜓寂灭了，留下那句老生常谈的格言：一步步前行，再接再厉，不要放弃。想想竺法护、鸠摩罗什这些人，他们来自异域，生活在非母语的世界，但他们对汉语的贡献，却泽及千秋万代。

2019 年 3 月 25 日

慢世与高洁

　　年轻时读《世说新语》，开卷第一条："陈仲举言为士则，行为世范，登车揽辔，有澄清天下之志。"非常励志。佩服的同时，却没有兴趣。原因无他，即使在最不知天高地厚的大学时代，我也没觉得自己与建言立功或做道德模范有丝毫关系。后面说陈先生特别看得起一个叫徐孺子的人，他到豫章做太守，下车伊始，就去见徐孺子，家里专为徐孺子设一榻，以便徐孺子来时两人促膝长谈。孺子不在，他就把榻收起来，不让别人坐。王勃《滕王阁序》里的"徐孺下陈蕃之榻"，说的就是这件事。东汉的名士，以天下名教是非为己任，引领风尚，指挥如意，谈起来，好像家常便饭。我们今天看了，不仅觉得时间上太悠邈，而且望之俨然如神仙。人年轻时志存高远，难免有狂态，但尽管狂，也觉得神仙世界太不现实。陈抟高卧，专等别人来佩服，这类故事我一贯觉得没劲。王羲之在写给殷浩的信里说:"吾素自无廊庙志,……自儿娶女嫁,便怀尚子平之志。"说自己向来无经国济世的抱负,等到子女养大,各自成家了,便可放心退休闲居。这话听了,真叫人舒服。性情恬淡的人,经济之外自有乐地,这是不需要他人首肯或钦仰的。

王羲之所言,是典型中年人的心境,我那时不能理解。读后不忘的是陈蕃之后的另一条,讲到一个叫黄宪(字叔度)的人,说他道德清高,堪比孔子钟爱的弟子颜回。郭泰赞扬黄宪:"叔度汪汪如万顷之陂,澄之不清,扰之不浊,其器深广,难测量也。"《世说新语》里夸人的词语特别丰富,动不动就"风格秀整,清识难尚",动不动就"高爽迈出,通雅博畅"。但黄宪器宇深广,澄不清,扰不浊,想来一般的事难以激发他的喜怒哀乐,一般人的赞成和反对也不能动摇其思想,实在令人羡慕。人羡慕自己欠缺的品质,徒有见贤思齐之心,却期期不能践行。这个深广莫测,我一辈子连边都沾不上,除非有人以为木讷迟钝和动辄张皇失措是极高的道行。澄,固然澄不下来,扰,却是一扰就更加混浊,归根结底还是浅,这是天性,与学问无关。读宋人笔记中的秦观和黄庭坚,特别明显的感觉,就是他们为人的单纯,也可以说笨。尽管他们,尤其是黄庭坚,学问那么好。

余嘉锡先生说,魏晋间的人物,有王羲之那样识见通达的，也有毫无道德底线和忠孝之心的无耻之徒，更多的人为了附庸风雅，专一装腔作势。高僧竺法深整天在简文帝府上混，有人问他：老和尚为什么喜欢奔走于朱门？他回答："君自见其朱门，贫道如游蓬户。"和尚眼里，万物平等，朱门自然与蓬户无别，然而我们毕竟只见到他游朱门，未见他游蓬户。《陋室铭》里说"斯是陋室，惟吾德馨"，这当然没问题。至于"谈笑有鸿儒，往来无白丁"，就不一定了。东汉魏晋南北朝门第森严，蓬户里头，不仅没有美酒佳肴、管弦丝竹，鸿儒恐怕也不容易见到。所以，老话说得好："要扬名，走朱门。"

郝隆找个不太偏僻的地方，故意在太阳底下躺着，等人来问他晒什么。果然有上当的人来问了，他说他在晒书。郝隆自以为满腹诗书，其志也无非是把官做得更大点。大人装，教得小孩子也装。范宣八岁，在后园挑菜，误伤手指，痛得大哭。旁人（世上总不乏成人之美的乖巧汉子）问他，他说："我不是因为痛才哭，圣人说过，身体发肤，受之父母，不敢毁伤，孝之始也，我是因为这个才哭的。"天才儿童的故事，《世说新语》里很不少，不用说，绝大多数是后人编的。余嘉锡说，子孙为了抬高先辈的名望，喜欢坐实本来不实的传闻，修改和神化这些传闻。现在读到，颇觉无聊。

我只欣赏王戎的一条。王戎七岁时和一群孩子出去玩，看见路边的李树果实累累，其他孩子抢着去摘，王戎却袖手旁观。问他为什么不去摘，他说，树在路边而多子，一定是苦李，否则早被人摘光了。大家一尝，果然。王戎在竹林七贤里是个特别聪明、特别实际的人，尽管爱财如命，但我喜欢他的真实。嵇康和阮籍等人在竹林酣饮，王戎后到，阮籍开玩笑说，这个庸俗的家伙又来败坏大家的兴致了。王戎笑答："你们这样的高人，兴致还能被别人败坏掉？"说得多好。

　　从前读《世说新语》，喜欢"言语"篇里的名言隽语，如今重温，由于经见既多，不免如鲁迅说的，稍稍"刻薄"起来。竺法深的朱门论，虚伪至极，裴楷以学问来拍马屁，更是等而下之。晋武帝做了皇帝，抽签看看自家天下能传多少代，结果得了个"一"。武帝不悦，群臣失色。这时裴楷上前，说《老子》里说过："天得一以清，地得一以宁，侯王得一以为天下贞。"这"一"字顶好不过，于是皆大欢喜。唐朝史思明的谋臣大概是读过《世说新语》的，史思明在洛阳称帝，谋臣以《老子》这段话为依据，定年号为"得壹"，然而后来终于"恶'得壹'非长祚之兆"，改元"顺天"了。

　　反观被后人视为曹操式的枭雄的桓温，快人快语，直抒胸臆，尽显大丈夫的本色。他见昔年所植柳树长大而感叹时光易逝，说："木犹如此，人何以堪？"千载之下，还能动人。又一条说，他带兵入峡，见绝壁天悬，腾波迅急，叹曰："既为忠臣，不得为孝子，如何？"也是发自肺腑。

从前读辛词，雅慕王敦酒后朗诵曹操的"老骥伏枥，志在千里"，边朗诵边用如意敲打唾壶，壶口为之尽缺，觉得真是豪迈。现在知道世上做任何事都不容易，很难只凭才气和一腔热血。做事凭的是耐心和毅力，凭的是寂寞中的坚持，一步一个脚印朝前走。不能指望像撑竿跳一样，一下便跳到楼顶上，或像秋天的野火，呼啦啦一阵风，烧遍大片原野。同是读诗，现在更喜欢王胡之的故事：王胡之在谢公那里坐谈，咏《九歌·少司命》之"入不言兮出不辞，乘回风兮载云旗"，对人说："当尔时，觉一坐无人。"王胡之也许像汉武帝一样，读过司马相如的《大人赋》后，觉得"飘飘有凌云之气"。但我觉得这说法肤浅。李白说"相看两不厌，只有敬亭山"，也是目无他物的感觉。或者其中另有情绪，我们隐约体会到了，却说不清楚。因为无所确指，反倒意味深长。

王徽之雪夜访戴，任性到极点。然而人已入睡，见雪而起，四望皎然，小饮数杯，读左思《招隐》诗，怀念异地的朋友，于是驾小舟夤夜前往，到门却又"造门不前而返"，这是何等地真率。在纽约大都会艺术博物馆看清代画家戴逸的册页,上钤一小印曰"何必见戴",与此相映成趣。读张大千谈艺录,其中诸多言行,也庶几近之。如说他兴致到来,不管什么时候,哪怕半夜三更,爬起来提笔就画。不想画的时候,天王老子跪求,他也置之不理。一个人需要多好的福气,才能在无伤大雅的情况下任性几次。

徽之是王羲之的儿子,《晋书·王羲之传》附有他的传记。他和弟弟献之共读《高士传赞》,其中说到"井丹高洁,不慕荣贵""长卿慢世,越礼自放"。献之欣赏井丹,徽之羡慕司马相如。

慢世,就是傲世,率性,不拘礼法。从前,或许要赞叹司马相如的慢世,如今,却只能跟着王献之点头了。有的时代,连给它白眼都是多余的。

2019 年 6 月 14 日

学问和文章

十多年来，一直想买一套《四库全书总目提要》，未能如愿。影印本读来吃力，我没那个耐心。虽然在网上找到电子版，只能当工具书，遇到问题时查一查。好在如今出版的古籍，多附有该书的四库提要，把书的来历和优缺点说得明明白白。这些说明对于读唐宋以后的笔记特别重要，因为笔记中对于史实，常有不可靠的记载，读者以假为真，那就真的是尽信书不如无书了。凡这些地方，提要都一一指出了。所谓提要，提纲挈要，要言不烦，不是一般人做得来的。需要读多少书，才能培养出非凡的眼光和见识。纪昀那样的学者，过去有，现在有，将来也会有，但我们想遇上一个，毕竟不容易。

纪昀在《姑妄听之》序中说，他天性孤僻，不好交游，然而勤奋惯了，却也闲不下来，但有余暇，不是读书，便是写作。他说自己这辈子，三十岁前，用力于考证，所坐之处，典籍环绕；三十岁以后，专心作文，欲与天下人争一短长，经常彻夜构思；五十岁以后，受命纂修《四库全书》，重回考证之路。再以后，人老了，无复早年的精力和意气，但还时时拈笔，追记往日见闻，以为消遣。《姑妄听之》杀青时，他已年近七十，宦海浮沉几十年，看透世相，对于古往今来之事，能够平心而论。纪昀的学问和文章天下景仰，他的笔记小说、故事尚在其次，佳妙处是"隽思妙语，时足解颐"，又"间杂考辨，亦有灼见"。他以撰写四库提要的千钧之力，作数百字的小说杂谈，牛刀割鸡，自是得心应手。他的笔记常读不厌，作为故事读，也作为做学问和写文章的经验读，每读必有收获。

无知的人往往自信，博雅君子的纪昀则非常谦虚。五书合刻的《阅微草堂笔记》，每书都有小序，均只寥寥数语，并不张扬，只说如果大家读后不以为纰缪，愿继续提供意见和资料，他就很高兴了。倒是他的门人盛时彦在刊刻《姑妄听之》时，写了一篇跋，对老师的文字作了允当的评价。他说，先生的笔记，托诸小说而意存劝诫，这是读者都知道的，然而还有更多好处，读者未必全看得出来。好处在哪里呢？盛时彦说，一是学问好："辨析名理，妙极精微，引据古义，具有根柢，则学问见焉。"二是文章好："叙述剪裁，贯穿映带，如云容水态，迥出天机，则文章亦见焉。"简单的两条，看似平常，实则著书、作文章的人，达到这样标准的，几十年里未必找得到几个。所谓云容水态，就是苏轼所说的行云流水，顺乎自然而又变化万千。这境界即便是苏轼自己，是韩愈和欧阳修，是鲁迅和周作人，也不是轻易都可做到的。至于学问，博观约取，打通古今，其难无异于以蚊负山，以蚁驰海。学问好，又善于作文，两者集于一身，难上加难。

盛时彦进一步总结老师的经验，归结为三条："著书必取熔经义，而后宗旨正；必参酌史裁，而后条理明；必博涉诸子百家，而后变化尽。"科举时代，不讲义理是没出路的，好在今天不必拘泥于此。宗旨正先且不论，首先要诚实，不虚拟情感，不拔高思想，不存以文章作敲门砖之私心。纪晓岚自己在书中引述过何励庵的话："以讲经求科第，支离敷衍，其词愈美而经愈荒。以讲经立门户，纷纭辩驳，其说愈详而经亦愈荒。"说的就是目的不纯。目的不纯，自然谈不上真诚了。

盛时彦总结的三条，是文章之道，也是读书之道。第一条，我理解为读点哲学和思想史方面的著作。第二条，读历史，须知历来文史不分家。第三条，广读古今中外名著。写诗的人只读诗，写散文随笔的人只读散文随笔，急功近利，格局必然有限。

《阅微草堂笔记》里至少有十几篇是借狐鬼之口谈论历代学术与诗文的,如《滦阳消夏录》卷一"经香阁"。山中仙人评论汉学和宋学之分,说:"汉代诸儒,去古未远,训诂笺注,类能窥先圣之心,又淳朴未漓,无植党争名之习。"纪昀对宋学多有不满,他说,汉儒重在训诂,宋儒重在义理,看起来好像是汉学粗,宋学精,但如果连字义都弄不清楚,如何去讲义理?对于历代纷争,纪昀说:"故余撰《四库全书·诗部总叙》有曰:'宋儒之攻汉儒,非为说经起见也,特求胜于汉儒而已。后人之攻宋儒,亦非为说经起见也,特不平宋儒之诋汉儒而已。'"我们看今天的《红楼梦》研究、唐诗研究、宋诗研究,等等,不乏为了一鸣惊人而故作标新立异之说。然而全无根据,只是信口胡诌,哗众取宠于一时,贻笑大方于万世。但这也是一种悠久的风气,正如刘勰早在一千多年前就无可奈何地指出的:"俗皆爱奇,莫顾实理。传闻而欲伟其事,录远而欲详其迹。于是弃同即异,穿凿傍说。"但纪昀虽不满宋人,却能客观评价他们的成就。他举例说,像《尚书》《毛诗》《尔雅》等书的注疏,汉儒皆据古义,绝非宋儒所能,而《论语》《孟子》,宋儒积一生之力,字斟句酌,也非汉儒所及。

在何励庵的故事里,教书的老狐在回答为何读书的问题时说，狐狸修仙有两条路，一条是采精气，拜星斗，渐至通灵变化，由妖而仙。这是一条捷径，但容易走上邪路，虽然快捷，却很危险。另一条是先炼形为人，然后习养内丹，日久坚持，自然圆满。这条路虽慢，但很稳妥。狐狸做人，必须读圣贤的书，陶养心性。何励庵说："凡巧妙之术，中间必有不稳处。如步步踏实，即小有蹉失，终不至折肱伤足。"读书、做学问、写文章，归根结底，是一件老老实实的事。

2020 年 6 月 15 日

何谓耳顺

　　读书遇到两件事，使我知道一向自傲的记忆力大不如前了。列子书中写孔周三剑，一曰含光，二曰承影，三曰宵练，一把比一把厉害。《庄子·说剑》中也有三剑：天子之剑，诸侯之剑，庶人之剑。后三种剑不是有形的剑，是比喻。利器在手，照理可纵横天下，可是不然。哲学家说，你有剑，我可以让你不起杀心，则你有剑等于无剑。不起杀心还不够，我可以让你心生敬畏，甘心归顺。大概就是这么个意思。但这话是谁说的，想不起来。直到一年多后，重读列子，才发现这话还是列子书里的。

　　再一次，在书上读到一句话，觉得是对孔子所说"六十而耳顺"里"耳顺"二字很好的解释。几天后想起此事，准备记下来，却记不得是在什么地方读到的，只得把过去几天里看过的书拿出来，逐一查找，折腾了一个多星期，才在装景福的《河海昆仑录》里找到那句话"惟善人能受尽言"，出自《国语》："立于淫乱之国，而好尽言，以招人过，怨之本也，惟善人能受尽言。"这句话的意思是，唯有道德君子能接受他人毫无保留的直言。韩愈在《争臣论》中引用了这句话，说："谓其闻而能改之也。"

耳顺，传统解释不是这样，不知为何我一直理解为"闻过而喜、闻过而改"？也许只是因为喜欢这个意思。为什么说闻过而喜？你有过，别人给你指出，你把过错改掉，比起从前，是进步，你比以前更好，当然值得高兴。魏晋时有个繁钦，是魏文帝曹丕的朋友，两人之间的通信，如今都是文学名篇。我读繁钦的繁字，读本音，朋友说，作姓氏，该读鄱。这事给我一个很好的教训，以后便轻易不敢想当然了。对这个朋友，一直感激。想想看，假如某一天，阴错阳差地，跑到什么地方演讲，张口一句樊钦的"咏北狄之遐征，奏胡马之长思"，闭口一句樊钦的"远望无所见，涕泣起踟蹰"，岂不叫人笑掉大牙。

大儒郑玄对"耳顺"的权威解释是："耳闻其言，而知其微旨。"就是《沙家浜》里阿庆嫂所说的"听话听声，锣鼓听音"，听得出别人话里的弦外之音或微言大义。这样讲固然很好，可是，用不着活到六十岁才有这个本事啊。世上聪明人很多，对于聪明人，这都算不了什么本事，天生就会。按照郑注，金庸小说《神雕侠侣》里的杨过，十多岁就已经"耳顺"了，懂得揣摩别人的心思、懂得曲意逢迎了。

清代学者焦循在《论语补疏》中将耳顺的内涵提升了一下，他说："耳顺即舜之察迩言，所谓善与人同，乐取于人以为善也。"顺就是不违背。听到别人的话，把不好的放在一边，把好的发扬光大，这就叫不违背。迩言是浅近之言。舜乐于听取民众的意见，哪怕他们说得没什么道理，或很肤浅，还是披沙拣金、择善而从，所以他了不起。

焦循进一步发挥说，有的学者自以为是，听不进别人的话，这不是顺，是违，是要不得的。张载和朱子再进一步，概括为"声入心通"：听到圣人的话，一下子就明白其中的道理了。这样的"无所违逆"，是知的最高境界。

但我想，如果把事情想简单点，耳顺，无非是能听进各种话的意思。比如逆耳之言，你听着不觉得逆耳了，自然就是顺。什么是逆，逆就是违，顺就是不违。孔子为什么六十而耳顺？李零先生说得好：

五十五岁到六十八岁，他正在周游列国，到外国找工作。孔子一路颠簸，很不顺心，但他很虚心，楚狂接舆、长沮、桀溺、荷蓧丈人，什么挖苦话，他都听得进去，就连郑人说他"累累若丧家之狗"，他也点头称是。我想，六十来岁的人，阅世既久，毁誉置之度外，爱怎么着怎么着，这可能就是"耳顺"吧？

不仅听得进逆耳之言，对于辱骂、诬蔑、诽谤，也都付之一笑，这很难吗？很难很难。坐在一定位置上的，有一定声名的，尤其难。唐太宗是中国历史上最开明的皇帝，但对于不分场合不停提意见的魏征，也几次气得拍着腿大叫：我一定杀了这个乡巴佬。当然你可以说，李世民才活到五十二岁，离六十还差整整八年，偶尔犯犯浑是可以原谅的。更何况他只是说说而已，老刺儿头魏征平平安安地一直活到病死。

顺是无所违碍于心。只有心地光明、充满自信的人才能说出耳顺的话，才能做到耳顺。《中庸》里孔子赞美舜："舜其大知也与！"孔子说，舜好问，善于听取不同意见，"执其两端，用其中于民。其斯以为舜乎！"

2019 年 8 月 20 日改

三个禅宗故事

　　图书馆藏有香港商务印书馆出版的英汉对照《禅宗语录一百则》，是二十年前的旧书。在公共图书馆，中文书享此高寿的不多，因为分配给中文书的空间有限，就是那么几排书架。而中文书的出借率高得与人口不成比例，除了馆里分配的经费，还有不少华人慷慨捐赠和赞助，结果是新书不断涌进，旧的只好淘汰，给新书让地方。淘汰的标准，一是书太破旧，二是长期没人借阅。有些分馆规定了年限，一年或两年不等，期限内如果有人借出，哪怕只有一次，这本书便免于被扫地出门。二十年来，我就是用不断借出的方法，救了无数条"书命"，这无论是在佛家还是儒家看来，都是大有功德的事吧。

　　为挽救而借出的书，是我觉得有保存价值，希望别人能读到，自己也会随时借回重读或查对资料的书。这样一批批借回的书，基本上不读，搁几天再还回去，留下一个出借记录。偶尔有些书，拿回来翻开，忽然有了兴趣，也就顺水推舟读下去。这本禅宗语录，只要借来，总要翻开读几页，天长日久，读得很熟了。读熟了的好处，除了印象深，还能改变甚至颠覆从前的理解，尤其是改变个人的认同。普世的道理往往简单，但道理越是简单，越容易受轻视。不像才子名士的格言隽语，一见之下，大为倾倒，及至合掌赞叹了多年，却没发现它给了你什么启发，或有多少实质性的内容。巧妙的意义只在巧妙本身，一丝一毫都不多。而平实的道理不动声色，弥补了人生经验的欠缺，提高了覃思深虑的基点，要体会其好，必须沉下心来。

读选本是读大书的很好的入门方式。《论语》《孟子》《太平广记》《聊斋志异》，都是读选本喜欢上的。禅宗的语录，先读《五灯会元》，读得杂乱，满地残花落叶，不见树林。读《祖堂集》《碧岩录》，脑子就清楚多了。所以凡事一开始，抓住一点，攻破吃透，不急着铺开。吃透了，便由一小节生发出很多意思。读先秦诸子，读禅宗，读老杜的诗，这样读尤其受益无穷。有的长篇小说最好也这样读，比如张谷若先生译注的《弃儿汤姆·琼斯史》，读一遍实在太浪费了。

禅宗故事里很喜欢虔州西堂智藏禅师的一则。有俗士来请教智藏禅师，是否真有天堂地狱，智藏回答说有。俗士再问，有没有佛法僧宝呢，回答还是有。俗士特别好学，接着问了很多问题。但无论问什么，智藏一概以"有"作答。俗士被弄糊涂了，终于大着胆子提出质疑，说师父你这么讲，恐怕不对。智藏说：看来你是有准备的，来我这里之前，去见过哪位高明的老师吧？那人说：我去见过径山和尚。"径山怎么跟你说？""他告诉我，一切都是无。"智藏问他："你有老婆吗？"俗士说："有。"智藏又问："径山和尚有老婆吗？"那人说："和尚当然没有。"智藏禅师一笑："你看，径山和尚说无，不是很自然吗？"

和尚无妻，道理就在"无"中；俗士有妻，道理就在"有"中。天堂地狱，在和尚那里，以无为有；在俗士那里，以有为无。一个坐禅的人，看见花开，听见鸟鸣，若有所悟；另一个坐禅的人，看见花开，听见鸟鸣，乱了心性。花开鸟鸣，无善无恶，亦善亦恶。某甲耐寒，风雪天穿单衣，从容行路。某乙说，某甲雪天单衣，何等潇洒，他能，我也能。结果差点冻死。某乙当然是傻子。某甲爱雪是因为爱梅花，尽管梅花在雪中，根本不能持久，甚至连开都不会开。某丙羡慕，也爱雪，也寻梅。某丙不是傻子，但他原本是爱盛夏的莲花的。

《马太福音》里说："凡有的，还要加给他，叫他有余；没有的，连他所有的也要夺过来。"老子说："天之道，损有余而补不足。人之道，则不然，损不足以奉有余。"《马太福音》说了一方面，老子说了两方面。然而道理无差别。俗士最后是否能理解智藏禅师的话呢？我觉得他能。他再笨也知道自己不是和尚。

马祖道一禅师有位弟子，名叫邓隐峰。某一天，邓隐峰辞别老师去见石头和尚，准备拿这位高僧试刀，练练在马祖这里学到的本事。马祖提醒他，石头和尚可不是好惹的："石头路滑。"邓隐峰很有信心地说："竿木随身，逢场作戏。"意思是他胸有成竹，到时见机行事。

邓先生到了石头和尚那里，进门之后，绕着石头的禅床走一圈，先下手为强，一振手中锡杖，大声喝问："佛祖到底是什么宗旨？"这是一个最基本的问题，然而也是最不好回答的。没想到，石头和尚没直接回答，只是好像感叹似的说："苍天。苍天。"这是什么意思呢？邓隐峰不知该怎么应对，只得跑回马祖那里求助。马祖说，别怕，你再去，他如果再感叹什么苍天，你就对他嘘嘘。邓隐峰又去了，进门仍然问先前的问题，石头这回不喊苍天，反倒嘘嘘起来。这又大出邓隐峰的意外，再次铩羽而归。马祖说："我早跟你说过嘛，石头路滑。"

我觉得自己身上存在着两个人，一个是马祖，一个是邓隐峰。一个深知石头路滑，一个相信自己对付得了。如果马祖和石头相对，会是什么情景？大概只会拊掌一笑，因为在他们之间，实在没什么可说的。这也是个有和无、有余和不足的问题。

如果一件明显的事，还需要反复解释，这便是世上最无聊的事了。人与人之间的关系，这是一块试金石。一说便俗，很有道理。当然这里的一说便俗，和倪云林说的不是一个意思，和周作人说的也不是一个意思。

玄沙师备禅师说过一段话，大意是：你们见有险恶，见有大虫刀剑诸事逼汝身命，便心生无限怕怖。这就好像世间的画师，自己画出地狱诸般变相、猛兽毒禽、刀山火海、无数酷刑、无数折磨，好好地看了，却自生怕怖。你们大众就是这样，"百般见有，是汝自幻出，自生怕怖，亦不是别人与汝为过"。

芥川龙之介写过小说《地狱变》，主人公良秀是个丑陋而性情怪异的画师，画艺超卓，深受领主堀川大公器重。大公想霸占良秀的女儿，被良秀拒绝。不久，大公命良秀画一幅屏风《地狱变》，良秀为了画出地狱中的惨烈景象，请求大公让一位侍女穿上华丽的衣服锁在车内活活烧死，自己亲眼看了，才能画得逼真。大公答应了他的请求。到点火烧车那天，良秀发现关在车中的竟是自己的爱女。震惊和悲痛很快过去，在女儿痛苦的哭喊声中，良秀冷静而满意地画出了自己的杰作。《地狱变》收笔后，良秀悬梁自尽。

芥川的故事与师备禅师的话看似风马牛不相及，但我很自然地联想到了《地狱变》。幻由心生，唐人著名的杜子春故事，以及类似的韦自东等故事，都在讲这个他们认为极明显的道理。芥川改写《杜子春》，明显是喜欢故事中的某些因素，不是幻的主题，是杜子春明知亲人遭难不过是幻觉却仍然失声惊叫，这个情节体现了人性的不可抑制。

艺术在某种境况下会成为邪恶。在《地狱变》里，堀川大公是恶神，画师良秀难道不是恶神？烧杀的是自己的女儿才使他焕发出一点人性，如果烧杀的是一个不相干的姑娘呢？他还能不能画出那么生动的画作？他会不会事后悬梁自尽？

世上任何事在特定境况下都能变成邪恶。所以，不要奢谈理想，不要动辄拿天堂和地狱说事。天堂在一切时间一切地方，地狱亦然。存在主义者说他人即是地狱，另一重意思是，他人即是天堂。

莲池大师谈到诽谤的时候，与师备禅师同一思路。他说："人之谤我也，出初一字时，后字未生；出后一字时，初字已灭。是乃风气鼓动，全无真实。"师备告诫大众，用沙门眼把定世界，何处更有一物为汝知见？问题是世上几人有沙门眼？纵有，看得清和不怕，仍然隔了一层。黄庭坚《劝交代张和父酒》诗曰："三人成虎事多有，众口铄金君自宽。"这就实际多了。

2019 年 3 月 8 日

辑 三

舟人水鸟两同梦

教堂与宫阙

写文章，写诗，要一直沉浸在那种氛围里才好。生活和艺术有距离，不管食不食人间烟火，你不能把二者等同起来。齐白石说，作画妙在似与不似之间，太似为媚俗，不似为欺世，道理讲得最明白。便是所谓纪实，也加工过，材料有取舍，态度有爱憎。这种情况下，即使一张照片，也和虚构无异。所以创作的时候，作者是要脱离出生活一点点的，这脱离好比身处地球却不受地球重力的牵制，可以牢牢站立，也可以飞起来。

陷入生活很深的人，进入写作的氛围不容易，又不能像张旭那样，管它是在办公室还是在家，随时脱帽露顶、狂呼乱叫一番。我爱唐诗，写旧体诗虽乐而不能精，偶尔应命而作，需要好几天泡在古人的集子里，试图进入特定的语境。写文章相对简单些，身在当下，使用时语，纵有距离，触手可及。尽管如此，还是要一出一进。状态不好，想一步跨过门槛并不容易。有时找不到题目，不知写什么好，或者反复写来，总是硬邦邦的不如意。我的办法是去楼下图书馆借几本散文随笔集上来，看人家写什么、怎么写。内容不拘一格的书最好，题目五花八门，容易刺激头脑。很多人喜欢整齐，我不然，我喜欢驳杂。很多专栏作家都驳杂，但不能细读，太淡白。经得起驳杂的是了不起的作家，他得一肚子陈谷子烂芝麻，每粒谷子和芝麻都能安到恰当的地方，让咀嚼的人有所回味。我们图书馆中文藏书数万，散文百家，经得起重读、能给人启发的，数家而已。我说这话是很功利的，因为找来读，目的是激发自己作文，动机不纯正。在这不纯正的动机下，十几年下来，可取的，又经得起反复读的，就只剩下鲁迅和知堂，有时也读读钱锺书夫妇和张中行。这不是说我心目中的好散文只有他们几人，沈从文、汪曾祺、孙犁……各有其好，但沈、汪二先生的文字，和我的路数相差太远，想学也学不来。台静农是可以更亲近的，可图书馆没有他的书。

在给《财新月刊》写了一两年偏重论说的专栏之后，对鲁迅的文章，认识就深了一层。文章写到一半、一大半，觉得恍兮惚兮，其中有物，这物却游移不定、难以捕捉的时候，想起鲁迅，这就体会到他的厉害。从一件小事、报上的一则新闻、书上读到的一段话说起，一步步往前推，自然引出一个结论。要么步步为营，逐渐深入，要么不断否定，通过重重否定，盘旋而上。好比剥笋，一般人剥了几层，以为到了核心，其实还远着呢。也有人知道还远，却力不从心，不能剥下去。直到曲终奏雅，还是套话。套话，即使真心真意，兼又清辞丽句，别人读了，依然无聊。鲁迅的厉害，就在于能一直推进到寻常人想不到的地方去。知堂也行。他说理，平铺直叙，缓缓往前，像一条小河。水不急，四平八稳的，却能越引越远，到最后，停下来，读者仔细回味，其味真是深长。能这样，一是读书多，道理想得透彻，二是写作环境好，下笔从容，第三就是天分了。这三条缺一不可。

鲁迅的文章，像欧洲的教堂，塔尖高耸，上出云霄，下临无地，仰望之下，只觉天宇浩渺，无限悠远；知堂的文章，好比中国的宫阙，在大地上平平铺展，"夫子之墙数仞，不得其门而入，不见宗庙之美，百官之富"（《论语》）。鲁迅《摩罗诗力说》说拜伦：

　　故其平生，如狂涛如厉风，举一切伪饰陋习，悉与荡涤，瞻顾前后，素所不知；精神郁勃，莫可制抑，力战而毙，亦必自救其精神；不克厥敌，战则不止。而复率真行诚，无所讳掩，谓世之毁誉褒贬是非善恶，皆缘习俗而非诚，因悉措而不理也。

这段话仿佛夫子自道。知堂新诗《小河》中有句："一条小河，稳稳的向前流动。经过的地方，两面全是乌黑的土；生满了红的花，碧绿的叶，黄的果实。""曲曲折折的尽量向前流着，经过两面地方，都变成一片锦绣。"也是他文章风格的极好说明。

往简单了说，可以打个比喻。鲁迅和知堂的文章，意思可以推到四层、五层，我们往往只能推到两三层，运气好，偶尔能推到四五层，但机会不多。我读二周，常常废书而叹：类似的题目，写到他们的倒数第二第三段时，已经力竭，再往后，勉为其难，挤牙膏似的挤，也未必挤得出来，更别提奇外出奇了。有兴趣的人不妨读读鲁迅的短文《文人无文》。

日前，读知堂《姑恶诗话》，前半部分追述姑恶鸟的来历和形貌，谈到宋人苏轼和范成大的诗，都能体察人情，但碍于礼教，不得不"温柔敦厚"。后半部分说明清人的姑恶诗，就全是道学气，姑恶鸟按传说是被婆婆虐待而死的小姑所化，明清人的诗竟然归结到"臣罪当诛，天王圣明"上去。如果就此写来，已是一篇很好的文章，然而知堂在中间，却由苏和范的禽言诗引到陆游的《夜闻姑恶诗》，说陆诗"虽非禽言而意特悲凉",因此很自然地想起陆游的沈园故事,写"坐石阑上,倚天灯柱,望沈园墙北临河的芦荻萧萧时"的怅然。沈园故事是婆媳不和酿成的悲剧,知堂这段题外之引,把自己的见解说得明确而又无迹可寻。读《姑恶诗话》,最佩服的就是这段插话。

2019 年 5 月 2 日

荆棘与菰蒲

读鲁迅的旧诗，很难不注意到"迷阳"和"菰蒲"这两个词。迷阳出自《庄子·人间世》中，楚国狂人接舆唱给孔子听的那首歌："迷阳迷阳，无伤吾行。吾行郤曲，无伤吾足。"这个词有不同解释，其中一个指荆棘。那么歌词的意思就是：刺草啊，不要挡住我的路；狭窄不平的路啊，不要伤了我的脚。鲁迅诗文中多次用迷阳，都取荆棘之义，如"望帝终教芳草变，迷阳聊饰大田荒"。他看到的广阔田野一片荒凉，只有满目荆棘，算是唯一的装饰。鲁迅还有一首五律《无题·大野多钩棘》："大野多钩棘，长天列战云。几家春袅袅，万籁静愔愔。"钩棘，顾名思义，也是迷阳之类。这种带着利刺、随时可伤人的杂草，我觉得也是孟子说的阻挡道路的茅。《孟子·尽心下》："山径之蹊间，介然用之而成路；为间不用，则茅塞之矣。"蓬刺满路，行走艰难。鲁迅笔下披棘独行的"过客"，是悲壮又忧伤的自画像。

至于"菰蒲"，它出现在鲁迅的两首诗中，一首是《无题·烟水寻常事》：

> 烟水寻常事，荒村一钓徒。
>
> 深宵沉醉起，无处觅菰蒲。

另一首是《亥年残秋偶作》：

> 曾惊秋肃临天下，敢遣春温上笔端。
>
> 尘海苍茫沉百感，金风萧瑟走千官。
>
> 老归大泽菰蒲尽，梦坠空云齿发寒。
>
> 竦听荒鸡偏阒寂，起看星斗正阑干。

许寿裳在回忆文章中谈到鲁迅的死：

> 带病奋斗，所向无敌，而终于躺倒不起者，我看至少有三个原因：（一）心境的寂寞，呐喊冲锋了三十年，百战疮痍，还是醒不了沉沉的大梦，扫不清千年淤积的秽坑。所谓右的固然靠不住，自命为左的也未必靠得住，青年们又何尝都靠得住。试读他的"两间余一卒，

荷载独彷徨"，"惯于长夜过春时"，就可想见其内心含着无限的痛苦。

许寿裳说读其《亥年残秋偶作》，"老归大泽菰蒲尽"这一联，写其"俯仰身世，无地可栖，是何等的悲凉孤寂！"

菰蒲都是水生植物，在古代诗文中，是溪岸景色常有的点缀，词典常引用的例子有谢灵运《从斤竹涧越岭溪行》"苹萍泛沉深，菰蒲冒清浅"、张元干《念奴娇·寒绡素壁》"荷芰波生，菰蒲风动，惊起鱼龙戏"。又指江湖，如张泌《洞庭阻风》"空江浩荡景萧然，尽日菰蒲泊钓船"、画家金农《松陵雨泊》"一夕菰蒲打蓬雨，声声引梦入江湖"。在这些诗句中，菰蒲代表宜人的山水风光和恬静的闲居生活。读鲁迅诗，菰蒲使我想起的，只有苏轼和王安石的几首诗，这是我熟悉的不多几例。苏诗《夜泛西湖》："菰蒲无边水茫茫，荷花夜开风露香。渐见灯明出远寺，更待月黑看湖光。"著名的《舟中夜起》写月明之夜宿于船上的所见所闻，开头两句也写到菰蒲："微风萧萧吹菰蒲，开门看雨月满湖。"其后的"舟人水鸟两同梦，大鱼惊窜如奔狐""暗潮生渚吊寒蚓，落月挂柳看悬蛛"，更描绘出一幅幽静清寒的图景。苏轼一生屡遭迫害，故诗的结尾说："此生忽忽忧患里，清境过眼能须臾。鸡鸣钟动百鸟散，船头击鼓还相呼。"天明梦散，复又回到现实。

菰蒲、荷花、湖光、月色，营造出一个"夜深人物不相管，我独形影相嬉娱"的幻境，是暂时的安慰，如李白的月下独酌。这幻境，在鲁迅这里，尽管短暂，也不可得，所以他说"无处觅菰蒲"，说菰蒲凋尽，无处可觅。这两句诗又仿佛是从王安石的诗里来的。王安石《次叶致远韵》诗曰："由来杞梓常先伐，谁谓菰蒲可久留。"

林贤治的书中讲道：

> 鲁迅生前曾两次手书明代画家项圣谟的题画诗赠人，诗云："风号大树中天立，日薄西山四海孤。短策且随时旦暮，不堪回首望菰蒲。"暮色昏暝，狂风肆虐，当此孤立无援之际，唯见大树依然傲岸，挺立不移。如此形象，实在可以作鲁迅个人的写照。

在项圣谟的画中，一棵大树孤立于坡上，躯干粗壮，枝丫纠结，秋叶尽脱，唯见筋骨，树下一个红衣素裳的男子，宛然隐士模样，携杖面向夕阳处遥望。远山一重淡绿，一重浅红，空际几抹散淡得几乎看不出的云霞。树根下萧疏的杂草，像是为了陪伴这孤寂的人和树，简单而有生意。画中人物背对观者，大有"不堪回首"之意。

鲁迅自命为天地之间荷戟彷徨的战士，荆棘和菰蒲代表了他世界的两极，代表了现实和梦想。

2019 年 7 月 3 日

鲁迅和章太炎

一

在《坟》的题记里，鲁迅说，他早年的文章，为了写得长，"简直是生凑"，"又喜欢做怪句子和写古字，这是受了当时的《民报》的影响"。章太炎先生主编过《民报》，在《民报》发表的文章，就有这个特点。鲁迅说受《民报》的影响，指的就是受章太炎的影响。据许寿裳回忆，鲁迅在东京时，很喜欢太炎先生的诗文，尤其爱念诵章的《张苍水集后序》。鲁迅后来说："倘在这几年，大概不至于那么做了。"章太炎在《民报》的文章，我没读过，但鲁迅早年的古文，如《摩罗诗力说》《破恶声论》等，确实佶屈聱牙。意思并不艰深，就是句子和用词太怪了。

读了鲁迅的话，很容易以为章太炎的文章大概和唐朝的古文家樊宗师一样艰涩怪奇，又好用生僻字，如同给女儿起的名字，让一般人认不得。但读他的《国故论衡》，反而是平易畅达的古文。胡适在《五十年来中国之文学》中说，二十世纪初的文章约有四派：严复和林纾的翻译文章、谭嗣同和梁启超的议论文章、章炳麟的述学文章、章士钊一派的政论文章。他说章太炎的古文，在四派之中是最古雅的，说他既是"清代学术史的押阵大将"，又是一个文学家。他的《国故论衡》《检论》（《訄书》），都是古文的上等作品。很多学者包括我的以读书精博著称的同学陈刚都说，章太炎的古文近世无人可比。

胡适还说，不仅近代这五十年中著书的没有一个像章先生那样精心结构，就是两千年来也只有七八部精心结构、可以称作"著作"的书，如《文心雕龙》《史通》《文史通义》等。

读他的《国学概论》《国学讲演录》《国故论衡》，做摘抄的时候，偶尔会有些字，电脑打不出来。除此之外，他的文章很好读，胜义迭出，令人激奋。我对小学部分没兴趣，对他论经学、诸子、历代诗文部分，虽未必苟同，却由衷地佩服。因为他眼界高，看得深，看得远，居高临下，一语千钧，因此臧否人物毫不客气，许多世人眼中的鸿儒硕学，他都观之如蚁。都说钱锺书看人是两眼朝天的，章先生的气概比他还要大，比如《国故论衡·论式》这一段：

然今法六代者，下视唐宋；慕唐宋者，亦以六代为靡。夫李翱、韩愈，局促儒言之间，未能自遂。权德舆、吕温及宋司马光辈，略能推论成败而已。欧阳修、曾巩，好为大言，汗漫无以应敌，斯持论最短者也。若乃苏轼父子，则佞人之戋戋者。

不是说他们文章的好坏，是说他们的议论和历史眼光。再比如《国故论衡·辨诗》这一段：

古诗断自简文以上，唐由陈张李杜之徒，稍稍删取其要，足以继风雅，尽正变。夫观王粲之《从军》，而后知杜甫卑闟也；观潘岳之《悼亡》，而后知元稹凡俗也；观郭璞之《游仙》，而后知李贺诡诞也；观《庐江府吏》《雁门太守》叙事诸篇，而后知白居易鄙倍也。淡而不厌者陶潜，则王维可废也；矜而不愯者谢灵运，则韩愈可绝也。

这样厚古薄今，显然不公平，毕竟后代的文学大师，都是在前人的基础上进一步创造和发展。王维学习陶潜，但王维的好处，陶潜未必有。王粲是高度的现实主义者，但杜甫作品之多、之精，反映现实之广、之深，却是王粲远远不及的。李贺对郭璞、韩愈对谢灵运，也许都有所借鉴，但彼此的风格差别甚大。章先生这段议论，看到唐人与魏晋南北朝人的不一定都是十分明显的关系，对于读者还是很有启发的。

读钱锺书，不免时时废书而叹。读章太炎，则如饮酒一般痛快淋漓。章太炎偏激，这是毫无疑问的。然而纵然是偏激之论，其中包含卓见，读者消化吸收，举一反三，也能使自己有所提高。反观那些温文尔雅的持平之论，每句话都无懈可击，每句话都是拾人牙慧，思想平庸，见解平庸。说穿了，不过是一堆西装革履、佩玉鸣銮的废话罢了。

文学要发展，发展即意味着变化。上古的文章，比如《周易·系辞》、庄子的《天下》《秋水》、韩非子的《说难》，以及《荀子》中的多篇，都是后世万难超越的杰作。但我们不能要求曹植、嵇康、阮籍、庾信以及韩柳欧苏都这么写，一代一代地模仿。元稹、李贺、白居易都有缺点，章太炎所言不是没有道理。以陶渊明的标准衡量王维，王维尽有不足之处，以王维的标准衡量陶渊明，陶渊明的不足也是一目了然的。

章太炎论文，主张回到魏晋。这一点，胡适在长文中也特别指出了。《国故论衡·论式》篇这么讲：

魏晋之文，大体皆埤于汉，独持论仿佛晚周。气体虽异，要其守己有度，伐人有序，和理在中，孚尹旁达，可以为百世师矣。

夫雅而不核，近于诵数，汉人之短也。廉而不节，近于强钳；肆而不制，近于流荡；清而不根，近于草野，唐宋之过也。有其利无其病者，莫若魏晋。

效唐宋之持论者，利其齿牙，效汉之持论者，多其记诵，斯已给矣；效魏晋之持论者，上不徒守文，下不可御人以口，必先豫之以学。

胡适对"必先豫之以学"六字深有感触。他以为，章太炎的文章好，是以渊博的学问为根基的。仅此一点，即非常人所能及。今人多不以读书提高学养为然，写诗的只管读诗，写小说的只管读小说，写熟了，连诗和小说也不愿多读，觉得浪费时间，影响产量。于是搦管挥毫，文字层出，螺蛳壳里做道场，虽然轰轰烈烈，终是灾梨祸枣。一个人总是要读而后写，多读而少写。鲁迅的文章为什么好，蒙田的文章为什么好，艾略特的诗为什么好，里尔克的诗为什么好，正是由于深厚的底蕴：所学既博，所思既深，眼光远大，精神世界无比丰富。

许寿裳在《亡友鲁迅印象记》里回忆："鲁迅对于汉魏文章，素所爱诵，尤其称许孔融和嵇康的文章。"其原因，许寿裳说，在于鲁迅严正的性格，坚贞劲烈，憎恨和蔑视权势，很有一部分与孔、嵇相似。但显然也有章太炎的影响这一因素。鲁迅喜欢魏晋文章，自己作文，也有魏晋的风格和气度。

对章太炎和鲁迅都相知甚深的曹聚仁先生，曾经这样说：

> 章师推崇魏晋文章，低视唐宋古文。季刚自以为得章师的真传。我对鲁迅说："季刚的骈散文，只能算是形似魏晋文；你们兄弟俩的散文，才算是得魏晋文的神理。"他笑着说："我知道你并非故意捧我们的场的。"后来，这段话，传到苏州去，太炎师听到了，也颇为赞许。

曹聚仁大概是为了客气，将鲁迅兄弟一并赞扬。其实知堂文章虽好，好处却不在魏晋风格，他的枯淡近似清人学者的笔记文，如他推崇的郝懿行和俞理初之类。只有鲁迅是深得魏晋文的神髓的。章太炎欣赏汉朝的王充，知堂也时常谈起王充的"疾虚妄"。如果说章太炎对他有影响，这是其中之一。知堂自己在回忆文章中说，当年在日本与鲁迅等一起听章太炎讲《说文解字》，受益无穷。这是章对他的第二个影响。

二

章太炎在东京的讲学，据《知堂回想录》所记，除了《说文解字》，可能还讲了庄子。这一部分，他没参加，鲁迅参加了。周作人说，虽然没参加，他不觉得遗憾，因为对庄子并无兴趣。而鲁迅一生受庄子影响之大，不亚于受尼采和叔本华影响。刘半农赠鲁迅的联语，"托尼思想，魏晋文章"，朋友们都觉得恰切，鲁迅也颔首称是。庄子的影响则不仅在思想上，也在文章的写作上。鲁迅兄弟思想和文章风格的差别，魏晋文是一个因素，庄子文也是一个重要因素。

关于魏晋人物和文章，鲁迅在《魏晋风度及文章与药及酒之关系》中有极为精彩、精彩到称得上一字千金的论述。他总结道：

> 刘勰说："嵇康师心以遣论，阮籍使气以命诗。"这"师心"和"使气"，便是魏末晋初的文章的特色。正始名士和竹林名士的精神灭后，敢于师心使气的作家也没有了。

人的性格不同，作品风格也千差万别。即使相近的性格，处世之态度不同，作品的表现方法也会不同。发自肺腑是一种态度，皮笑肉不笑也是一种态度。"高情千古闲居赋，争信安仁拜路尘。"《闲居赋》是一种态度，拜路尘也是一种态度，我们都不好随便议论。但我喜欢"师心""使气"这四个字，尤其是"使气"。"师心"可以说是作文的起码态度，"使气"则因人而异。矫情镇物固然令人钦佩，但我觉得歌哭随心更见真性情。

许寿裳回忆和鲁迅一起听章太炎讲课时：

> 鲁迅听讲，极少发言，只有一次，因为章先生问及文学的定义如何，鲁迅答道："文学和学说不同，学说所以启人思，文学所以增人感。"先生听了说：这样分法虽较胜于前人，然仍有不当。郭璞的《江赋》，木华的《海赋》，何尝能动人哀乐呢。鲁迅默然不服，退而和我说：先生诠释文学，范围过于宽泛，把有句读的和无句读的悉数归入文学。其实文字与文学固当有分别的，《江赋》《海赋》之类，辞虽奥博，而其文学价值就很难说。

鲁迅认为，文学一定要动人以情，甚至是以强烈的情感。尼采的话正好与此呼应，这就是王国维在《人间词话》

中评论李后主的词时所引用过的："尼采谓：'一切文学，余爱以血书者。'后主之词，真所谓以血书者也。"

鲁迅身处中华民族垂亡的大变革时代，决心以文学唤起民众，因此论文强调感人精神，这样的偏颇是可以理解的。《江赋》《海赋》未必不能感人，不过放在那个时代，与现实似乎过于隔膜了。

用怪僻古字，写怪异句子，这个习惯，鲁迅很快改掉了。一方面，他换用白话文写作，为此，鲁迅还在致曹聚仁的信中，开玩笑地说："太炎先生曾教我小学，后来因为我主张白话，不敢再去见他了。"另一方面，鲁迅后来写的为数不多的文言文，如《〈北平笺谱〉序》《〈淑姿的信〉序》等，虽然造句无多变化，用词是明显浅近了。

三

除此之外，章太炎的一些学术观点也为鲁迅所借用，最有意思的一例是老子与孔子的关系问题。鲁迅在小说《出关》中写，孔子第二次登门拜访之后，老子的弟子庚桑楚发现：

"先生今天好像不大高兴，"庚桑楚看老子坐定了，才站在旁边，垂着手，说。"话说的很少……""你说的对。"老子微微的叹一口气，有些颓唐的回答道。"可是你不知道：我看我应该走了。""这为什么呢？"庚桑楚大吃一惊，好像遇着了晴天的霹雳。"孔丘已经懂得了我的意思。他知道能够明白他的底细的，只有我，一定放心不下。我不走，是不大方便的……"

这里的意思是，老子之所以西出函谷关，是担心孔子迫害，被迫离开。鲁迅后来在《〈出关〉的"关"》一文中解释说：

> 老子的西出函谷，为了孔子的几句话，并非我的发见或创造，是三十年前，在东京从太炎先生口头听来的，后来他写在《诸子学略说》中，……。至于孔老相争，孔胜老败，却是我的意见：老，是尚柔的；"儒者，柔也"，孔也尚柔，但孔以柔进取，而老却以柔退走。

《鲁迅全集》对此有详细的注释，并摘录了《诸子学略说》中的有关一节：

> 老子以其权术授之孔子，而征藏故书，亦悉为孔子

诈取。孔子之权术，乃有过于老子者。孔学本出于老，以儒道之形式有异，不欲崇奉以为本师；而惧老子发其覆也，……老子胆怯，不得不曲从其请。逢蒙杀羿之事，又其素所怵惕也。胸有不平，欲一举发，而孔氏之徒，遍布东夏，吾言朝出，首领可以夕断。于是西出函谷，知秦地之无儒，而孔氏之无如我何，则始著《道德经》，以发其覆。

注释说，章太炎的说法只是一种推测。鲁迅说："我也并不信为一定的事实。"

章太炎长鲁迅十二岁，两人同逝世于一九三六年。太炎先生六月去世，鲁迅在十月六日，亦即他自己去世前十天，抱病写了《关于太炎先生二三事》，追忆恩师。文中再度谈到当年读《民报》的事：

我爱看这《民报》，但并非为了先生的文笔古奥，索解为难，或说佛法，谈"俱分进化"，是为了他和主张保皇的梁启超斗争，和"××"的×××斗争，和"以《红楼梦》为成佛之要道"的×××斗争，真是所向披靡，令人神旺。

又说，章氏手订的《章氏丛书》：

　　大约以为驳难攻讦，至于詈骂，有违古之儒风，足以贻讥多士的罢，先前的见于期刊的斗争的文章，竟多被刊落。……战斗的文章，乃是先生一生中最大，最久的业绩，假使未备，我以为是应该一一辑录，校印，使先生和后生相印，活在战斗者的心中的。

在鲁迅眼里，章太炎首先是一个革命家：

　　我以为先生的业绩，留在革命史上的，实在比在学术史上还要大。……我的知道中国有太炎先生，并非因为他的经学和小学，是为了他驳斥康有为和作邹容的《革命军》序，竟被监禁于上海的西牢。……考其生平，以大勋章作扇坠，临总统府之门，大诟袁世凯的包藏祸心者，并世无第二人；七被追捕，三入牢狱，而革命之志，终不屈挠者，并世亦无第二人：这才是先哲的精神，后生的楷范。

　　鲁迅以战士自命，两间一卒，荷戟彷徨，对于黑暗力量，从不妥协。他的所谓"好战"，正是踵武先哲的行为。

论战文章，有人以为针对具体人事，时过境迁，便失去价值，其实不然，人事背后所体现的国民性，所代表的落后和黑暗势力，才是批判的目标。姜亮夫说，章太炎晚年言学之趣向有二：一欲救世以刚中之气，一欲教人以实用之学，其归在于不忘宗邦之意。这话也可以用在鲁迅身上。世人动辄拿所谓"绍兴师爷"作风说事，实在还不如说鲁迅先生身上有"章疯子之遗风"呢。

2021 年 5 月 18 日

鲁迅与古钱币

一

　　鲁迅收集古钱币，早已广为人知。以此为题的文章，不时见诸报端。后来的作者，多半道听途说，又喜欢根据自己的想象大胆发挥，结果距离事实日远。有说鲁迅是古钱币研究大师的，有说鲁迅鉴定水平高，因而能够捡漏的，还有人说鲁迅曾考证出某某钱币是谁人所铸，这都说得离谱了。

　　鲁迅的遗物，大概都在博物馆保存吧。早年在书店见过一本书，专门介绍鲁迅的收藏物。我自己收集古钱，因此对这一部分，最感兴趣。一看，就看出问题。比如一把战国时齐国的刀币三字刀，编者说，因刀背有三道横线，形似"三"字，故名三字刀。其实齐国的刀币，以大型精美著称，面文有"齐法化""齐之法化""节墨之法化""齐造邦长法化"等多种。根据面文字数不同，俗称为三字刀、四字刀、五字刀和六字刀，背面多半都有作为装饰花纹的三道横线。三字刀，即"齐法化"刀，这是常识，随便一本古钱币的书上都可以查到。

集藏古物，有人是为了研究，有人是单纯地怡情。投资保值，是比较晚近的风气。古钱币在古物中，属于轻小一类，易得而价廉。历代嗜好古钱的文人，著名的有宋代的洪遵，他写了钱币史上的名著《泉志》；清代大画家戴熙，他的《古泉丛话》是钱币著作中文字最优雅的；龚自珍的古物收藏也相当可观，他的藏品，最珍贵的列为"三秘""十华""九十供奉"，后两类中就有不少古钱，尤以王莽的"壮泉四十"为难得。鲁迅收集古物，以墓志和造像拓本为主，这是他的终身爱好，考校整理，成绩斐然。其他如瓦当、墓砖、铜镜、古钱之类，不求多，不求系统，意在对古人的生活获得感性的认识。

一九一二年，由于许寿裳的推荐，蔡元培邀请鲁迅到南京临时政府教育部任职。同年，教育部迁到北京。五月五日，鲁迅到达北京，十日开始到教育部上班。朱正《一个人的呐喊：鲁迅1881—1936》一书中说：

　　他被任命为社会教育司第一科科长，主管图书馆、博物馆、美术馆等事项。八月，又被任命为教育部佥事，同时还要他参加通俗教育研究会，担任小说股主任。鲁迅在教育部职务范围内所做的工作，在他的日记里有一点记载。例如，他曾到天津去考察新剧，曾去选择开辟公园的地址，曾去视察国子监及学宫的古文物，曾主持筹备全国儿童艺术展览会，曾参与筹建图书馆的工作。

这一年，鲁迅三十二岁。自此，直到一九二六年八月离开，鲁迅在北京住了十四年多。收集古钱，就在北京时期。朱正写道：

　　教育部是个很闲空的衙门，经常的事务不多。职员们上班，常常只是喝茶、吸烟、谈天、看报。鲁迅在他上班第一天的日记中，就写下了"枯坐终日，极无聊赖"的话。他不愿让时间就这样白白过去，趁这机会做了好些事情。他辑校了谢承《后汉书》《嵇康集》，完成并刻印了《会稽郡故书杂集》辑本。……辑校古籍之外，他还用了不少的力量去搜集和研究金石拓本、造像和墓志的拓本，古砖和古钱等等。

空闲有空闲的好处。看书，抄碑，逛琉璃厂和小市，会朋访友，鲁迅在北京头几年的日记，记满了这样的内容。如今看来，他的烦闷不易体会，他的闲适却是很可羡慕的。周作人在《鲁迅的故家》里，对此有比较翔实的描写：

在星期日，鲁迅大概一个月里有两次，在琉璃厂去玩上半天。同平常日子差不多同时候起床，吃过茶坐一会儿之后，便出门前去，走进几家熟识的碑帖店里，让进里边的一间屋内，和老板谈天。琉璃厂西门有店号"敦古谊"的，是他常去的一家，又在小胡同里有什么斋，地名店名都不记得了，那里老板样子很是质朴，他最为赏识，谈的时间最久。他们时常到外省外县去拓碑，到过许多地方，见闻很广，所以比书店伙计能谈。店里拿出一堆拓本来，没有怎么整理过的，什么都有，鲁迅便耐心的一张张打开来看，有要的搁在一旁，反正不是贵重的，"算作几吊钱吧"就解决了，有的鲁迅留下叫用东昌纸裱背，有的就带走了。他也看旧书，大抵到直隶书局去，可是买的很少，富晋书庄价钱奇贵，他最害怕，只有要买罗振玉所印的书的时候，不得已才去一趟，那些书也贵得很，但那是定价本来贵，不能怪书店老板的了。

一九一二年五月五日，鲁迅初到北京。十二日，是休息日，他和许寿裳等就去了琉璃厂。五月的二十多天，他去了琉璃厂四次。

十二日　星期休息。晨协和来。午前何燮侯来，午后去。下午与季茀、诗荃、协和至琉璃厂，历观古书肆，购傅氏《篆喜庐丛书》一部七本，五元八角。寄二弟信。

二十五日　下午至琉璃厂购《李太白集》一部四册，二元。《观无量寿佛经》一册，三角一分二。《中国名画》第十五集一册，一元五角。

二十六日　星期休息。下午同季市、诗荃至观音寺街青云阁啜茗，又游琉璃厂书肆及西河沿劝工场。

卅日　得津帖六十元。晚游琉璃厂，购《史略》一部两册，八角。李龙眠白描《九歌图》一帖十二枚，六角四分。罗两峰《鬼趣图》一部两册，两元五角六分。

二

鲁迅在教育部的收入相当可观。八月三十日"下午收本月俸百二十五元，半俸也"。十一月十六日"午后收本月俸银二百二十元"。到一九一四年，鲁迅的月薪是三百大洋。

有人统计：鲁迅在北京居住的十四年间，总共去琉璃厂四百八十多次，购买图书、碑帖三千八百多册。鲁迅从一九一二年至一九三六年，每年记书帐，《鲁迅全集》收鲁迅书帐二十四篇，总计购买书籍三千九百二十七种，其中以古籍最多，其次为日文书籍、英文书籍和德文书籍。所购石刻画像的拓片有六千多种。

鲁迅日记里有关古钱币的记载有四十多条，从一九一三年开始，到一九一九年止，主要集中在一九一三、一九一四、一九一五这三年。我根据日记大约计算了一下，其间购买古钱币一百七十五枚（包括朋友赠送的六枚）。实际数字不止这些，因为他两次寄给周作人古钱，一次二十四枚，一次五十三枚，一次三枚，其中有些品种，日记并没有明确记录。虽然日记里有些时候只记"古泉若干品"，但一些比较特别和贵重的，如"至元通宝"，不应不记名称。当然还有一种可能，就是这些古钱是以前所得。

下面就来逐年检看鲁迅日记中有关古钱的内容。

一九一三年

八月

十六日　小雨，上午霁。午后往琉璃厂，在广文斋买古泉十八品，银一圆。

十八日　昙，午后晛。……往琉璃厂广文斋买古泉二十一品，银二元六角。又赴直隶官书局买《古今泉略》一部十六册，十二元。《古金待访录》一部一册，四角。

二十四日　晴。星期休息。……下午往青云阁理发，次游琉璃厂，复至宣武门外，由大街步归，见地摊有崇宁折五钱一枚，乃以铜圆五枚易之。

九月

五日　晴。……午后步小市，买古泉三枚。

七日　晴，风。星期休息。下午至青云阁，又赴留黎厂买古泉六种，共银二元。

十月

五日　昙，冷。星期休息。……午后昙，时时小雨。往留黎厂李竹齐观古泉，买得齐小刀二十枚，价一元。平阳币二枚，安阳币一枚，……，共一元。又史思明得壹元宝一枚，价二元。

十二月

七日　昙。星期休息。午后寄二弟……古泉二十四枚：齐小刀十二，明月泉一，小泉直一一，常平五铢二，五行大布一，周元厌胜泉一，顺天、得壹各一，建炎、咸淳各一，绍兴二也。

崇宁钱，宋徽宗崇宁年间所铸，大钱有"通宝"和"重宝"两种。通宝钱文为徽宗瘦金体御书，为折十钱；重宝钱文为隶书，书法精湛，有说是蔡京写的，为折五钱。这两种钱制作精美，存世多见。鲁迅所购，应当是崇宁重宝。

"齐小刀"，疑是燕明刀，燕国所铸小型刀币，出土极多，价格低廉。齐的大刀，鲁迅有记录，齐明刀则极为罕见。

平阳币、安阳币，以及另外一枚，看日记中描摹字形，估计是如今俗称"齐贝"的一种，都是小方足币，主要在三晋和齐鲁等地区铸行。小方足币在先秦布币中存世较多，文字记地名，种类在四百以上，平阳币和安阳币又是其中最常见的。

"得壹元宝"，安史之乱时史思明在洛阳所铸大钱，一当开元钱百。史思明还铸有"顺天元宝"，存世比前者多，过去古玩界因有"顺天易得，得壹难求"的说法。如今，"得壹元宝"也很多见。有文章说鲁迅考证出得壹钱为史思明铸造，那是不对的。史思明铸钱，史书早有明载，鲁迅也没说这是他的考证。

"明月泉"，应是战国末年燕国所铸的小圆钱，钱文"明月"，现多释读为"明化"。

"小泉直一"是王莽钱。王莽的六泉，自小泉直一到大泉五十，共六种，其中小泉和大泉多见，中间的"幺泉一十""幼泉二十""中泉三十""壮泉四十"则非常罕见，尤以"壮泉四十"的名气为大。

"常平五铢"和"五行大布"都是北朝钱，前者为北齐文宣帝高洋铸，后者为周武帝宇文邕铸。

"建炎""咸淳""绍兴"，都是南宋钱，有折二，也有小平，种类极多。"周元通宝"本是五代周世宗柴荣铸行的通货。世宗灭佛，毁铜像铸钱，后来有妇女手握周元钱可避免难产等传说。因此，正面为周元通宝、背面为罗汉伏虎等各种文字图案的厌胜泉，历代翻铸不已，连日本也有制造。

一九一四年

正月

一日　晴，大风。……午后季市来。往敞家胡同访张协和，未遇。遂至留黎厂游步，以半元买货布一枚，又开元泉一枚，背有"宣"字。

十日　……过石驸马大街骨董店选得宋、元泉十三枚，以银一元购之。

三月

一日　晴。星期休息。……下午出骡马市闲步，次至留黎厂买小币四枚，曰"梁邑""戈邑""长子""襄垣"，又万国永通一枚，共二元。

六月

六日　晴。……往留黎厂李竹泉家买圆足布一枚，文曰"安邑化金"；平足布三枚，文曰"戈邑"，……，曰"兹氏"，曰"閛"；又"垣"字圆币二枚，共三元五角。

十一月

五日　午后同齐寿山、常毅箴、黄芷涧游小市，买大泉五十两枚，直百五铢、半两各一枚，直一百五十文。

二十日　晴。午后之小市买古泉七枚，直铜元三十，有端平折三一枚佳。

十二月

五日　午后同常毅箴之小市，买古泉二枚，正书"唐国通宝"一枚，"洪化通宝"一枚，共五铜元。

六日　晴。星期休息。……下午往留黎厂买南宋泉五枚：庆元折三，背"五""六"各一枚，绍定折二，背"元"字一枚，咸淳平泉，背"三"字一枚，又一，价五角。

"货布"也是王莽钱，仿先秦布币形式，铸造精美，存世很多。开元钱背"宣"，是会昌开元的一种。唐武宗灭佛，以铜佛像铸钱，淮南节度使李绅率先铸造的一种，背面"昌"字，以记年号。其余各地所铸，各加字以记地名，共有二十余种。除了"永"字等几种比较难得外，都容易找。奇怪鲁迅为什么只买了"宣"字一种。半元买"货布"和"开元"，买贵了。

"梁邑""戈邑""长子""襄垣"四枚小币，也是小方足币，较之平阳币和安阳币，稍少见。"万国永通"，今读"永通万国"，北周静帝宇文阐铸，连同前述的"五行大布"、北周"布泉"，均以精美著称，被称为"北周三品"。

"安邑化金"，是战国的一种大型桥足布，比较厚重。安邑系列有三种面值，半釿、一釿、二釿，其中安邑半釿少见。鲁迅所购，估计是一釿。"戈邑""兹氏""闵"均为战国小布，其中"兹氏"是尖足布。"垣"字环钱是战国大型环钱中最常见的一种。

"直百五铢"为刘备西蜀铸币，半两钱则自秦国、秦朝、西汉都有铸造。战国半两厚重而文字粗犷，比较受欢迎。西汉半两则极多。

端平钱为南宋理宗时铸。报刊上曾有多篇文章，讲到鲁迅泉识高，能以较低的价格买到价值很高的珍稀钱币，所举的例子就是这枚"端平"。通宝大钱存世很多，民国年间丁福宝所编《历代古钱图说》，标价不过半元。即使在今天，一枚上好的大端平，也不过两三百元人民币，而三字刀和得壹元宝的价格早已超过万元。鲁迅说"佳"，显指品相，并无自炫"捡漏"之意。端平还有重宝大钱，非常罕见。铜元三十不可能买到端平重宝。

"唐国通宝"是南唐钱，钱文有篆书、隶书两种，隶书略少见。

"洪化通宝"是吴三桂的孙子吴世璠铸的钱，常见。

南宋钱自淳熙七年起，背后加数字纪年，"元"字即元年铸，"三"即三年铸。

一九一五年

正月

二十八日　晴。午后游小市，买折二嘉熙通宝一枚。夜杨莘士赠古泉六枚，又小铜器一枚，似是残蚀弩机。

二月

十五日　晴。……午后往厂甸，人众不可止，便归。在摊上买《说文统系第一图》拓本，泉二百。宋、元泉四枚，泉四百五十。

二十一日　晴。星期休息。……午后至季自求寓还《墨经正义》及《南通方言疏证》，又同至厂甸，以铜元二十枚买"壮泉四十"一枚，系伪造品。

二十三日　晴，风。……下午同稻孙、季市游厂甸，买大布黄千二枚，其直半元。

二十八日　晴。星期休息。上午小风。午后往厂甸，……又入骨董肆，买直百小泉一枚，似铁品，又大平百金鹅眼泉一枚，"百金"二字传形，又汉元通宝平泉一枚，共价一元。

三月

十一日　昙。……午后同常毅箴游小市，买三古泉共铜元八枚。

七月

三十一日　晴。……下午往留黎厂买三字齐刀三枚，直二元。

九月

五日　晴。……往留黎厂买至正泉二枚，箭镞三枚，唐造象拓本一枚，共一元。

三十日　昙。上午寄二弟信，附……大泉五十一枚，至元通宝二枚。

十一月

六日　昙。午后往留黎厂买"白人""甘丹"刀等五枚，二元。

十三日　晴。……下午往留黎厂买货布四枚，布泉一枚，又方足小币五枚，大中折十泉一枚，共三元。

"嘉熙通宝"是南宋理宗钱。

"壮泉四十"当时要值几百大洋，二十文显然不可能买到真品。

"大布黄千"是王莽"十布"钱中唯一常见的一种，其他自一百至九百，都罕见。

"直百"等小钱，都是三国时蜀地所造，是高度贬值的货币，钱形既小，制作又粗劣。所谓"鹅眼泉"，同"鸡目钱"一样，都是人们对那种又小又薄的劣质钱的称呼。形如鸡鹅的眼睛，可见其小。汉元钱是五代后汉的钱币。这几种钱，存世稍少。

战国齐刀，六字刀最少，五字和四字刀次之，三字刀则相当多，面文"齐法化"，即"齐国法定货币"之意。民国时期，一直到十几年前，三字刀并不贵。近年集币者多，竞相留存，价格才突飞猛进。

至正钱是元惠宗所铸，元朝用纸钞，铜钱发行不多。"至大""至正""八思巴文大元通宝"是元朝钱币中最普通的三种，但相对而言，还是少见些。至正钱有小平、折二、折三、折十等多种币值，又有纪年，种类很多。

"至元通宝"也是元钱，有汉文的，也有蒙文的。鲁迅这两枚，估计是汉文钱，否则他会说明的吧。如果不是错记，这是鲁迅得到的钱币中最珍稀的品种。

"白人""甘丹"两种刀币都是战国时赵人所铸，略少见。

"布泉"和"货布"都是王莽钱。当然北周也有"布泉"。

大中通宝钱是朱元璋建国前称吴王时所铸，折十大钱有多种，未知是哪一种。

一九一六年

二月

二十日　晴。星期休息。……午后往留黎厂……买宅阳及匋阳方足小币共五枚，一元。

一九一八年

六月

二十七日　晴。……午后往留黎厂商务馆预约《愙斋集古录》一部，……又买古币四枚，一元。

八月

八日　晴。……午后往留黎厂，买"小泉直一"一枚，"布泉"二枚，小铜造象二坐，无字，共券六元。

十二月

二十七日　晴。午后往留黎厂买安邑币二枚，券三元。

一九一九年

六月

廿一日　晴。……午后往留黎厂买尖足小币五枚，券五元。

"宅阳""匋阳"是方足小币中的燕币，相对其他小布，比较粗劣。这两种常见。

从一九一六年到一九一九年，只有五次购买钱币的记录。鲁迅对古钱的兴趣，已逐渐淡漠。

三

根据以上的统计，可以得出结论：鲁迅对于古钱，只是爱好，并没有做深入系统的研究，这和他对待铜镜和瓦当的态度相同。鲁迅提到的古钱币书籍，只有《古今钱略》《古泉丛话》《古泉精选拓本》《古金待问录》《吉金所见录》等不多几种。其中清人倪模的《古今钱略》，算是一部比较全面的钱币学著作，但学术价值不如差不多同时代人的翁树培的《古泉汇考》。戴熙的《古泉丛话》是一部闲谈性质的笔记，文字优美，虽有考证，毕竟以赏玩为主。朱枫的《古金待问录》和初尚龄的《吉金所见录》，参考价值不大。民国以前的钱币学著作，首推《古泉汇考》，洪遵的《泉志》也不可或缺。

从鲁迅罗列的钱品来看，第一，他是从大面上来收集，尽量照顾到不同朝代、不同种类，不在细目上深究。第二，不追求名贵之品，他买得最贵的钱，是"得壹元宝"，花了大洋两元，其他都没超过一元。第三，他买的钱币，先秦的多，小方足币尤其多。这是因为先秦各国制度不一，钱币的形式多样，有刀，有布（铲子），有环钱，有贝币，还有楚国的金币。而在秦统一之后，钱币就变成一律的圆形方孔了。小方足币品类丰富，价格低廉，保存不少先秦文字。即使同一个字，各地有不同写法，闲来把玩，最有趣味。第四，鲁迅买的宋钱也不少，这是因为宋钱存世量大，容易得。明清以后的钱币，因为时代近，一般人不大注重。这里面，大中通宝铸于元末，洪化通宝铸于清初，是年代最近的两枚。清朝的钱币，即使是较早的顺治币和康熙币，日常生活中也常见，除了特殊品，古玩商不会拿来买卖。第五，对于有特殊历史背景的钱币，鲁迅特别留意。比如得壹元宝和顺天元宝，是安史之乱的见证。洪化钱，涉及清初的三藩之乱。李自成的永昌钱、张献忠的大顺钱，本来也很有意思，但鲁迅先生在杂文里，屡次提及这两人，绝无好感，他大概不会以此为赏心悦目之物的。

　　这几点很可说明鲁迅收集古钱的动因，就是透过古物对古代社会和古人生活增加一点感性的、直观的了解。鲁迅先生没有要当钱币收藏家和钱币学家的意思，这和他抄古碑、整理古籍、研究古代造像和墓志，是不可同日而语的。

2014 年 6 月 11 日

风中奔跑的女人

一

在《回忆鲁迅先生》一文的临近结尾处，萧红讲到鲁迅和一幅画的故事：

> 在病中，鲁迅先生不看报，不看书，只是安静地躺着。但有一张小画是鲁迅先生放在床边上不断看着的。
>
> 那张画，鲁迅先生未生病时，和许多画一道拿给大家看过的，小得和纸烟包里抽出来的那画片差不多。那上边画着一个穿大长裙子飞散着头发的女人在大风里边跑，在她旁边的地面上还有小小的红玫瑰花的花朵。
>
> 记得是一张苏联某画家着色的木刻。
>
> 鲁迅先生有很多画，为什么只选了这张放在枕边。

许先生告诉我的，她也不知道鲁迅先生为什么常常看这小画。

在萧红笔下，这幅鲁迅病重时爱不释手的木刻画，如此地唯美和浪漫，画的主题又是女性，后来的读者联想到爱情，是很自然的。

鲁迅是凡人，在鲁迅的内心世界，也有隐秘的角落，柔软或者敏感，不那么"猛士"气，存了他的失望和希望，延伸着他的幻梦，那些因为不曾萌发而不曾幻灭的，又因为小而不易为世人所知的梦。萧红则注意到这些方面，尽管只是一点一滴。

关于鲁迅的婚姻和爱情、朱安和许广平的故事，众人皆知。关于鲁迅的"婚外恋"或"暗恋"或"准恋爱"，也有一些传说，然无靠得住的事实根据，只能说是索隐派的猜测或臆想。

萧红和鲁迅的关系，确是亲密无间。在众多回忆鲁迅的文字中，少有人像萧红那样贴近鲁迅，写出他的音容笑貌，写出他生活中种种微小而传神的细节。在真正和鲁迅亲密的人中，除了小说家的观察力，萧红还有两个他人不及的长处，一是女性的细腻，二是女性的敏感。这只要和许寿裳、郁达夫、孙伏园和曹聚仁等一比，就看出来了。他们关注的方面不一样。写鲁迅的性情，说来不可思议，和鲁迅共同生活了近十年的许广平，也不及萧红亲切。鲁迅和萧红，除了亦师亦友，还有近似父女的那种感情。唯有在鲁迅面前，她是快乐、无拘束的，孩子一样轻灵和顽皮。鲁迅可以评论她新买的衣裳，说好，说不好。她也可以在鲁迅面前像女儿一样提出种种要求，甚至撒娇。

萧红照片中有一幅，是一九三五年在上海鲁迅家中照的，梳辫子，坐着，双手抱腿。这是她最美的一张照片，不笑，没有姿态，全然放松，安宁祥和，有在家的感觉。在鲁迅这里，是萧红短短一生中少有的、短暂的温馨时光。在别处，她有过激情，有过梦想，有过挣扎和奋斗，但更多的是忧虑、痛苦和失望，甚至屈辱。在别处，这个心比天高的女子，不得不扮演着中国古代社会里一个女性最不幸的角色。

萧红的长文，以《世说新语》一般的简淡，把一个个亲切的片段连缀在一起。初看都是家常小事，反复读过才明白，那是一个冰雪聪明的女子，从记忆中挑选出来的，对一位敬爱的长辈最珍贵的纪念。

在萧红的追叙里，鲁迅有三次谈到女人的服饰。第一次，他说萧红的新衣裳颜色搭配不当，大红的宽袖上衣，配了一条咖啡色的带格子的裙子，"颜色浑浊得很，所以把红衣裳也弄得不漂亮了"。第二次，萧红要许广平帮忙找布条束头发，她们选了米色的，却故意拿一条桃红色的比画给鲁迅看，鲁迅不满意，说："不要那样装饰她……"第三次，是在茶店，遇到一位摩登女子，身穿紫裙子黄衣裳，头戴大帽子，鲁迅对这样的装扮似乎印象很不好，"用眼瞪着她，很生气地看了她半天。而后说，'是做什么的呢？'"

对衣服的颜色搭配，鲁迅有自己的道理：

> 红上衣要配红裙子，不然就是黑裙子，咖啡色的就不行了；这两种颜色放在一起很混浊……你没看到外国人在街上走的吗？绝没有下边穿一件绿裙子，上边穿一件紫上衣，也没有穿一件红裙子而后穿一件白上衣的……

他说得如此仔细和专业，这使萧红颇觉讶异：

> 我开始问："周先生怎么也晓得女人穿衣裳的这些事情呢？"
> "看过书的，关于美学的。"
> "什么时候看的……"
> "大概是在日本读书的时候……"
> "买的书吗？"

"不一定是买的，也许是从什么地方抓到就看的……"

"看了有趣味吗？"

"随便看看……"

"周先生看这书做什么？"

"……"没有回答。好像很难以回答。

许先生在旁说："周先生什么书都看的。"

这段描写非常生动。萧红像小孩子一样笑眯眯地故意穷追不舍，鲁迅则咕咕哝哝、含糊其辞，似乎很不好意思：一个德高望重的大作家，怎么对女人的衣裳这么有兴趣啊？所以到最后，鲁迅糊弄不下去了，许广平出来解了围。

二

孙郁先生在《走在极限边上》一文有些介绍，可以和萧红的记叙相参照：

鲁迅的藏品中关于女性的绘画很多，有一些是别致的。他在上海的故居里就挂着一幅女子入浴图。许多看到此画的人，都认为鲁迅是有现代主义色彩和灰色情调的人。

孙郁先生在《日本裸体美术全集》一文说，有位美国学者，第一次看到这幅画，"大为惊异，遂著文说先生内在的颓废感是存在的。其实他还未读到鲁迅藏的大量裸体美术品，对先生而言不过休闲时的养目"。鲁迅藏有一套《日本裸体美术全集》，六册，精装，得自内山书店，"为预约限定版，非卖品"。孙郁说：

> 日本的裸体画，固然有色情的东西在，有的也不乏纯情的美意。……日本文人大胆地勾勒这些，似乎没有过于淫荡的冲动，好似安于对社会生活的再现，意在揭出人生的本真。……日本人的日常也许紧张有序，但私生活中却悠闲从容。

孙郁的解说藏不住为鲁迅辩护的意味，其实不必。裸体画说白了，就是表现女性的人体美，其中杂有色情的意味，甚或下流的品类，恐或不免。然而无论作画者意图和态度如何，都无碍他人自由的观赏，更不能据此对观赏者作道德评判。

基于以上的解说，孙郁指出，鲁迅以裸体美术为"闲时的养目"。"在精神的深部，是有一种生命的冲动的。文学也好，绘画也罢，大概都不能没有这样的冲动。鲁迅潇洒的时候，也真够厉害。"

《鲁迅藏画录》的插图里，有一幅德国版画《苏珊娜入浴》，不知前面所说的，是否就是这一幅。苏珊娜的故事在西方大名鼎鼎（《一千零一夜》里也有），以此为题材的画作很多。苏珊娜是巴比伦富商约吉姆的妻子，在自家花园沐浴的时候，被两个好色的长老窥视。长老贪于她的美色，企图引诱和施暴不成，反控她不贞。官司打到法老那里，苏珊娜被判死刑。幸亏先知出面，为她辩白，洗刷了冤屈。为什么说鲁迅喜欢这幅画便是现代主义，便是颓废呢？因为这幅画的主题是肉体的诱惑，长老便是经不起诱惑而犯罪的。华莱士·史蒂文斯在《彼得·昆斯弹琴》一诗中，以优美的语句描写了这种升华为神秘美感经验的诱惑：

> 想着你蓝色阴影的丝绸衣服，
> 是音乐。就像那长者心中
> 被苏珊娜唤醒的曲调；
>
> 绿色的黄昏，清澈而温暖，
> 她在静寂的花园沐浴，而眼珠
> 血红的长者正在窥看，感到他们

生命的低音在巫魅的和弦中

悸动，稀薄的血液

拨动"和撒那"的弹拨曲。

史蒂文斯诗中的神秘体验、奇异的色彩感，"激情"，"唯美"，"颓废"，以及"爱欲涌动"（孙郁语），和鲁迅的某些作品不谋而合，比如孙郁引以为例的《补天》，以及《故事新编》《野草》中的其他篇章。

孙郁在《唯美乎？》一文中写道："唯美主义的歌舞自然也有自己的道理。鲁迅强调过反抗的意义，但也没有忘记艺术就是艺术，精致的爱与冲动的色彩，也未尝不可在反映现实的笔墨中保留。""鲁迅一生就在这样的快感的刺激里存活着。愤世的东西他要，自娱的美术也要。"

鲁迅的藏画，很多都是这样美而带着强烈颓废色彩的作品，如英国画家奥博利·比亚兹莱的画。比亚兹莱的《莎乐美》，令人一见难忘。画中截然分明的黑白对比、空际的细线和像是水泡形状的东西，画面右下角的郁金香似的花朵，都使人想起《野草》中为人熟悉的句子：

在无边的旷野上，在凛冽的天宇下，闪闪地旋转升腾着的是雨的精魂……

上下四旁无不冰冷，青白。而一切青白冰上，却有红影无数，纠结如珊瑚网。

地狱原已废弛得很久了：剑树消却光芒；沸油的边缘早不腾涌；大火聚有时不过冒些青烟；远处还萌生曼陀罗花，花极细小，惨白而可怜。

另一个受到鲁迅特别关注的是年轻的日本画家蕗谷虹儿，孙郁《蕗谷虹儿》一文形容他："大约是个唯美的青年，染有感伤的情调，于其画面里，点缀的是性灵的纤细之美"。他的自白里说：

我所引的描线，必需小蛇似的敏捷和白鱼似的锐敏。……于悲凉，则画彷徨湖畔的孤星的水妖，于欢乐，则画在春林深处，和地祇相谑的月光的水妖罢。描女性，则选多梦的处女，且备以女王之格，注以星姬之爱罢。(《集外集拾遗·〈拾谷虹儿画选〉小引》)

和研究者谈论更多的麦绥莱勒、珂勒惠支，以及苏联的版画，尤其是《十二个》《城与年》的插图不同，这些画作揭示了鲁迅精神世界的另一面，更细腻、更个人，但同样深邃的一面。

三

萧红对鲁迅枕边小画的生动描写，使这幅画成为许多文章探讨的题目，引出种种结论。萧红的疑问是：鲁迅先生有那么多画，为什么只选了这一张放在枕边，以便时时观看？这也是今天很多读者的疑问。许广平说她也不知道，大概这种虚无缥缈的问题确实很难回答。有人说，这是鲁迅最喜欢的一幅画。喜欢是肯定的，说"最"则夸张了。一个人喜欢很多东西，我们很难说哪一件是他"最"喜欢的，就是他本人也难以说清楚。然而为何喜欢？喜欢什么？仍然不得而知。病重之中，一幅画放在手边不断把看，要么是喜爱这幅画，要么是这幅画有画外的特别意义，比如得自某个场合，属于某人所赠，是一段生活的纪念，等等。关于后者，如果没有资料，不宜妄加猜测。那么，我们姑且就画论事。

《回忆鲁迅先生》是萧红的名篇，其中所谈的细节，广为人知。关于鲁迅和这幅画，不断有人写文章。但就我读到的来看，虽然议论风生，却似乎没有稍稍费心去查证一下，鲁迅看的究竟是什么画，谁的画。他们可能觉得，萧红的描写足够详细，足以说明问题，于是径自根据她的描写引申发挥。其实事情不一定是这样的。聪慧心细如萧红，记忆也未必全都可靠，因为那时她挂怀的是鲁迅先生的病情，一幅画引起的好奇只是一个小插曲。文字中的画，是随着岁月的迁延，随着思念的加深而逐渐明晰起来的。我们多少都有类似的经验：过去生活中的美好细节，好比一个活物，会成长，也会变化，它越来越远离原先的客体，变成了个人情绪的映照。

对这幅画，萧红所言并不完全，也可以说，并不准确。画是苏联版画家毕珂夫（M. Pikov）的作品，是他为波斯诗人哈菲兹《抒情诗集》首页作的插图，宽11.3厘米，高15.4厘米，现藏北京鲁迅博物馆。在这幅彩色木刻上，画的左半部，是诗人哈菲兹身穿长袍的全身像，右手持书，左手抚胸，低头作深思状。画的右边，又分为上下两部分。下边，是萧红看到的那丛玫瑰。上边，就是萧红说的飞散着头发在风中奔跑的女人。

画的主体，占画面一大半篇幅的，是诗人哈菲兹，但在萧红的描述中，哈菲兹被忽略了。萧红记下了她认可的细节，她觉得对于鲁迅有意义的部分。也许鲁迅看画时的神情，以及过去的某一次言谈，使她有理由认为，鲁迅要看的是画中的女子。谁知道呢？也许哈菲兹，哈菲兹的某一首诗，他诗中的波斯风情，才是鲁迅所惦念的。萧红以其高度主观的描述留下了悬念，后来的评述者，就不假思索地沿着这条路走下去了。

钱理群教授在一次演讲《人间至爱者为死亡所捕获——1936年的鲁迅》中谈到这个故事，他说，这反映了鲁迅"对'美'的特殊的敏感，对美的沉湎，美的沉醉，美的趣味，美的鉴赏力。这表现鲁迅作为真正的艺术家的本质"。他进一步指出：

> 那个披着长头发的，穿着长裙子的在风中奔跑的女孩，是美的象征，爱的象征，健全的活的生命的象征。鲁迅生命最深处是这个东西，这是鲁迅的"反抗"的底蕴所在。

事实上，在毕珂夫的画中，女人只占四分之一的篇幅。她面向图右，亦即画面之外，双手向后拢起浓密的黑色长发，向前行走。可能是步履匆忙的缘故吧，女人不仅头发扬起，上衣也荡向身后。腰间所系，初看似是印花带缀边的长裙，但实际上是阿拉伯人宽大的裙裤，因为看得出膝下的分叉。她的动作不是奔跑，顶多是赶路，像是急不可待地奔赴情人花园中的幽会，所以一边走还一边理顺头发。这样的情景，正是哈菲兹诗，也是众多爱情诗中常见的。

钱理群教授将萧红说的女人改为女孩，再加上"风中奔跑"，画的意思就变了。基于此而理解鲁迅，则偏离得更远。女孩象征青春，象征生命的活力，正因为是女孩在风中奔跑，所以才表现了"美""爱"和"健全的活的生命"，有了坚强和抗争的意味。现在我们知道这画中人既不是"女孩"，也没有"长裙子"，更不曾"在风中奔跑"，这里只是一个有着"美丽的身段，乌黑的媚眼，和明月一般的笑意""乌黑的发波让人心碎"（哈菲兹诗）的年轻女人，在奔赴情郎的召唤。花园、玫瑰、夜莺、美酒，这些都是哈菲兹诗中的常见词，毕珂夫的插图把这些都如实地表现出来了，就连画中女人的形象也和诗中的描写相符。整幅画可以说是下面或类似诗句的演绎：

> 清晨我来到花园，为采那一束蔷薇；
> 夜莺声声啼啭，不时传送到耳边。
>
> 在草地上，花园里，我时常漫步徘徊；
> 眼睛观赏着蔷薇，盼望着夜莺飞来。

中古的阿拉伯世界弥散着一股梦幻的情调，尽管只是在文学中。《一千零一夜》的故事，令人难忘的倒不是那些神奇的魔法和神秘的旅途，也不是王安石诟病的李白式的后花园中"醇酒妇人"的豪迈，最使我惊奇的是，在花光月色的美好夜晚，有那么多的失眠者。他们由于所思邈远而不得不在静谧的街巷徘徊，于是乃有奇遇，或者只是人生的一个小插曲，或者因此改变了个人的命运。这是一种使人愉悦的美，和所有那些不切实际的事物一样，其中的意蕴若有若无。

假如鲁迅特别喜欢牡丹，同时又痴迷于李商隐的诗，那么，我们可不可以用李商隐的"垂手乱翻雕玉佩，折腰争舞郁金裙"或"水亭暮雨寒犹在，罗荐春香暖不知"，来阐释他此中的情怀呢？肯定不能。喜欢牡丹，可能只是因为牡丹让他赏心悦目；喜欢李商隐，可能只是因为那些无题诗唤起了他的同情。

当然，即使鲁迅是在梦想着一个美丽而又飘逸的女人在自己的世界，那也是人之常情。但你不能因此说，一定和爱情或婚姻有关。常常由一个美丽女子来象征的美、爱和自由，本身也是象征。

2011 年 7 月 8 日作

11 月 15 日改

回忆文字

　　十多年前，河北教育出版社出过一套周作人自编文集，止庵先生编校整理。除了《知堂回想录》上下册和谈论鲁迅的几种，都不太厚。稍阔的开本，淡灰色封面，纸微黄，不像白纸黑字那么刺目。展读之下，纸味和墨味若有若无，书的轻重也恰到好处。朋友间有几位，因为书的容止而爱这套书，邮购了收藏。我也顺便买了几种，选他的回忆文字。但其中两种，《鲁迅的故家》《鲁迅小说中的人物》，书店只进一套，迟来一步，为他人买走。后来发现，买走的是图书馆，而且正巧是我工作所在的分馆。

　　这两本书借阅过多次，想多知道一些鲁迅的家世和青少年时的境况。读过许寿裳和知堂的回忆，觉得差不多了，但留日那段时期，虽然资料不少，仍觉欠缺。比如读书，我们对鲁迅的了解，便不如对知堂的了解丰富。知堂谈自己的杂学，谈日本文化，留下大量文字。鲁迅去世得早，来不及自家细说。虽有博物馆里的收藏可供管窥，到底不如一册在手方便，何况文字能说得更深，提供更多细节。相比之下，他人的推究，终是隔了一层。我对他们兄弟在日本的一切都好奇：大体的生活状态、精神状态，读了哪些书，结识了什么朋友，受了谁的影响，为什么，和日本人的交往，和日本女性的接触，等等。知堂娶日本女子为妻，鲁迅如果没有包办婚姻，会不会也娶一位？早期兄弟合作，译介域外小说，做了大量工作。鲁迅提携弟弟不遗余力，弟弟的文章，他修改、增补，自己起草的文稿，发表时让弟弟署名。这方面的事，有许寿裳等人的回忆，比只听周作人一个人讲，总是更全面、更客观些。

周作人的文章，大家都说好，他自己也心知肚明。平淡的话语之间，掩饰不住自信和自负。后来处境不顺，出语愈发谨慎，放低姿态到从前不屑为的地步，但凭高对远的态度依然氤氲其中。偏他一生多遇尴尬事，钱理群先生说是"凡人的悲哀"，然而我们哪一个不是凡人呢？鲁迅先生自然也是。那些忘了自己是凡人的人，哪怕至死都没有清醒或不肯清醒，在他人眼里，还是凡人、全须全尾的凡人。尴尬事既然遇上了，那就不妨直说，倒也简单。心中如果存了太多难言之隐，无处可说，不便言说，便想千方百计颠倒扭转，指桑夸槐，或顾左右而言他。这种掩饰不管有用没用，在作者总是一吐为快了，可对于读者，却增添了一笔糊涂账。这样一想，觉得知堂老人也挺可怜。他的回忆文字以朴素著称，然而大有深味，可以一读再读。他说话的语气一辈子不变，形成句子，句式简单，不怕重复。但那絮絮叨叨中有扎实的内容，有坚持的力量，让读的人知道他"我心匪石，不可转也"。写鲁迅，不轻易臧否，内里的冷暖寒热，读者感同身受。你不能说那是他的皮里阳秋，因为他什么都没说。你的印象，只是你自己的感觉。这感觉未必对，即使对，也未必能得到认同。

王安石《读史》诗说："自古功名亦苦辛，行藏终欲付何人。当时黯暗犹承误，末俗纷纭更乱真。糟粕所传非粹美，丹青难写是精神。区区岂尽高贤意，独守千秋纸上尘。"看法很悲观。可是他身后发生的事实，和他生前预料和担心的，分毫不差。世风如此，看透了的人推想未来的事，比看眼前还清楚，朋友和仇敌的可能作为，真是历历如绘。有什么办法呢？才气再大，自视再高，也难对未来抱十足的信心，因为未来的事半分由不得自己，没有什么天理和历史的公正。天理是偶然，历史的公正也是偶然。鲁迅曾非常坚决地说，希望他死之后，文字随之速朽，文字所检讨和批判的世相亦复荡然。然而他的文章不仅不因时光之飞逝而落伍，反而一如既往地贴近现实，而且愈贴愈紧，仿佛他早已预料到未来的一切而特意专为未来写作一样。说速朽，速朽岂可得乎。

知堂的记忆力细到蚁足蚊睫，记在心里的，不仅事和言，还有过去日子暮色苍茫的氛围。这不能不说是难得的禀赋。写这样的文字，时间悠远，仿佛非得在燃着线香的光影暗淡的小屋，心事甚重，放不下，每一粒飘浮的尘埃上都沉甸甸地挂着感叹。所谓不动声色，常常是动到极处。

知堂最了不起的地方，在于不想说的事情，不说，难以启齿的事情，也不说。有人以为他是为贤者隐，其实不然，他是为自己隐。虽然他骨子里是好辩的，明面里却故意表现出对辩的不屑，不多的暗示文字，似乎有导引粗心的读者往歧路上去的用心，但终究比赤身裸体的谎话好。我佩服他了不起的地方，正在这里，因为他宁可不说，也不捏造。作为凡人而非圣贤，这就是能够做到的最好的了。看看今天的传记、回忆录和自传，即勇气这一项，就令人不得不肃然起敬：赤身裸体犹能不怒而威，比穿着五六层大礼服还气宇轩昂。孔子说，吾谁欺，欺天乎。欺天算什么呢？天何言哉？天是不说话的，欺它是白欺。这样来看，知堂的留白，即使非关勇气，至少是旧文人做派的可怜的一点子遗吧。然而总有人顺着己意，"考求"并进而"追补"知堂没有言说的那部分，宣称此即知堂的文外之意。这让人该如何感叹呢？黮暗承误乎？末俗纷纭乎？

我家乡的一位朋友，几十年坚持文赡事详地记日记，自云人言可畏，很多事容易引起訾议，真相则在口传中逐渐变形，以至于面目全非。留下文字，是为给自己作见证。这话说得有点悲壮了，尽管他和我一样，一辈子言行琐屑，决计与悲壮这么高大的形容词沾不上边。我猜想他可能深受过被误解和攻讦的苦头，众口铄金，没有自我辩白的机会，否则不必非把自己弄成李慈铭不可。人最倒霉的是什么呢？被诬蔑，被诽谤，被无端怀疑，肯定是其中之一。被人杀死也就罢了，无非是运气不好；被人诬蔑而死，为不曾行过的恶受惩罚，死后犹蒙恶名，那才真是死不瞑目呢。我常听人说网上的"人肉搜索"，只觉得毛骨悚然。一个人控告另一个人如何如何，只凭一面说辞，民众当真，群起而攻之，又将其种种隐私公之于众，使他成为毫无遮护的箭靶。即使后来真相大白，当事者能否熬过伤害，伤害的后遗症能否减缓和消除，都是未知数。由于这个理由，我对朋友的行为十分理解，甚至受了影响，自己的日记也记得烦琐起来。这不是为了自辩，也不是未雨绸缪，纯粹为记而记，日久成为习惯，自然积习难改。

还有一种可能，那朋友也许惯以文字为乐，一个字、一句话，好比实实在在的米粒或馒头，通过记叙切实证明个人的存在，这自然是另外一回事了。鲁迅的日记写成流水账，也许原有防止他人索隐之意，但相比之下还是吃亏。空白总会被他人填补或悬揣，不管用意如何，都容易有乖事实。

赫尔岑在其回忆录的序言中说，童年和老年相似，都处于人生全盛时期的两端，因此在主要一点上相仿："在青年尚未获致的东西，在老年则已经丧失"，在青年不计一切以求的东西，到老年，"在乌云和夕阳的衬托下"，将显得更为灿烂和庄严。赫尔岑说，它们都"同样无关乎个人的得失"。

超越个人得失，这应该是回忆文字最高的境界吧。

2019 年 11 月 15 日

快意金庸

一

事隔多年，我还记得第一次读到金庸小说时的情形。那时我在武汉上学，同宿舍的清角兄有一天偷偷塞给我两本书，说非常好看，让我赶紧躲着看，免得被人打劫，后面还有人排队等。书拿到背人处翻开，是港版的《书剑恩仇录》。故事一开始，小姑娘李沅芷无意发现老师傅青主用钢针钉苍蝇，觉得神乎其技，缠着问究竟，从此走上习武之路。相信很多读者和我一样，第一次接触金大侠，那种惊喜莫名的感觉，正如无意闯入新世界的李沅芷。接连几个晚上，等到宿舍熄灯，钻进被子里，摆出欧阳峰练蛤蟆功的姿势，头把被子顶起，一手摁住书页，一手打着小电筒，熬夜阅读。被子捂得严严实实，以免漏光打扰别人休息。不少喜欢下苦功的同学，常用此法加班，我则用来读禁书。同样读完的还有梁羽生的《萍踪侠影》。记得后来还拿到过港版删节本的《金瓶梅》，蛤蟆功的难受姿势就不能坚持，只能半途而废了。

鼎尝一脔，知道了金庸先生的好。同屋的四川同学钟桂良，自小练武，开风气之先，订阅了《武林》杂志。上面连载《射雕英雄传》，一月一期，一期几千字。新刊送到，一众武迷争抢不迭，然而故事每到节骨眼上，转载总是戛然而止，欲知后事，又得一个月后。直到大学毕业，《射雕英雄传》还只看到江南七怪发现了黑风双煞的踪影。

到北京工作不久，住在西便门的集体宿舍，合住的一位壮硕回族汉子，是个小说作家。某日下班回家，惊见桌上码着一套《射雕英雄传》。我问他，他说是借来的，已经读完，明天就要还。我说，让我晚上看吧，保证明天一早给你。他说行。洗漱完毕，一分钟都不敢耽误，随即捧书而坐，恨不得生出四只眼睛，一目百行。偏偏港版繁体字，又是竖排，不如横排本读习惯了，读得快。几个小时下来，眼睛疲劳，就用凉水浸一浸。连看带翻，到天色大明，居然把全套读完。合卷抬头，仿佛历经千劫万劫，半天缓不过劲来。吃罢早餐，昏昏沉沉去上班。好不容易熬到午后，才跑回宿舍大睡一觉。这个看书的纪录，至今没有打破。

再以后，逐渐改革开放，地方出版社限制少，胆子大，抢着出好卖的书。我读的第三部金庸《天龙八部》，便是安徽出的。港台版五册，安徽版每册一分为二，共出十册，这十册不是同时出版，每次出两册。我买到头两册，从王府井书店骑车回复兴门，饭后走到复兴门桥上。凭栏而立，看着桥下无尽的车流，抚摸着薄薄软软的书，翻开又合上，读一页，立刻打住，生怕太快读完。三四两册果然过了很久才上市。然而我不等安徽出齐，通过别的版本把书读完了。

再后来，金先生的书越出越多，余事便不值得追叙了。

二

金庸小说里，平心而论，自以《笑傲江湖》为扛鼎之作，不仅情节精彩，人物超卓，还像《格列佛游记》一样，是一部意味深长的讽世寓言。《射雕英雄传》《神雕侠侣》《天龙八部》，也都不相上下。《鹿鼎记》将反讽发展到极致，庄严古雅的一面，可溯源到英国小说中《汤姆·琼斯》到《名利场》这一路的传统，荒诞嬉笑的一面，又令人想起荒诞派和黑色幽默。金庸先生学贯中西，熔古今中外为一炉，正是情理中事。《书剑恩仇录》初试啼声，已经呈现出宏大的格局，尽管铺展不够充分。随后的《碧血剑》控制自如，结构就相当完美了。到《射雕英雄传》，洋洋百余万字，成为气势恢宏、波澜壮阔的文学长卷。此后的名作，遵循同样的典范，以广阔的场景、众多的人物、纷纭的历史画面，展现出自司马迁以来，经过唐人超凡的想象力加持，浸染了宋人的平民理想，直到明人注入的自由主义精神，中国人寄托了无限激情和期望的江湖世界。

金庸是理想主义者、浪漫主义者。理想之所在，亦即其浪漫主义的本质，是个人狂放的精神自由。武侠小说的江湖是一个鱼龙混杂的世界，真正的侠客始终是一个浪游者，因此不受世俗束缚。没有庄园，没有财产，不占山为王，不高攀官府，身在门派之内而总是以这样那样的机缘摆脱门派的限制。要么不用心在男女之事上，要么有爱情而没有家——郭靖成家之后，在某种意义上，就不再是一部书的核心人物，或者结婚如毛姆所说，只能作为一部小说的不允许续集的结束，如张无忌和袁承志的翩然归隐。人世间事，几乎都是双刃剑，是因果的汇聚，是以此换彼的交易：任何获得都要付出代价，获得的同时必然有所丧失。武侠小说试图把人从这个怪圈里解放出来，形而上学的江湖正好提供一个完美的背景，使得现实中必然被视作不近人情、违背常理甚至"乱法犯禁"的各种不可能的行为，不仅成为可能，而且被赋予全新的意义，成为如陶渊明和李白们在大醉中才能幻想的超凡入圣的榜样。

在金庸小说里，除了极少数作品如《连城诀》《鹿鼎记》，人间的权力机构事实上被排除了，即使被提到，也是一道淡淡的影子。江湖自有一套行为法则和道德规范，少林寺和武当山的地位近似皇庭，大小帮派形成中下层的社会结构。在人间，知识分子的人生目标是修齐治平、忠君报国；在江湖，武林英雄的理想则是行侠仗义、锄强扶弱。行侠显然是针对社会的不公正而来的，江湖起到补天的作用。金庸在小说中引入武林的权力机构，一方面是情节发展的必要，另一方面旨在说明，江湖也是一个系统，一个没有秩序的系统是不可能维持的。但金庸的了不起之处在于，他深知权力的危险，不回避权力的存在，却绝不允许权力的滥用。少林寺在武林的地位至高无上，实力强大，虽然从不缺乏试图借此行使对他人的审判权的高层僧人，但最终总会有宽厚仁慈的高僧和隐僧来拨乱反正，使少林寺重新回到救助者而不是统治者的正常定位。

在《笑傲江湖》里，借用药物和洗脑对下属进行精神控制的日月神教，不惜采用任何手段，力争一统江湖。同时，号称名门正派的五岳剑派，也有实力雄厚的嵩山派发起结盟，待夺取盟主宝座之后，便号令五派，与日月神教对决。其目的与"天下人人得而诛之"的邪教无二，手段则更加卑鄙、更加龌龊。任我行大似秦始皇，雄才大略，专横彪悍，然而不失为堂堂正正的枭雄，同样霸道的嵩山派掌门左冷禅，则显得猥琐和歹毒。更等而下之的是华山派掌门岳不群，号称"君子剑"，貌似温文尔雅，满口仁义道德，却心计遥深，比赵高和李甫还阴险。而且一旦面具被撕下，就连最下流、最违逆人伦的事都能做得出来。这个人物，毒，狠，又脏。

一统江湖是对自由精神的颠覆。借助小说里前赴后继不断出现的崇尚绝对权力的野心家，金庸为读者敲响了一记警钟。武林公敌的东方不败要不得，高举着正义旗号的左冷禅要不得，颇有开明之相的岳不群要不得，顶天立地一汉子的任我行要不得，满腹经纶的洪安通要不得，就连天山童姥，看似娇弱女童的山寨世界之主，也要不得。后面几位，都靠种蛊下毒来控制部下，以定时赏赐解药换取被奴役者的忠诚。

因为是浪漫主义的，必是不现实的。现实冰冷而严苛，浪漫主义则温情脉脉。读金庸，我们不免会想，像华山派、嵩山派、峨眉派那样的大门派，弟子千百，占据山寨，拥有土地，想杀人就杀人，想劫财就劫财。《笑傲江湖》里，四川的青城派为了夺取福建林家的《葵花宝典》，千里奔袭，制造灭门惨案。群豪为了营救任盈盈，数千人在五霸岗结盟，这样的事，在现实中如何可能？早被官兵剿灭了。侠客们走遍天下，大多数人从不为生计操心，真是衣来伸手，饭来张口，这让我们整天孜孜矻矻为稻粱谋的幸福公民们情何以堪？

所以说，武侠小说其实是一个童话。诗酒江湖的快意，寄托了我们不甘于困厄于现实的豪气，给人安慰和鼓励，是一个象征，不在于供人亦步亦趋地模仿，而是在精神上的超越。诚如歌德所言，一切不能恒常的事物，都只是一个比喻；一切不可企及的事物，只有在比喻里才能圆满完成。

三

谈金庸小说里的英雄，往往首推乔峰。男子汉大丈夫，堂堂正正，光明磊落，不屑于阴谋诡计。武功也如洪钟大吕，格局开张，一招一式，如雷霆下击，势不可当，同时又不像郭靖那么憨傻。他在聚贤庄血战群雄，"虽千万人吾往矣"的气概，仿佛曹公再世。"诸君北面，我自西向"，这样的话，自古及今，几人说得出来？

洪七公神貌近似，可惜英雄迟暮，多了沧桑之感。丐帮帮主老叫花子的身份，也让人略觉尴尬。胡斐继承了父亲胡一刀的豪迈，一来《飞狐外传》分量差些，二来他年纪小，事业和武功尚未达到顶峰，气势稍逊。郭靖老实巴交，以品格论，最值得尊敬，但想到他资质太差，靠死用功修成正果，不够机警，没有权变，若非身边有个黄蓉，也许很早就夭折了。在乱世做郭靖，风险该有多大？再说他似乎不会享受生活，论趣味还不如八戒兄弟呢。读者虽然喜爱和佩服，却不情愿以他为化身。相反，从问题少年成长为大英雄的杨过，比郭靖好玩多了。他相貌英俊，能言善辩，处事机智，遇上小龙女之后，演出一幕非常异类的爱情传奇——这后一条，是很可替他拿分的。不过我喜欢的是他到后来，经历过长久的孤独，养成孤傲的性格，蔑视一切陈腐的教条，是金庸小说中唯一的特立独行之士，比黄药师更纯粹，比令狐冲更少挂碍——黄药师的怪过于自以为是，令狐冲则被师门之情纠缠得太久了，久到连任盈盈都快要失去耐心了。而作为一个惯于借酒遣兴，敢于与江湖上的三教九流，包括田伯光这样恶名昭彰的"采花大盗"交朋友的人，他对岳不群和小师妹，是早该看透的。

令狐冲是竹林七贤一类的人物，他在亲情和爱情上的执拗，大概意在印证王戎那句著名的格言："情之所钟，正在我辈"。陈家洛出身高贵，受过良好教育，金庸也许很想把他写成一个具有士大夫气质的江湖侠士，就像林冲在《水浒传》中那样。不过，《书剑恩仇录》照顾到了故事没照顾到人物，红花会群雄个个身怀绝技，又有政治理想，档次分明比寻常草莽英雄高出一筹，会道门式的兄弟结义颇有向桃园前贤致敬的意思。但用力过大，适得其反，给人印象最深的，反而是陷于爱情之悲苦的余鱼同——这人实在有几分贾宝玉的调调儿，和外形怪异、几乎从不开口说话的黑无常白无常常氏兄弟，以及武功阴冷得令人不寒而栗的大坏蛋张召重。

陈家洛的形象没有立起来，袁承志相对稍好。袁承志为人正派，有书生气，但随和得近于懦弱，和张无忌有的一比。袁承志该是有名士风度的，结果也是悬在半空，可见江湖实在不是名士容易出没的地方。名士的本事在学问和清高，侠客的本事在武功，早先的还珠楼主是想把这两者结合在一起的，到后来妖魔精怪层出不穷，剑侠们也就无暇加深文化修养了。金庸写了几组非常成功的人物，如西湖梅庄的琴棋书画四大高手、武当派的书法名家张翠山，他们的结局都不好。琴圣黄钟公死前感叹说，痴迷于艺，荒废了武功，又因为痴迷，留下弱点，结果为人所趁，乃至丧身。在更高的境界，有衡山派的刘正风和魔教的长老曲洋，莫逆之交，琴箫相和，奏出《广陵散》的人间绝响，仍不免绝命荒山。

金庸对于现实，一直是清醒的。他清楚想象的路能够走多远。

四

金庸小说的女主角，最可爱和最不可爱的，都出自《倚天屠龙记》。前者是赵敏，后者是周芷若。女子而满肚子阴谋诡计，女子而为达目的不择手段，女子而为个人野心而隐忍，女子而在爱人毫无防备之心时突出杀手，这样的女子，虽然艳若桃李，虽然算不上心如蛇蝎，也足够恐怖和令人厌恶了。周芷若之前，岳灵珊也在比武中这样伤害过令狐冲，但岳灵珊没有政治野心，就比周芷若强多了。赵敏聪明绝顶，智计满腹，但用计而不阴损。即使下毒，也还留后手，解药是早早就悄悄送与张无忌了。赵敏为人坦荡，爱就是爱，恨就是恨，不含糊，不违心。视为仇敌，则必除之而后快，视为亲人，则历磨难而不疑。情感面前，阶级、政治、权力、荣华富贵，皆弃之如敝屣。遇大事有担当，胜不骄，败不馁。尊者前面不奴颜婢膝，贱者面前不盛气凌人。快人快语，真正有古人之风。

程灵素朴实瘦弱，聪明至极而静如秋水，争夺武林奖杯的大会上，谈笑间戏弄群丑，较之常氏兄弟说来就来，说走就走，在戒备森严的府衙，如入无人之境，又当如何赞叹。她的师门专一用毒，然而她却说，毒可以杀人，也可以救人。面对同门强敌，为救胡斐而牺牲性命。这又是一种可爱。可爱复可敬。

黄蓉是灵秀女子的代表，精灵一般的人物。这种人物，其实是不食人间烟火气的。在小说中，她的神仙气质得之于年龄幼小。因此她娇憨任性，可是心地纯洁，爱上一个人，这个人就是天地间之最好。再粗，再笨，也是最好。神仙是不能成长的，成长后的神仙，总不能如陶弘景们在《真诰》里所拟想的，七八百岁的仙女，仍然一副小丫头模样，锦绣天衣的腰间，还撒娇似的挂一串铃铛。所以，《射雕英雄传》里的"蓉儿"，一旦变为《神雕侠侣》里的"郭伯母"，虽然并不势利和多疑，但在对待杨过一事上，却不免给人势利和多疑的感觉。

少女黄蓉的一个略带邪性的版本，是《侠客行》里的丁珰，她对"狗杂种"石破天的爱，与黄蓉爱郭靖异曲同工。她的爽朗给人愉快的感觉，她的狠毒不令人讨厌。因为她不伪装，也不太存机心。

小龙女不是因为年纪幼小而显得无一点尘俗气的。金庸写这样一个人物，寄托了个人的理想，故一味往高了写，终至于显得虚假。事实上，他也知道这样的人物世间不可能有，故一力写她的虚无缥缈。即使有，只能一辈子藏身在古墓，或在绝情谷那样的世外桃源——有美好的桃园，也有邪恶的桃园。小龙女冰清玉洁，太冰清玉洁了，那么必然地，入世则污。可怜全真教的名人尹志平担当了那么一个尴尬角色。杜甫诗"在山泉水清，出山泉水浊"，用在小龙女身上最恰如其分。泉水之清浊，岂是泉水的过错？岂是泉水能决定的？好在她遇到的是杨过。杨过襟怀旷达，是她的爱人，也是她的救星。

蛮荒边陲之地的异族女子，如蓝凤凰之类，往往能超脱世俗的羁绊，行为发自天性，健康又明快。金庸此意，也可用一句老话来解说："礼失而求诸野。"或者更准确地说，礼失而求诸夷。礼不是礼，是性情。回头再想赵敏，可不也是个北方草原的蛮夷女子么？

五

宋人陈师道的诗："书当快意读易尽。"即使易尽，使人快意的书仍是不多的。幸运的是，金庸的书是我们这个时代，二十世纪五六十年代以来，几乎绝无仅有的读之使人快意的书。

古人有两个与此相关的故事。晋朝的大将军王敦，胸怀大志，每当酒后，朗诵曹操的诗："老骥伏枥，志在千里。烈士暮年，壮心不已。"一边以如意敲打唾壶，兴到酣处，壶边尽缺。宋初诗人苏舜钦，住在岳父杜衍家，每晚读书，必饮酒一杯。杜衍好奇，想知道他读什么书这么来劲。派人查看，见舜钦正读《汉书·张良传》，读到张良招侠客刺杀秦始皇，铁椎误中副车，不禁拊掌惋叹："可惜呀，没有击中。"于是满饮一大杯。杜衍闻报，大笑说："有这样的下酒物，一杯不多。"

读《天龙八部》，读到"萧峰身形魁伟，手长脚长，将慕容复提在半空，其势直如老鹰捉小鸡一般。邓百川、公冶乾、包不同、风波恶四人齐叫：'休伤我家公子！'一齐奔上。王语嫣也从人丛中抢出，叫道：'表哥，表哥！'慕容复恨不得立时死去，免受这难当羞辱。萧峰冷笑道：'萧某大好男儿，竟和你这种人齐名！'手臂一挥，将他掷了出去"，岂不快哉！

星宿老怪丁春秋初出场时，二十多人摇旗奏乐，旗幡上写着"星宿老仙，神通广大，法力无边，威震天下"。他本人"脸色红润，满头白发，颏下三尺苍髯，长身童颜，当真便如图画中的神仙一般"，俨然武林泰斗、学界大师。读到后来被虚竹种下生死符，老仙显出老怪的原形，"终于支持不住，伸手乱扯自己胡须，将一丛银也似的美髯扯得一根根随风飞舞，跟着便撕裂衣衫，手指到处，身上便鲜血迸流……"，岂不快哉！

读令狐冲重伤乘船，师父猜忌，投以冷眼，偶尔发言，语含讥刺。平日相亲相敬的众师弟，或碍于师威，或出于误解，也都不搭理他。这时候，偏偏有三山五岳素不相识的人物，竟相献酒献药，言谈甚欢，表现出来的亲热和尊敬，适与身边人的寒凉成对比。岂不快哉！

读郭襄生日，杨过发动江湖朋友，携带各种好玩的礼物登门祝寿，杨过更带人焚烧金兵草料，在夜空放上礼花，让这个沉醉于梦想的小姑娘大大地扬眉吐气。岂不快哉！

但如果要在金庸小说中找一个最激动人心的片段，非《倚天屠立记》里张无忌大战光明顶莫属。六大派围攻魔教，魔教在内乱之后，实力大减，一败涂地，少林派空智大师大声发布诛杀令。"明教和天鹰教教众知大数已尽，一齐挣扎爬起，各人盘膝而坐，双手十指张开，举在胸前"，念诵经文。这时，刚刚练成乾坤大挪移心法的张无忌，挺身而出，一出手就擒住少林僧圆音，再以崆峒派绝技七伤拳让崆峒派高手唐文亮和宗维侠输得口服心服。空性自恃龙爪手功夫天下无敌，张无忌以快打快，迅速将其制服。华山派掌门鲜于通诡计多端，坏事做尽，张无忌以其所施之毒反施其身，帮华山派清理了门户。昆仑派的何太冲夫妇，一个悍妇，一个伪君子，张无忌如法炮制，既惩治其人，又揭露其奸。这两场厮打，险中有谐趣，文笔之妙，如得神助。峨眉派是名门正派中的主力，掌门人灭绝师太堪称武林的道学家兼酷吏，仗着一把削铁如泥的宝剑，蛮横霸道，杀人如草。结果，一番追杀，被张无忌"抢身而进，右手前探，挥掌拍出。灭绝师太右膝跪地，举剑削他手腕，张无忌变拍为拿，反手勾处，已将倚天剑轻轻巧巧的夺了过来"。

六大派高手被张无忌一人击败，扫兴下山，"白眉鹰王殷天正得知这位救命恩人竟是自己外孙，高兴得呵呵大笑"，武当派诸侠想不到他们师兄弟张翠山的儿子竟然尚在人世，也忍不住热泪盈眶。一个孤苦的孩子，独自对抗庞大的势力，生死在所不惜，只求主持公道。公道之外，益以亲情。张无忌的胜利，是一个人历尽苦寒的芬芳，也是世上最珍贵情感的展现。

读大战光明顶，几十年里，一而再，再而三，岂不快哉！

2018 年 10 月 31 日

绝情谷，桃花源

——读《神雕侠侣》札记

一

但丁作《神曲》，地狱篇写得精彩，要人物有人物，要故事有故事，要激情有激情，写到净界，风云渐息，到天堂，就明净到几乎什么都没有。几十年前的中国老电影里，反派角色大放异彩，正面人物则拘谨如泥偶。写地狱，只需把世俗场景换个名目，阎罗王的宝殿不过是衙门的翻版，牛头马面操持的酷刑，较之人世还有不及。坏人易做，好人难为。演坏人，松开羁绊，顺流而下，自然水到渠成。写天堂，中国人的方法还是照搬，所以《西游记》里，神仙们无非上朝，开宴会，闲来饮茶读书，互相串串门，耐不住寂寞的，就下凡胡闹一番，过过声色犬马的瘾。西方作家爱较真儿，只好熟读亚里士多德和经院哲学，好在天国形而上学地高谈阔论。威廉·莫里斯在《乌有乡消息》里开玩笑说，幸福灵魂们的日子，无非是"天天坐在潮乎乎的云彩上头唱歌"。伏尔泰《老实人》里的黄金国尽善又尽美，然而老实人及其伙伴住了几个月，终于觉得无聊，搜罗了几车俗世用得着的宝石，一走了事。

苦，是大有机会经受的，至乐，可以想象，但总也想不出太多花样。空想主义者沉醉于乌托邦，乌托邦一不小心就成了反乌托邦。理想国在柏拉图那里，是把诗人统统赶出去。歌唱理想国的诗人们，是连做理想国国民的机会都没有了。

陶渊明写桃花源，有学者说是以当时躲避战乱的坞堡为原型的。这种坞堡，我们借助闽南的土楼，还能依稀想见。我觉得问题可能更简单，陶渊明写的，就是他隐居的偏僻乡间吧，所谓空想，无非是私自取消了赋税。至于我，等而下之，能够想象的桃花源或乌托邦，渺小到近似核桃上的雕刻，一所郊区庭院、一间安静的书房，甚至一本书，供人几小时漫游其中，这也就是天堂了。

哲学呢？社会理想呢？古仁人之心呢？后天下之乐而乐呢？遗憾得很，一无所有。

二

金庸小说经常写到类似世外桃源的世界，大的如《神雕侠侣》中的绝情谷，小的如《笑傲江湖》中的西湖梅庄。桃花源和乌托邦一样，是社会理想的寄托，但桃花源如上所说，可以很简单，就是一个清净避世、安居乐业的地方，而在乌托邦，权力和等级不可或缺。桃花源里的恬静安乐，自然而然，乌托邦里的美好生活，出自安排，秩序谨严。二者的本质区别，或许就在这里。

琴棋书画的西湖梅庄何等清雅，却是囚禁前教主的深牢；绝艺在身、耽之不知老之将至的江南四友，却是看守囚犯的狱卒。同样，绝情谷的田园生活背后，埋藏着往日的阴谋和仇杀。公孙谷主干净得没有人间烟火气的丹房里，谁会想到竟藏着一个陷阱呢。面子和里子，相差就有这么远。相比之下，黄药师的桃花岛、胡青牛的蝴蝶谷、阳顶天时代的光明顶、岳不群还没有筹划夺取《辟邪剑谱》时的华山甚至欧阳锋的白驼山庄，虽有机关，不乏凶险，作为一时的安乐窝，都还名副其实。

《笑傲江湖》是个标准的反乌托邦故事，不仅黑木崖是场噩梦，华山派和其上的五岳剑派，是场更大的噩梦，大到快成了天罗地网。这原因，自然要归于岳不群和左冷禅们的存在。如果教主换成张无忌，掌门换成穆人清，魔教和华山派也可以其乐融融，像个梁山泊一样的大家庭。然而人是靠不住的，张无忌和穆人清迟早会变成岳不群和左冷禅。即使他们由于英年早逝而像唐太宗一样善始善终，新的岳不群和左冷禅还是会出现。

在金庸小说里，正派和邪教看似水火不容，却共同织就江湖这张无所不包的大网。这里容不下任何个人的洁身自好，所以刘正风和曲洋意欲逃脱而惨遭灭门，莫大先生佯狂避祸，落拓不堪地混日子，缺少枭雄气概的袁承志和张无忌，尽管武功高强，又受万众拥戴，仍然选择了远走异域，令狐冲和任盈盈也抽身退隐，专心"生孩子和练琴"去了。前辈奇人的少林寺扫地僧、独孤求败、风清扬，以深藏若虚得到善终，而且因此在武功上进入化境。这给杨过和令狐冲们树立了榜样，也预示了他们的未来。

想想也是，刘正风和曲洋，一个衡山派高手，一个魔教长老，来自相反阵营，却成莫逆之交，这从反面再次说明正邪的密不可分。正即是邪，邪即是正，无正即无邪，无邪即无正。纯洁青年林平之因复仇的执念变成了不男不女的怪物，杀人如麻的铁掌水上漂裘千仞则在一灯大师的感召下变成了慈恩法师。

《神雕侠侣》算不得反乌托邦故事，它写了一个奇妙的桃花源，像欧阳修词中的夕阳院落，"杨柳堆烟，帘幕无重数"，一道道帘子揭起，一重重风景呈现，好像一部情节不断反转的戏。

三

陶渊明的渔夫是这样无意闯进桃花源的：他沿着小溪逆流而上，由于景色太美，鱼都不要打了，一路赏玩，记不得走了多远。直到出现一片桃花林，夹岸数百步，中无一棵杂树……溪水尽头，一座小山，山有小口，隐约透出光亮，渔夫舍船登岸，钻进山口。这山口起初很小，走了几十步，眼前豁然开朗，洞外一马平川，庄稼、树木、花草、整齐的屋舍、鸡鸣犬吠……

在伏尔泰的小说《老实人》里，老实人一行进入黄金国，像是《桃花源记》的翻译加改写。

他们在河中漂流了十余里，两岸忽而野花遍地，忽而荒瘠不毛，忽而平坦开朗，忽而危崖高耸。河道越来越阔，终于流入一个险峻可怖、岩石参天的环洞底下。两人大着胆子，让小艇往洞中驶去。过了一昼夜，他们重见天日……最后，两人看到一片平原，极目无际，四周都是崇山峻岭，高不可攀。

后来者往往踵事增华，金庸又是最会讲故事的，《神雕侠侣》中，金轮法王和杨过发现绝情谷，就写得一波三折、趣味盎然：

杨过一行六人在忽必烈大军的营帐，遇到到处捣乱的周伯通。周伯通所向无敌，却被四个绿衣人用渔网捉住，抬到船上，逆流而上。法王等都觉得事情离奇，要去看个究竟，于是驾船紧追。

马光佐力大，扳桨而划，顷刻间追近数丈。但溪流曲折，转了几个弯，忽然不见了前舟的影踪。尼摩星从舟中跃起，登上山崖，霎时间犹如猿猴般爬上十余丈，四下眺望，只见绿衫人所乘小舟已划入西首一条极窄的溪水之中。溪水入口处有一大丛树木遮住，若非登高俯视，真不知这深谷之中居然别有洞天。他跃回舟中，指明了方向，众人急忙倒转船头，划向来路，从那树丛中划了进去。溪洞山石离水面不过三尺，众人须得横卧舱中，小舟始能划入。划了一阵，但见两边山峰壁立，抬头望天，只余一线。山青水碧，景色极尽清幽。

行笔至此，金庸轻描淡写地加了一句：

> 只是四下里寂无声息，隐隐透着凶险。又划出三四里，溪心忽有九块大石迎面耸立，犹如屏风一般，挡住了来船去路。

六人合力，将小船抬过，划到小溪尽头，弃舟登陆，进入谷中。此时已是夜晚，绝情谷的景色，第二天早晨才展示在杨过眼前：

> 原来四周草木青翠欲滴，繁花似锦，一路上已是风物佳胜，此处更是个罕见的美景之地。信步而行，只见路旁仙鹤三二、白鹿成群，松鼠小兔，尽是见人不惊。……六人随着那绿衫人向山后走去，行出里许，忽见迎面绿油油的好大一片竹林。北方竹子极少，这般大的一片竹林更是罕见。七人在绿竹篁中穿过，闻到一阵阵淡淡花香，登觉烦俗尽消。穿过竹林，突然一阵清香涌至，眼前无边无际的全是水仙花。原来地下是浅浅的一片水塘，深不逾尺，种满了水仙。

从绿衣人的服色奇古，到枝叶上生满小刺的情花，到山阴的巨大石屋，到不食荤腥的戒律，直到谷中主人现身，虽然"面目英俊，举止潇洒"，却是"面皮蜡黄，容颜枯槁"，一切都透着怪异，印证了前文所说的凶险气氛。

四

绝情谷的主人公孙止，祖上在唐朝做武官，"后见杨国忠混乱朝政，这才愤而隐居"，携家迁居人迹罕至的幽谷，几百年来与世无争。公孙止既有祖上传下的武功，又有先前引种的剧毒植物情花，足以防范自保。尤其是情花，毒发无药可治，只有他自己珍藏的秘药才能解毒。谷中人众，都是弟子和奴仆，统一号令，绝对服从，连服饰都要统一，更有各种合练的功夫，可以制服武功很高的对手。

有此基础，绝情谷宛然一个独立的小王朝。但有王朝，便有权力斗争。被公孙止投入深渊的原配裘千尺，被杨过救出，政变成功，夺得谷主之位。公孙止流亡谷中，拉拢一切可以利用的人物——在书中是恶名昭彰的女魔头李莫愁，企图复辟，最后和裘千尺同归于尽。

世人翘望中的理想世界，无论是天堂、乐园、银河帝国，还是与世无争的净地，真要实现了，恐怕都是一个绝情谷，因为人是靠不住的。公孙止若无意外的遭遇，比如说，娶为妻子的裘千尺又漂亮又温柔，也没有一个年轻美丽的婢女充当小三，或许就当了一辈子好首领，然而本性中的狭隘和酷毒，遇到一定条件就暴露出来。裘千尺龙飞九五，原以为时局会焕然一新，不料恶只是换了一种方式。换汤不换药固然不可取，如果换药只是一种毒药换了另一种毒药，换又有什么意义？

通俗文艺中常有神来之笔。好莱坞电影《饥饿游戏》的第三部，斯诺总统被推翻，十三区的女领导人科因踌躇满志，准备登上宝座。万人大会上，女主角卡特妮丝受命处死斯诺，但在箭将射出的刹那，她扭转方向，一发射死了台上的科因。卡特妮丝，还有我们观众，都已经看出，科因其实是又一个斯诺，不过在好坏两方面略有损益而已。

司马迁写入《史记》的《采薇歌》这样唱道："登彼西山兮，采其薇矣。以暴易暴兮，不知其非矣。"卡特妮丝的脑海里会响起这首歌吗？金庸呢，黄药师呢，杨过和小龙女呢，是否想起了这首歌？

公孙止和裘千尺双双葬身深渊，恶毒的李莫愁死于火中，善良的公孙绿萼为救杨过，也死了。绝情谷被焚，杨过、程英和陆无双，将情花芟夷一尽，不让它再贻害人世……

五

权力的本质是占有，情的本质也是占有。因权力而偏执和因情而偏执，事有大小，其理则一。《神雕侠侣》中的人物，李莫愁、公孙止、裘千尺、瑛姑，多是偏执狂。全真教里，除了马钰和丘处机少数几个，也多偏执的性格。

黄蓉在杨过少年时，对他的猜忌态度尚可理解。后在襄阳，杨过已经多次在危急关头挺身相救，而杨过为郭襄庆生，黄蓉仍是百般猜疑，就很不厚道。聪明而能厚道的人不多，才高而真正谦逊的人也不多。

唯有杨过的偏执如璞，经过琢磨，露出莹润的玉质。陆无双和程英与杨过的情感，发乎情，止乎礼义，不容易写，但金庸写得很好，笔法像是从《红楼梦》中来。从前读《红楼梦》，深有感于探春和湘云对宝玉的关切。尤其探春，是兄妹之情，湘云则介乎兄妹和男女之情之间，分寸微妙，然都写得细致入微。金庸写程英，聪明，细心，体贴，温婉，可算是一个理想人物。这种理想人物，不在聚光灯下，像是大事件中的一个小插曲，然而戏份够重，即使粗心的读者，也不会轻易错过。好人物是一件精美的瓷器，金庸总是怕她们被打碎了，所以要半藏半露，然而有时候，还是不得不牺性。另一个姓程的是《飞狐外传》里的程灵素。二程性情无二，都是结局悲凉，不知是不是偶然。陆无双看似刁蛮，却豪爽，重义气，她偏一偏，就成了《侠客行》里的丁珰。陆无双使读者觉得痛快，丁珰虽然有点邪，也使人痛快。无双后来不再使小性子，像是受到程英的感染，又像是明白和杨过难有结局，故对他们之间的友情百倍珍惜。这一对表姊妹，程英如秋月，陆无双如春风。

公孙夫妇的大槐安国烟消云散，杨过要试服断肠草以解情花之毒，必须留在谷中。程陆二女主动留下相伴。杨过和她们结为兄妹，以正名分，以免日久孤处，生出尴尬，传授陆无双武功，最后悄然离去。金庸层层写来，十分感人。唐人小说《虬髯客传》里，虬髯客看红拂梳头，红拂便对他说，你姓张，我也姓张，"合是妹"。结为兄妹以断其情。金庸熟读经典，随手捡拾，化入书中，不见痕迹。用得极其高明的，还有写程英的一节。

陆无双快人快语，杨过洒脱，经常开玩笑，程英不然，是个文秀内向的姑娘。写她的情，比写陆无双和杨过难得多。杨过大战金轮法王，受伤昏迷，为程英所救，醒来发现自己已睡在一张榻上：

转头只见窗边一个青衫少女左手按纸，右手握笔，正自写字。……再看四周时，见所处之地是间茅屋的斗室，板床木凳，俱皆简陋，四壁萧然，却是一尘不染，清幽绝俗。床边竹几上并列着一张瑶琴，一管玉箫。

程英写字，"她写了约莫一个时辰，写一张，出一会神，随手撕去，又写一张，始终似乎写得不合意，随写随撕"。杨过趁她出门，设法用布线粘回她撕破的碎纸，展开来，写的是"既见君子，云胡不喜"。"粘回来十多张碎纸片，但见纸上颠来倒去写的就只这八个字。"

薛渔思的短篇小说集《河东记》里有一篇《申屠澄》，是唐人虎女故事最美的一篇。申屠澄大风雪中迷路，到路旁茅舍求宿。这家只有一对夫妇和一个十四五岁的少女，少女"虽蓬发垢衣，而雪肤花脸，举止妍媚"。吃饭时，申屠澄提议行酒令，用书上的话，形容眼前的情景。他先说，用了"厌厌夜饮，不醉无归"，这是《诗经·湛露》的句子。女孩接口："天色如此，归又能往哪儿去？"轮到女孩，她也念诗："风雨如晦，鸡鸣不已。"申屠澄大为惊奇："小娘子如此聪慧！我正好未婚，敢请自媒如何？"女孩嫁给申屠澄，相夫教子，夫妻感情极好。若干年后，虎女重返山林，申屠澄大哭数日。

《诗经·风雨》最后一章是："风雨如晦，鸡鸣不已。既见君子，云胡不喜？"虎女引用了前两句，程英写下的是后两句。

六

　　小龙女在绝情谷断肠崖跳崖，怕杨过寻短见，留言约他十六年后相会。心想，十六年，足以使一个人忘怀旧事。不料杨过和她一样，都是世上至情至性之人。十六年后，杨过再到断肠崖前，苦等五日，不见小龙女到来，于是毅然跳下深谷。

　　荆莽森森，空山寂寂，历史陈迹的绝情谷，恢复了公孙家移居前的自然状态，荒凉但纯洁。从绝高处跳下，才能坠入潭水极深的地方，才能发现通往未知世界的秘道。这是定数，也是机缘。杨过重入桃源，仍然借用了陶渊明的套路：天障，一道艰难的险途，隔开尘世和仙境：

　　　　他顺势而上，过不多时，"波"的一响，冲出水面，只觉阳光耀眼，花香扑鼻，竟是别有天地。他不即爬起，游目四顾，只见繁花青草，便如一个极大的花园，然花影不动，幽谷无人。他又惊又喜，纵身出水，见十余丈外有间茅屋。……最后走到离茅屋丈许之地，侧耳倾听，四下里静悄悄的，绝无人声鸟语，惟有玉蜂的嗡嗡微响。……举步入内，一瞥眼间，不由得全身一震，只见屋中陈设简陋，但洁净异常，堂上只一桌一几，此外便无别物，桌几放置的方位他却熟悉之极，竟与古墓石室中的桌椅一模一样。

他自进室中，抚摸床几，早已泪珠盈眶，这时再也忍耐不住，眼泪扑簌簌的滚下衣衫。忽觉得一只柔软的手轻抚着他的头发，柔声问道："过儿，甚么事不痛快了？"……杨过霍地回过身来，只见身前盈盈站着一个白衫女子，雪肤依然，花貌如昨，正是十六年来他日思夜想、魂牵梦萦的小龙女。

绝情谷再来一个轮回，桃花源到底还是桃花源。

科幻小说大师阿西莫夫在《基地三部曲》中，写到神秘的第二基地。为了缩短银河帝国崩溃后漫长的黑暗时代，心理史学家谢顿在远离帝国首都川陀的偏远星球上，建立了第一基地。第一基地在明处，第二基地在暗处。各种势力都想找出第二基地，然而没有人知道它在哪里。谢顿说过，第二基地位于"银河的另一端"，是"群星的尽头"，这句话使人把注意力投向银河的边陲。其实，第二基地不在别处，就在川陀。

金庸的思路与此如出一辙。人间的事，也大都如此：蓦然回首，那人却在，灯火阑珊处。

2019 年 4 月 12 日

纯然是一只青蛙

一

读过金庸小说的人，都知道"华山论剑"。武侠小说里的江湖就像中国的疆域一样辽阔，五方杂处，高手并出。这些高手在明在暗，或正或邪，更有难以归类的异数。《倚天屠龙记》里的张无忌退出权力中心，《碧血剑》里的袁承志远走海外，另觅家园，《天龙八部》里功夫最高的扫地僧，甘于贱役，一辈子不显山不露水。在这些人眼里，没有扬名立万、为一世之雄的概念，更不屑去开宗立派，做什么掌门、盟主。然而一般的人物，包括像嵇康、阮籍、陶渊明那样心高气傲的名士，免不了在名利场中打滚，虽然不屑去争声望，争权势，争天下第一，但乱世求生，不得不去与社会上的各色人等虚与委蛇。阮陶应付得好，保住了性命，嵇康不肯低声下气，被砍了脑袋。金庸的小说得力于还珠楼主甚多，格局大，排场大，奇能异才之士也多，武功的座次更难论定。毕竟那时没有报纸、杂志和电视、广播，没有恒河沙数的网络自媒体，几个能折腾的人道袍一穿，长须一捋，镜头前侃侃一谈，关起门来一投票，张三便因"奇功盖世"而引领风骚，李四则轻松摘下聂隐娘奖或昆仑奴奖的金牌。

金庸先生的妙法，是在《射雕英雄传》里，创设一个"华山论剑"的机制，由那些肯屈尊俯就、让吃瓜群众久闻大名的顶尖武林大咖聚首撕缠打斗，分出甲乙丙丁。《神雕侠侣》中写道：第一次，东邪黄药师、西毒欧阳峰、南帝段皇爷、北丐洪七公，加上中神通王重阳，"为争一部《九阴真经》，约定在华山绝顶比武较量，艺高者得，结果中神通王重阳独冠群雄，赢得了'武功天下第一'的尊号"。二十五年后再次华山论剑，王重阳仙去，欧阳锋发疯，"各人修为精湛，各有所长，但真要说到'天下第一'四字，实所难言"，事情不了了之。到了《神雕侠侣》后半部，"华山论剑"已成江湖上的传奇，西毒、北丐、中神通均已谢世，后起之秀中，杨过和郭靖武功日臻化境，老顽童周伯通则无意求仁而得仁，修为之高，傲视群伦。这三位跻身其中，加上原有的黄药师和一灯大师，凑成新的五大高手。

小说近结尾处，杨过、周伯通、黄药师等人来到华山，

凭吊过洪七公和欧阳锋：

　　众人取过碗筷酒菜，便要在墓前饮食，忽听山后一阵风吹来，传到一阵兵刃相交和呼喝叱骂之声，显是有人在动手打斗。周伯通抢先便往喧哗声处奔去。余人随后跟去。转过两个山坳，只见一块石坪上聚了三四十个僧俗男女，手中都拿着兵刃。……想不到事隔数十年，居然又有一群武林好手，相约作第三次华山论剑。

　　这一着使黄药师等尽皆愕然。更奇的是，眼前这数十人并无一个识得，难道当真"长江后浪推前浪，一辈新人胜旧人"？难道自己这一干人都做了井底之蛙，竟不知天外有天，人上有人？

　　只见人群中跃出六人，分作三对，各展兵刃，动起手来。数招一过，黄药师、周伯通等无不哑然失笑，连一灯大师如此庄严慈祥的人物，也忍不住莞尔。又过片刻，黄药师、周伯通、杨过、黄蓉等或忍俊不禁，或捧腹大笑。

　　原来动手的这六人武功平庸之极，就连与武氏兄弟、郭家姊妹相比也是远远不及，瞧来不过是江湖上的一批妄人，不知从那里听到"华山论剑"四字，居然也来附庸风雅。

相信不少读者读到此处，都将会心一笑。妄人而招摇过市的，自古多不胜数，脸皮之厚，连《天龙八部》里的丁春秋也自愧不如。金庸写伪君子岳不群，写一心称霸天下的左冷禅，写鹤发童颜、天生一张大师面孔、上电视特别好看的丁春秋，个个生动传神，想必是见的太多，因此太熟悉的缘故。

二

李白名扬天下，仰慕者满坑满谷。晚唐有个挺不错的诗人，名叫张碧。李白字太白，他字太碧。喜欢李白，诗作受李白影响，一看名字就知道。还有一个李赤，把名字变换了颜色，专写他所谓的李白体诗。苏东坡说，现存李白集中的一些诗，如《笑矣乎》《悲来乎》之类，格调卑下，不可能出自李白之手。有人说，这就是李赤的"杰作"。《笑矣乎》等既然如此恶劣，编书的人为何还要收录？道理也很简单。一方面，不忍割舍大诗人的任何笔墨，另一方面，作品既然挂了李白的名头，心里先有敬意，哪里还敢评判？等而下之的，压根就没有判断能力，你说是名家名篇，上过年选，得过大奖，他当然觉得好，要买回去朝夕捧读。把两首诗放一起，不告诉他是谁写的，有不有名，让他自己选择评判，顿时就傻了。

晚唐还有一位薛能，自诩为一流诗人，好比李白复生。他的诗本来不坏，结果，说大话引发众怒，把这点好处也给掩盖了。洪迈在《容斋随笔》里说他："格调不能高，而妄自尊大。"举了一些例子。四川海棠有名，杜甫在成都住了多年，没有写过海棠，惹得后人猜测纷纷。薛能说，老天是特意留给我来写的，不能推辞："风雅尽在蜀矣，吾其庶几。"他的海棠诗："青苔浮落处，暮柳间开时。带醉游人插，连阴被叟移。晨前清露湿，晏后恶风吹。香少传何许，妍多画半遗。"洪迈说，不过如此。柳枝词，白居易和刘禹锡都有名作传世，薛能却说白刘"虽有才语，但文字太僻，宫商不高"。又说，其他作者虽多，都是陈词滥调，只有他脱俗出新。洪迈引了几首，如"华清高树出离宫，南陌柔条带暖风。谁见轻阴是良夜，瀑泉声畔月明中"。"洛桥晴影覆江船，羌笛秋声湿塞烟。闲想习池公宴罢，水蒲风絮夕阳天。"确也不坏，但比白刘之作还是差远了。《柳枝词》五首的最后一首："刘白苏台总近时，当初章句是谁推。纤腰舞尽春杨柳，未有侬家一首诗。"洪迈说："今读此诗，正堪一笑。"

一不小心就把古风写成了李白，一不小心就把七律写成了杜甫。五言写成王维，七绝写成王昌龄，纸上一通涂抹，就是张旭、怀素的狂草……谁不会这么做梦呢？可是做梦不打紧，不能明明醒了还假装没醒，自己当真向全世界宣告呀。

三

清人编《全唐诗》，表面上看是按年代排列的，其实不然，是按作者的身份。同样身份的，再按年代先后。两千多位作者，分成三个序列：皇帝及其后妃、一般作者、社会边缘人物。最后一类，具体说，主要是妇女和僧道。

占了主体的"一般作者"中，不乏宰相和各级官僚，以及门阀世族子弟。在当时，很多是炙手可热的人物，或自命清高之辈，奈何在皇上面前，只好做普通人，与他们不太看得起的幕僚、胥吏、奴仆乃至平民百姓混为一团。不过尚可自我安慰的是，在笔记小说和民间传说里神气十足的方外之士和名媛名妓，连普通人的资格都没有，只能排在一连串无名氏之后，无可奈何地望尘兴叹。

厉鹗编《宋诗纪事》，也是这个格式。这样编，有好处。喜欢研究帝王的文学创作的学者，使用起来方便。然而时代进步太快，到我念书的时候，唐诗选里已经看不到御制诗。陛下既然集体神隐，也就无法猜度，假如他们中的几位，比如诗写得多而且还不错的唐太宗、诗写得不多却颇有几首上乘之作的唐玄宗，破例入选，会不会跑出一个堂吉诃德似的理想主义编者，遵古法死活要将他们置于卷首呢？

我只是想，传统总是不以人的意志为转移的，什么时候被继承，以什么方式被继承，殊难预料。百花齐放当然有可能劣币驱逐良币，推陈出新也会弄出些怪胎，尽管没经过事的人不免瞠目结舌。

乾隆写了几万首御制诗，说搜索枯肠也不为过。万里挑一，总该有几首好诗，不至于"千首加一首，卷初如卷终"。可是，皇上必须伟大。你伟大了，诗评家哪里还有置喙的地方？没人议论，没人评析，这不和被冷落是同样效果吗？

四

徐陵与庾信齐名，为南朝一代文宗。这个徐孝穆，据说记性不好，刚刚见过的人，再见就不认得，弄得对方很尴尬。后来大家客客气气婉转悱恻地给徐老提意见，徐老却不认错，说："那是你们自己的问题，你们就是不好记嘛，面目模糊，没啥特点。你看人家曹植、沈约、谢朓，哪怕只朦朦胧胧打个照面，保准你一辈子不忘。"他的意思是，你们自称作家艺术家，自称国家一级作家二级作家，作品呢？问问作品，能让人记住不？

苏轼转述此事，对徐陵直竖大拇哥。名人都是怪癖多多的啊，不然也不叫名人。徐陵看不起人，苏轼同样有这毛病。《西京杂记》里讲，司马相如作《大人赋》，极力摹写遨游神仙世界的惊奇和畅快，什么"乘绛幡之素蜺兮，载云气而上浮"啊，什么"呼吸沆瀣兮餐朝霞，噍咀芝英兮叽琼华"啊，都是跳大神的玩意儿。献给汉武帝，武帝是做梦都想当神仙的，读过之后，"飘飘然有凌云之气"。东坡借题发挥说，近来学者喜欢模仿前人，自己写不出，东抄西凑，整出几篇"拉杂变"，便自比为司马相如。司马相如倒是不会说什么，就怕读的人读得昏头昏脑，睡着了从床上掉下来摔得屁股疼，那就不是飘飘欲仙的感觉喽。所谓"拉杂变"，是模仿前人拼凑出来的四不像文章，千万不要误会成俞平伯先生所说的"杂拌儿"。俞先生是谦虚，是说其集子收文驳杂。

徐陵和苏轼，虽然刻薄，讲的很可能是实话。作文如习武，一靠天分，二靠勤奋，三靠运气。成就有大小，但人是平等的，不能势利眼。人在世上，各尽其责而已。否则，写小说的见了曹雪芹或托尔斯泰，写现代诗的见了里尔克和艾略特，难道要一头撞死不成？徐苏两位讽刺的，不是谁的水平太低，而是厚脸皮的自吹自擂和不择手段的攀附。土蛇以为张口能吞象，山鸡溪边照影，看见自己是凤凰，连古汉语里的基本语词都没弄懂，却哭着喊着要光大中华文化。这种人，遇上孝穆先生，那还是客气的，遇上老实人发脾气的庾信，去试试看。有人问庾信对北方文士评价如何。庾信说："只有温子升写的《韩陵山寺碑》可以读一读，薛道衡和卢思道懂一点为文之道吧。其余的，不过驴鸣犬吠，乱嚷嚷而已。"

庾信出使北方，正赶上梁朝灭亡，被迫留在西魏。他的痛苦无奈，表现在后期的诗赋中，一洗早年的绮丽，寄托了无限悲思。杜甫赞叹说："庾信文章老更成，凌云健笔意纵横。""庾信平生最萧瑟，暮年诗赋动江关。"然而他以南人入北，北方文士起初很看不起他，读了他的《枯树赋》，方才哑口无言。人的激烈和犀利，并非全由天性，有时是不得已的。

五

鲁迅就是这样。

鲁迅肯定是非常自负的，但他不像徐陵、庾信，乃至更早的范晔那么喜欢自夸。范晔著《后汉书》，自视极高，说其传论"皆有精意深旨，既有裁味，故约其词句。至于《循吏》以下及《六夷》诸序论，笔势纵放，实天下之奇作"。传后的赞，"自是吾文之杰思，殆无一字空设，奇变不穷，同合异体，乃自不知所以称之"。范晔说，他之所以如此放言自吹自擂，"恐世人不能尽之，多贵古贱今，所以称情狂言耳"（《宋书·范晔传》）。这些话出自狱中写给晚辈的信，可信度很高。人之将死，其言也善，孔子不也说过"君子疾没世而名不称焉"吗？

范晔自夸，读者不反感，不会败坏对他的景仰。老杜和东坡如果自夸，我们也会莞尔。周作人的谦和中常有藏不住的自得，我对自己说，应该的，他有这个资格。沈从文说，同辈人中，颇有善于钻营者，做了这会长那委员，地位崇隆，然而他相信自己的作品会比这些更长久。我们现在都知道，他一点没夸张。

看不起人，若只是文人故态，是不必要，也不足为训的。恃才傲物，伤害别人，最终伤害自己。如祢衡之死，就实在不值得，令人惋惜。《三国演义》中提升一下，把他的骂变成了政治行为，以攻击曹操。然而即便如此，曹操的气度仍然难能可贵。苏东坡称道徐陵，不是赞其轻狂，是对不良风气的贬斥。结帮拉派，互相吹捧，固然让人齿冷，还是小节。鲁迅矛头所指，常是根本性的问题，比如在《诗歌之敌》一文中，鲁迅就挖苦了某一类文学家：

豢养文士仿佛是赞助文艺似的，而其实也是敌。宋玉司马相如之流，就受着这样的待遇，和后来的权门的"清客"略同，都是位在声色狗马之间的玩物。查理九世的言动，更将这事十分透彻地证明了的。他是爱好诗歌的，常给诗人一点酬报，使他们肯做一些好诗，而且时常说："诗人就像赛跑的马，所以应该给吃一点好东西。但不可使他们太肥；太肥，他们就不中用了。"这虽然对于胖子而想兼做诗人的，不算一个好消息，但也确有几分真实在内。

《孟子·离娄下》说："人之所以异于禽兽者几希，庶民去之，君子存之。"虽然几希，要找，可以找出几百几千条。鲁迅指出的一条是，人和其他动物的不同，在于人是不能被豢养的。杨过、周伯通、黄药师、郭靖、一灯大师，尽管武功绝高，若都像展昭之流成了尾巴翘得小旗杆似的"御猫"，也就不足道了。

六

喜剧版的"华山论剑"在《神雕侠侣》中是这样结束的，以豪杰自命的那一干僧俗男女展露才艺未毕：

那六人听得周伯通等人嬉笑，登时罢斗，各自跃开，厉声喝道："不知死活的东西。老爷们在此比武论剑，争那'武功天下第一'的名号。你们在这里嘻嘻哈哈的干甚么？快快给我滚下山去，方饶了你们的性命。"

杨过哈哈一笑，纵声长啸，四下里山谷鸣响，霎时之间，便似长风动地，云气聚合。那一干人初时惨然变色，跟着身战手震，呛啷啷之声不绝，一柄柄兵刃都抛在地下。杨过喝道："都给我请罢！"那数十人呆了半晌，突然一声发喊，纷纷拼命的奔下山去，跌跌撞撞，连兵刃也不敢执拾，顷刻间走得干干净净，不见踪影。

这情形，使我想起不久前读过的阿加莎·克里斯蒂小说《第三个女郎》里老糊涂的罗德里克爵士评论书中某人的话：

挺精明的，这家伙，可我还是要说，纯然是一只青蛙。

2018 年 9 月 19 日

辑 四

猗兰操

听乐记

一

宣树铮老师的散文《音缘》，写他在新疆教书时，和音乐家大崔的一段交往。大崔多才多艺，能演奏各种乐器，"有一副好嗓子，能从京、昆、评剧、梆子唱到京韵大鼓、唐山落子"。宣老师说，他自小与音乐无缘，不会唱，也听不懂，和大崔熟悉后，不免谈到音乐，因此有过一些"浅薄的争论"。大崔认为人的感觉是相通的，诉诸视觉嗅觉的色香可以用诉诸听觉的音乐来表达。宣老师不同意："弦上黄莺语可以，弦上玫瑰香行吗？你能来个大崔抚琴，花香扑鼻，我就服你。"大崔说："那你等着。"

次年初夏，校园沙枣树开放，"一树娇黄，香气郁郁"。入夜，大崔夹了二胡过来，把自谱的《沙枣花》拉给宣老师听。从音乐里，宣老师说，他"听出了婴儿的牙牙学语，姑娘的哧哧匿笑。琴声一波一波，飘逸而缠绵，含蓄而热烈，我的想象终于跟不上琴声，迷失在一片抽象的乐声中"。曲罢，大崔问："闻到花香了吗？"宣老师说："现在也闻得到啊，空气中本来就有花香。"大崔摇摇头："不一样。"大崔作的曲子有《天山落日》《大漠行车》《鸦阵》和《胡同》。宣老师说，他最喜欢那首《大漠行车》。

从学校所在的县城坐长途车到乌鲁木齐，二百公里出头要走七八个小时。砂石路面，坑坑洼洼，汽车又老旧，孤零零的车在大漠中哆嗦着前行，摇颤颠簸，发出的声音犹如哭泣。每次坐车总有说不出的感触，天地玄黄宇宙洪荒的感触，前不见古人后不见来者的感触，悠悠世路沧海一粟的感触，但又不完全是，这实在是一种不可言传的感触，文字无能为力。《大漠行车》却将这种感触用音符用旋律曲折淋漓地表达了出来。我跟大崔说："音乐在此胜过了语言。"

和宣老师比，我的"音缘"似乎好一些，因为从小喜欢。喜欢和懂其实是不那么相关的。别说小时候，就是现在，一连几小时听马勒和布鲁克纳，我也不能说完全懂了，那么我的乐趣何在呢？很简单，就是宣老师说的，音乐把心中说不出的感触"曲折淋漓地表达出来了"。

说不出的感触，往往是最深刻的感触。最深刻的感触，使人觉得文字的无能为力。陈子昂短短四句的《登幽州台歌》，之所以让千载之下的人读了，为之沉吟不已，就是因为它像音乐一样，超出了语言的局限。这是诗的特质，诗是文字作品中最接近音乐的体裁。

文学、音乐、绘画，各有所能，各有所不能。文学羡慕它所不能的，音乐亦然。标题音乐，便是向文学的靠拢。德彪西的钢琴曲，试图用音乐表现画面。李商隐的无题诗，精心营造朦胧如梦幻的场景和情境，像印象派的画，也像舒伯特的钢琴曲和室内乐中无限惆怅的慢板乐章……

二

确实，音乐常给人近乎神秘的感受，一段音乐中，一个乐句甫一流出，听者脑子里闪过一道灵光，顿时轻快无比，疑虑全消。肖邦第三奏鸣曲第一乐章中的第二主题，便是如此。这个主题前后三次出现，使这一乐章的激昂喧腾始终带着神仙般的超逸。

很多长达几十分钟的曲子，唯有这几小节、十几小节的旋律，让人梦绕魂牵。它油然而作，沛然而起，如云行空，随风而逝。不过十几秒钟的光景，一辆满载鲜花的战车，雷声隆隆地从心头轧过，奇妙的感觉遍及四肢百骸，带着所有无以名状的情绪。时间被放大，绵延到无边无际。人的各种思维，在无限的量度和维度中展开，快速得连自己都无法把握和理解。

在舒伯特的第八交响曲、第二钢琴三重奏，以及最后一首钢琴奏鸣曲的第一乐章，都有这样的片段。在贝多芬的中晚期弦乐四重奏的慢板乐章里，更比比皆是。事后，几十秒钟、几分钟的乐句，我们可以写上千言万语，但音乐的核心却无法言述。

一点都不奇怪。只要看看但丁的《神曲》中，《地狱篇》《天堂篇》写得多么不同就明白了。普鲁斯特在《追忆似水年华》里，花了近万字描写斯万在聆听凡德伊小提琴奏鸣曲中一个小乐句时的感受：

> 很久以来，他就放弃了把生活跟一个理想结合起来的念头，只把它局限于追求日常乐趣的满足。而他认为，这种情况会至死不变。更进一步，他既然再也不会感到头脑里有什么崇高的思想，于是就连世上是否有这样的思想存在也不再相信，尽管他还不能完全予以否

定。因此，他养成了逃避于琐碎的思想之中的习惯，不再去追究事物的原委。而今晚，在维尔迪兰夫人家，年轻的钢琴家刚弹了几分钟，斯万忽然在一个连续两小节的高音之后，看到他所爱的那个轻盈的、芬芳的乐句从这拖长的、像一块为了掩盖诞生的神秘而悬起的有声之幕那样的声音中飘逸而出，向他款款接近，被他认了出来——这就是那个长期隐秘、细声细气、脱颖而出的乐句。这个乐句是如此不同凡响，它的魅力是如此独一无二，没有任何东西可以代替。对他来说，就好像在某个朋友的客厅突然遇到他曾在马路上赞赏不已、以为永远不会再见的女人一样。最后，这个不倦的指路明灯式的乐句随着它芳香的细流漂向远方，在斯万脸上留下了微笑的痕迹。乐句以缓慢的节奏把他领到这里，领向一个崇高、难以理解、然而又是明确存在的幸福。

禅宗灯录里许多法师的感悟，正如音乐中这些灵光闪烁的片段，是一个无须借助语言的广大世界。人一生的行迹，就是由这样的瞬间连缀起来的，像珠子连缀成线。日久回望，看不见珠子，看见的是一条没有间断的路。其实，成千上万个日子里，能容得下几个富有意味的瞬间呢？大部分是空白，是荒芜，是跳跃弧线下盲目的水流。然而，在没有溃散的路上，间断的距离显示了那些伟大瞬间的跨越力量。我想起《论语》中孔子的故事："色斯举矣，翔而后集。曰：'山梁雌雉，时哉时哉。'子路共之，三嗅而作。"这是孔子生活中的一个禅意瞬间。另一个更著名的例子是众所周知的："子在川上曰：逝者如斯夫。"人的变化是在茫昧中发生的，没有那么戏剧化的场面，也因为一贯的疏忽，然而它确实发生了，就像天空上一度存在的鸟迹。

叔本华孤独而自视甚高，于各种艺术中，最推崇音乐。哲学的沉思与佛教的彻悟异曲同工，正是音乐的神秘主题揭示的那种境界吧。我在梦里作诗，虽是断简残篇，却有清醒时难以企及的自在。读《红楼梦》太多，东施效颦，也曾在梦中续写庄子的《秋水篇》，三五百言一挥而就，实际上我是写不了文言文的。

三

雪后的寒冷日子，下班路上听着贝多芬的晚期四重奏，忽然想到了张载，他几百字的《西铭》，正是贝多芬借助音乐所要表达的世界。

从一开始接触古典音乐就爱上贝多芬了。二十岁的年纪，李白、苏东坡、贝多芬、歌德，一一成为我的精神偶像。三十年一晃而逝，当年喜欢的人物，绝大多数成了过眼烟云，一些当年未能深知的人物，逐渐进入我心里。而对于这四位，我的热爱不曾有丝毫消减，尽管对他们的认知已经很不同了。

比如李白，从读他的七言歌行入手，到他的七绝和五律，后来更推重他的五古。《古风》五十九首，在"醇酒妇人"和"神仙"之外，最能看出他的理想和抱负。贝多芬，我也终于从交响曲和那些有着美好昵称的钢琴奏鸣曲走向他的室内乐，特别是他的弦乐四重奏。我是有意识地去听他的四重奏的，一接触就是晚期六首。初到纽约，人还年轻，在图书馆借回的盒带上听到他的第十二号四重奏，茫然无感。我记得在买回的图书馆处理的黑胶唱片上，听了勃拉姆斯的第二钢琴协奏曲，同样无动于衷，只讶然其巨大的长度。那时我一边上学，一边打工，对政治、历史、军事、文艺、哲学，什么都兴致勃勃，什么都近乎无知。我喜欢一眼看上去就令人愉悦的东西：美丽的颜色、形体和声音，好的文字和想法。这没有错，但似乎不够。生活不是这么简单，世界也不是这么简单，在人最强烈的感情里，爱和恨都是无以名状的东西。美好单纯的特质能够持续多久？你相信他人的持久还是自己的持久？什么都不确定，连信仰也可能是假象。你并不能作为永远肯定的自己而存在。因此，丧失不值得叹息，生命本来就是不断地丧失。

此后多年，一次次试图听懂并爱上贝多芬的晚期四重奏，总是觉得单调冗长。类似的尝试有过很多，像乔伊斯的《尤利西斯》、托尔斯泰的《战争与和平》、陀思妥耶夫斯基的《卡拉马佐夫兄弟》、穆齐尔的《没有个性的人》。乔伊斯和托尔斯泰读完了，那是无比喜悦的体验。《卡拉马佐夫兄弟》读完了，叹服但觉得疲倦。穆齐尔的书因为图书馆收藏的一套丢失了，至今未能读到。普鲁斯特和我有缘，七卷两百万字的巨著，自始至终，其甘如饴。

把贝多芬的三十二首钢琴奏鸣曲按照编号一路听完，把苏轼的二千七百多首诗按照编年一路读完，把梵高的画和八大山人的书法按照生平一路看完，仿佛伴随着他们走过了一生。你是他们最亲的人，像父亲看着儿子，像儿子看着父亲，像朋友看着朋友。你伴随着他们出生、成长、受苦、寻找欢乐，耽沉于无边的病痛中，伴随着他们屈服于欲望，充满虚荣心，贪恋高官厚禄和荣名，偶尔轻佻和傲慢，自矜自夸，甚至堕落和疯狂。被赞扬，被崇拜，被詈骂，被误解，被利用，被以卑劣的刀斧加诸内心。

等到某一天，透过那些"从容歌唱的慢板"，终于走进贝多芬的内心。他晚期四重奏的每一首，都成为孤寂中最好的陪伴时，我发现自己已经老了，逐渐接近了贝多芬辞别人世的年纪。相知原来可以这么残酷，要用我们的大半生去理解一个人，去懂得一颗心。然而也是无比的美好：我们拼尽一生的智慧和情感得来的理解，值得留存于最悠久的记忆，形诸文字，获得永恒。

四

所有交响曲里，听得最多的是贝多芬的第九。我对第九中的女高音期望甚高，希望那声音高亢凌厉，能在乐队绵密的织体中闪电一样脱颖而出，同时希望它纯净柔美，有力的同时又是温柔的。

很多大指挥家终生演奏贝九，年岁不同，理解有变，演奏风格也不一样。富特文格勒和卡拉扬都有不少版本。托斯卡尼尼指挥的贝九听得较晚，对他的好印象是从听《命运》而来的。他的《命运》就是与众不同，你想不到他能那么简洁干脆。贝九更是如此，就连深沉的第三乐章，他也毫不容情，大刀阔斧而过。他爽利却不干涩，留下无限温情的空间，在音乐之外，和音乐骨肉相连。我不能说别的指挥不对，但托斯卡尼尼使你想到，对于贝多芬，很多人可能是过度诠释了。天才身上自有不容置疑的力量，不管他以怎样的形式，以何种风格，以飘逸，以缠绵，以豁达，以忧郁，都能撼动人心，并在不知不觉间影响了你，改变了你。

音乐影响我的写作甚大，却没有留下明显的痕迹。两种艺术形式之间，媒介的差别太大，唯于撼动人心，其理则同。《太平御览》引《乐府解题》，讲琴曲《水仙操》的故事：

> 伯牙学琴于成连先生，三年不成。至于精神寂寞，情之专一，尚未能也。成连云："吾师方子春，今在东海中，能移人情。"乃与伯牙俱往。至蓬莱山，留宿伯牙曰："子居习之，吾将迎师。"刺船而去，旬时不返。伯牙近望无人，但闻海水洞滑崩澌之声。山林窅窅，群鸟悲号。怆然而叹曰："先生将移我情。"乃援琴而歌。曲终，成连回，刺船迎之而还。伯牙遂为天下妙手矣。

所谓影响，与技术和形式无关，与一切表象无关，就是这里所说的"移情"。

贝多芬，还有勃拉姆斯，都是大格局的人。中国历史上一些"业余"写作的人，如曹操和曹丕，也是如此，所以只言片语，"不假良史之辞，不托飞驰之势"，足以金薤琳琅，永传后世。无论写作与为人，须有格局。格局小，虽精亦何足道哉。文字又贵气势开张，借用老杜的诗句，是"所向无空阔"，是"历块过都见尔曹"，不专注于鸡虫得失。

午后听勃拉姆斯第一钢琴协奏曲，又想起这些意思。勃拉姆斯对于贝多芬，正如我们对于鲁迅先生，高山仰止，视为榜样。有此榜样，纵使一事无成，庶几不至于堕落。勃拉姆斯常惕然于贝多芬的身影之下，这却大可不必。至少在一个领域，他比贝多芬做得不差。他的两首钢琴协奏曲，是钢琴协奏曲中最伟大的两首，也是我最心爱的两首。大多数时候，我偏爱第一，也许是想借此洗刷时有的衰颓之气吧。

勃拉姆斯的音乐给人的另一启发是：为文务求洁净，删除一切浮辞，无论这多余的部分多么漂亮。人多有敝帚自珍的习惯，亲手写下的文字，不忍割舍，但如在文章中，并不必要，属于骈拇枝指，悬疣附赘，当然要一挥而断。埃兹拉·庞德诗才不如艾略特，但他删削艾略特的《荒原》，眼光高超，《荒原》一举成名，其功厥伟。艾略特自己就没有这样的能力吗？他有，要么舍不得，要么一时还不能做自己作品的冷静的鉴赏人。

勃拉姆斯的作品一改经年，那些砍掉的片段，永远从世上消失了。我没有他的魄力，但终于学会了砍自己的文章，然而很小气的是，砍下的枝枝丫丫，有的又被藏进日记。人情难免，自己的破扫帚就那么值得珍惜？

西蒙·拉特尔率柏林爱乐乐团来纽约的时候，买了两场演出的票，一场是第二和第五，另一场是第四和第七。儿子想听一场贝五，可惜演出那天不是周末，他没法从巴尔的摩赶回来。作为弥补，听了第四和第七。至于我，我的梦想是一场贝九，但票在会员中早已售罄。几位朋友在演出当天排三个多小时的队等退票，居然如愿以偿。那是我买过的最贵的音乐会票，对我来说过于奢侈了。可是，那是贝多芬，听了，卡内基音乐厅的那个夜晚就永远留在心里，成为宝贵的人生经验。

五

莫扎特 G 小调第四弦乐五重奏的两个慢板乐章，柔美至极，几欲催人泪下。然而曲中别有怀抱，绝非哀伤而已。

莫扎特的六首弦乐五重奏，德国留声机公司的唱片封面有三张，属于同一系列。第一张画两位贵妇人，服装正如电影《阿玛丢斯》中莫扎特夫人康斯坦丝所穿。第二张还是两位贵妇人，一个是背影，另一个被遮住，只能看见脸部。第三张，选作全部五重奏套装的封面，画一位贵妇人和两位绅士，一位肩挎法国号，另一位挂着猎枪。人物表情宁静，似乎他们只为展示自己，和这个世界无所关联。这就强调了遥远的感觉，是一种舒服、安全、超脱了功利的感觉。因为遥不可及，音乐才会出现，我们才需要音乐。虽然仍旧于事无补，但至少不那么遗憾。音乐给人一个假象，以为那些美好的日子是曾经亲身经历过的，以为某些事物是曾经拥有过的。这是幻灭的安慰，它试图弥补，也不知道我们究竟挽回了什么。

流逝的事物在心里不会流逝，当然要回来，没有理由也要回来，因为我们还在惦念。只要惦念，就会回来。就像离开，挪走一步也是离开，也是天涯，因为气氛变了。站在台阶上和台阶下看一个人，不是同样的感觉，向上和向下都不对，一切都是原来的好。这也没有道理，然而情绪就是如此。音乐使我们的惦念只留下美好，如同神性，赋予事物以永恒。

有人说，莫扎特的弦乐五重奏等于中提琴五重奏，它是在弦乐四重奏的基础上再增加一把中提琴而构成的。现在，这个组合里有了两把中提琴，仿佛柔软的锦缎下又多了一层软衬。它营造的氛围、流溢的情绪，无论忧伤还是愉悦，都更加深厚，也更有抚慰力量。

这是去年的文字。一年后的此刻，仍在听这一组四重奏和五重奏。连唱片的封面，也弥散着时光的味道。每一张唱片的封面，都那么可爱，暗示着一个已经过去的，或许根本就没存在过的美好时代。

六

获知祖母过世的消息，我正在上班，抱着一大堆电视剧的光碟，在电脑上输入资料。祖母死在我生日的前夜，再过几个小时，就是我出生的时辰。消息从网上传过来，读完来信，顿时茫然。每当这时候，都觉得自己如同废物，不管是对于他人，还是对于自己。

我若无其事地继续工作。敲击键盘的声音雨点一般玲珑，那是纯粹的节奏，没有旋律。继而慢慢停下，开始想事，想一些不相干的事，千头万绪，纷纷扰扰，如雷声电影倏忽而过，毫无着落。

终于悄悄溜到楼下，抓了一张勃拉姆斯的《德语安魂曲》，戴上耳机听起来。听过整个上午，午饭之后，接着听，一直听到下班回家。女高音玛丽亚·斯陶德的声音，一向被赞为清纯如孩童，可我此时听到的不是歌声，不是任何声音。我什么也没听到，却感觉到一双手在我肩头轻抚。并不熟悉的手，随后是熟悉的脸孔，然后是熟悉的话语声。我沉在那抚摸里，不愿意离开。

对祖母的死，并不觉得有多悲伤，我只是茫然，成百倍地失望于自己的无力。不仅是对死亡，而是对一切事。但这种愧疚在走出图书馆的一刹那消失了。照常的公交车，照常的十一月的阴雨，照常的路途，热烘烘的车厢，照常拥挤的超市，水果、肉和蔬菜，照常吃饭，看电视，然后熄灯就寝。

照常的，第二天的工作和生活。

我可以左顾右盼了，我看到了搁置在柜顶的玻璃短瓶里的花草，一片叶子黄了，但还没有枯萎。我读着影碟封皮上用不通的语言企图叙述的故事，想起之前喝过的几乎没有味道的咖啡，想着吃早点时下意识的阅读。为了发现还是为了遗忘，我不明白。实其腹才能虚其心，填满他人的言辞难道也是为了清空自己？

在来路上，加上中午的休息时间，我写一首很短的诗，不停地写，不停地改。改到后来，已经看不出和祖母的死有任何关联。不确定的主题始终没有确定，除了一些名词，通过简单的序列，组成一定的长度。

情绪到哪儿去了呢？于是我开始写另一首同样的诗，从一个不相干的细节写起，直到写出、再添加出我需要的句子，那是勃拉姆斯的音乐引导我到达的地方：

> 那样一种预感，不是需要
>
> 成为奇迹的一部分
>
> 而是看奇迹拂面而过

散步般地，走上一千遍走过的路

我掉过苹果的地方

我跌破胳膊的地方

在没有风的时候感受到风

在最深的孤寂中感受到你

七

二〇一五年过世的指挥家库特·马苏尔，一九九一年指挥莱比锡布商大厦管弦乐团演奏全套勃拉姆斯交响曲，留下一套录像。节目前，马苏尔有个简短的访谈，谈他对勃拉姆斯的理解。他说，勃拉姆斯的四首交响曲，应当看作一个整体，每一首相当于一个乐章，彼此关联，一首引出另一首，构成一部关于作曲家一生的辉煌巨作。

确实是这样：一个人，他的所有文字，即使看似细碎，即使并不以建筑式的宏大结构存世，仍然构成他一生的一部完整作品，形式上的不完整丝毫无碍其伟大。这也是博尔赫斯一向主张的：作家的全部作品其实只是一部作品。就思想的深刻和情感的淳厚而言，作品的形式或体裁无关紧要。

马苏尔说，勃拉姆斯第一交响曲第四乐章的引子，表现了痛苦而深刻的内心搏斗，充满矛盾，充满激情，是他数十年指挥生涯中所遇到的最激动人心的音乐片段。演出前的几天，每天晚上梦到的都是它，以同样的方式出现，分毫不差。圆号奏出的主题，突破绝望，带来希望和信心。一个短短的乐句，具有那么神奇的力量，马苏尔赞叹说："绝对是个奇迹！"圆号之后，长笛重复了这个乐句。如果说，圆号的声音在浑厚中凸现出了几分贝多芬式的英雄本色，那么，长笛的清亮音色带有私密的性质，在英雄的面具之后，传达出内心的凄清和孤高。圆号像天空中的一抹晚霞，长笛则是云层之外的一缕轻风。无论圆号还是长笛，这个乐句是一声节制着的渴望的呼唤，既是期待已久的，又是坚信其必然的。因此，它急切而又沉静，克制而又热情，它的幸福感油然而生，它细微到几乎看不见的忧伤却是若有若无，需要熟知和冥思才能有所体会。在此过渡之后，自然而然引出的，就是无比温暖的 C 大调主题。

这个 C 大调主题，是我多年的心爱。我曾经这样写道：

勃拉姆斯的交响曲有着令人难忘的暖暖的、厚厚的、棉花一样柔软的弦乐齐奏。那么柔软，那么厚实，你从云彩上面跌下来，它都能把你托住。就是这种感觉。第一交响曲第四乐章中的这个主题特别感人。勃拉姆斯苦学贝多芬，豪迈峻拔之外，有藏不住的天性的仁爱。他性情温厚，凡事深藏于心，温厚得近乎古板了。上午听他的第二交响曲，才注意到短短的第三乐章居然也有类似的一段，同样是体贴入微的温暖。因为前一乐章情绪太强大，第三乐章的淡淡一扫很不容易被察觉。

录像不知是美国还是英国录制的，访谈用英语。马苏尔的英语不流利，欲求达意，只好勉为其难。他不断苦笑，辅以手势，有点无可奈何。如果让他用母语，他该讲得多好。伯恩斯坦过世之后，纽约爱乐乐团换了几任指挥，马苏尔是最好的一位。他从一九九一年做到二〇〇二年，后来因为和乐团老板关系紧张，合约期满，未能续留。马苏尔之后，纽约爱乐乐团已无复昔日之盛名了。作为在纽约住了三十年的外乡人，我觉得太可惜了。

八

一夜小雨，花粉涤净，樱花树叶已开始转为重青色，辛夷花片则洒落了一个又一个街角。早起去天津小吃店买早点，挤在排队的人中，耳机里播放着瓦格纳，周遭好像默片电影的场景，热闹而沉寂，感觉奇特。《特里斯坦与伊索尔德》序曲渲染的情绪，黏稠得像熔化的沥青。好在我听熟了，不受影响。据说希特勒酷爱瓦格纳，二战期间的音乐会，常拿瓦格纳和贝多芬的音乐振奋士气。看过好几位大指挥家演奏《纽伦堡名歌手》序曲的录像，镜头里，乐手和听众都神情肃穆。那些年轻得还带着稚气的面孔上，没有狂热，也没有迷惘，他们在音乐中暂时远离了现实，沉浸在日耳曼神话的英雄主义和哲思里。

一九四二年的希特勒生日，由富特文格勒指挥的纪念音乐会，演奏的是贝多芬的第九交响曲。富特文格勒指挥的贝九，听过多种版本。这一场的实况，虽然只在电视片《交响乐的历史》中听到几分钟的片段，富氏的神采，依然让人倾心。音乐会当晚，希特勒没有到场，台下坐着戈培尔那一群后来不免臭名昭著的人物。演出结束，戈培尔起身与富特文格勒握手。二战之后，富特文格勒，还有卡拉扬，因为曾生活在纳粹政权统治之下，很被盟国修理过一阵子，被禁止登台。其实他们与希特勒何干？在乱世，能生存下来，已是万幸。

我看到的富特文格勒，鹤样的瘦长身躯，秃顶，大鼻子，一张表情平静的脸。你可以说那是从容，也可以说是冷漠，但无论从容还是冷漠，他都是颇为贝多芬式的。很久之后回想，我当时的感觉没有惊奇可言。太理所当然，以至于就是一个俗套。他孤傲而庄严，如此而已。他是贝多芬的代言者。一个艺术家不选择他的受众，在他眼里，所有人都只有一个身份：此时此刻的音乐的倾听者。就像在医生眼里，躺在手术台上的，都是他的病人，不管白布之下的躯体，属于国王还是乞丐，属于圣徒还是罪人，他的义务是救死扶伤，做好这场手术。贝多芬孤傲而有"民，吾同胞；物，吾与也"的胸怀，瓦格纳孤傲而有超人情结。他们都是英雄主义者，不知屈服为何物。《特里斯坦与伊索尔德》是以死来为爱情背书的，可见其决绝。希特勒自然不会以此曲消磨士兵的锐气，但他自己，是该聆听过的。难以想象他听此曲会是什么感觉。写绝望的作品多了，没有谁像瓦格纳写得那么绝对（隐隐约约地想起孟郊的乐府诗）、那么浓烈，藻海一样缠人。末日将临，会不会有那么一瞬间，他被这段音乐彻底击溃了。或者是，想到难以承受，就再无勇气听一遍。动心忍性，莫过于乐。但这也要看时机，看人，看所为何事。

在音乐面前，只会动心，不能忍性。我们都是常人，不是英雄，也不是政治家。我所求无多，立志甚小，修齐治平，概如神话。我不过希望为后世留下一些文字罢了。但到那时候，文字和后世，也都与我无关了。

九

贝多芬写完他最后的五首弦乐四重奏，人生画上了完美的句号。这就是佛说的圆满，什么都不需要了。多么好的运气！

波兰导演阿格涅丝卡·霍兰的电影《为贝多芬抄乐谱》，尽管故事出于虚构，然而我相信它细致描绘出来的，确是晚年贝多芬的心境。贝多芬知道自己作品的分量，知道它们是什么，所以，对于一切质疑、冷淡、嘲笑，他理所当然地不屑：海洋听到有人拿它与池塘甚或枯井比水之多少，会去愤然反驳么？

关键是，我们"知道"，而不是"以为"。摆脱了世俗、伦理、哲学、历史和艺术形式的规范，获得的是真正自由的表达。随心所欲，从容不迫，逍遥而见大体，令人高山仰止。

贝多芬不臣服于任何事物，早年作品里的因素，对立的、互相依赖的、反抗的，到最后，全都烟消云散。不是消弭了矛盾，而是超越其上。风平浪静，不是谁把风浪压服了，而是在他眼里，风浪只不过人世之幻象而已。不再计较，也就无所谓和解。剩下的，只有感恩。他感激的与其说是神，不如说是人的智慧、意志和力量，以及觉悟。到最后，贝多芬选择了弦乐四重奏这种相对简单而纯粹的音乐形式，回到内心，回到自己，由外观而内视。

从前奇怪唐朝诗人韦应物，一个幽并游侠儿似的人，后来怎么会浑身静穆，如同山居野处的僧徒。"兵卫森画戟，燕寝凝清香"，像皇帝写的；"海上风雨至，逍遥池阁凉"，像隐士写的；"落叶满空山，何处寻行迹"，像神仙写的。什么都像，就是不像韦应物。听过贝多芬之后，韦应物就好理解了，连我们自己也好理解了。

最后的下午风雨大作
广场上不见了鸽子
马车驶过无人的窄巷
维也纳一片空白

潮湿的小酒馆灯火歪斜
撞球声此起彼伏
粗暴的调笑像谐谑曲
在快乐之间揳入静默

阳光下众生璀璨
躲过了时钟的坠落
甚至合上的眼睑也不曾
造就片刻的黑暗

一个人用独白创造了历史，创造了他的过去和现在。一个人用语言否定了他的人生。他虚构的历史，比历史更伟大。

不是神秘的升华

而是另一种回忆

不是病痛

而是痊愈

在自言自语里如何失落

那样的召唤和凝视

疾驰在黄昏的风雨中

就这样听到了天上之音

以我的方式听到

那也是你未来的生活

而我不再辛劳

因为这就是抵达

作于多年以前

2019 年 7 月 11 日改

读《贝多芬传》

听了几十年贝多芬，对其生平却了解不多。罗曼·罗兰的《贝多芬传》，就像林语堂的《苏东坡传》，提供的史实极为有限，都有六经注我的味道。把贝多芬塑造为反抗命运的英雄，虽然并不与事实抵牾，但不免夸大和片面，就像浪漫派文人心目中的堂吉诃德，大智若愚，佯狂救世，是充满激情地营造的神话。罗曼·罗兰的小说《约翰·克利斯朵夫》，主人公身上也有贝多芬的影子，但和托马斯·曼《浮士德博士》中的大作曲家阿德里安·莱韦屈恩一样，只是一点影子，与真实的贝多芬相去甚远。这些年来，我对贝多芬的了解，零零碎碎的，得自分析作品的文章和唱片说明书，更多是从他作品中意会的，经过想象，拼凑成一幅完整的肖像。扬·斯瓦福德的《贝多芬传》，长达八十万字，算是非常翔实了，许多事实是先前不曾了解的。但读完这本书，贝多芬在我心中的形象没有变，添了更多枝叶，树还是原来那棵树。

说起来，贝多芬是最符合大众期望的天才艺术家，在他身上，集中了天才艺术家几乎所有的基本特质：不可思议的才华，独与天地精神往来的气质，怪异的脾气，极端的不通世故，以及——在贝多芬这里——非同寻常的长相。大众眼里的天才，要么是不食人间烟火的怪物，要么是高不可攀的神灵。实际上，两者都是，也都不是。对于同时代的人，特别是对于他身边的人，他多半是前者；对于后来者，对于无缘亲近过他的人，他愈来愈是后者。天才的神话是随着时间逐渐滋生和成长的，贝多芬也不例外。我们不曾留意到的是，天才也有两类。一类是最普通不过的人，由于天性谦逊随和，我们看不出他身上的特异品质。即使在他们晚年，如歌德那样功成名就、举世钦仰，他们仍然一如既往、平平常常地生活着。如果他们的天才在身后百年才能被理解和被普遍接受，那他们终生就是一个微不足道的人，而且可能永远都是。另一类是多少有些"异常"的，比如尼采、舒曼，比如贝多芬，乃至好好先生的勃拉姆斯，他们或者是"病态的"，或者过于怪异。病态也好，怪异也好，其中既有天生的因素，即如禀赋就是天生的，也有环境的影响，比如承受的压力太大，或者由于过分强烈的自信和使命感而变得不近人情。狂傲背后更多的是痛苦，痛苦中又夹杂着神秘的狂喜。痛苦和狂喜指涉的境界太高，超出了大众的兴趣和理解范围，因此往往被简单地看待为病态和怪异。很多人不仅生前不能被理解，在死后同样不被理解。

斯瓦福德说童年的贝多芬，"从未真正理解过音乐之外的世界"。童年时没有学会理解他人的独立存在，后来也没有。他熟知和音乐有关的一切，却不知道如何在这个世界上生存。"但看古来盛名下，终日坎壈缠其身。"坎壈固然是世情造成的，同时也是个人性格的结果。个人性格如果幸运得没有造成悲剧，也就是说，它造成的负面作用被善意和知心的理解化解了，在如此友好的生命环境中，贝多芬也许就自然而然地变成了歌德。我读到这一段，感到很深的悲哀。我觉得人与人之间的理解很难，很少人有足够的耐心去理解一个人，理解他内心深处的东西。理解需要善良和耐心，我们大多数人都不乏善良，但我们缺乏耐心，可能还缺乏理解的能力。缺乏耐心，归根结底就是缺乏理解的愿望，至少是愿望不够诚挚。

不被理解是一种孤独。孤独有两种：一种是消极的，一种是积极的；一种是被迫的，一种是主动寻求的。不被理解属于第一种，这是一种伤害性的孤独。斯瓦福德出于景仰的描写把贝多芬拔高了。他说：贝多芬"在孤独中为了理想生存，似乎不是常人而是至高的抽象存在，即人性"。贝多芬确实如此，但并不是每时每刻都如此。贝多芬从一开始就有这样的意识吗？显然没有。是矛盾中的无数次抉择把他一步步引到这条神圣的不归路上的。

早期在波恩，后来在维也纳，都有欣赏和支持贝多芬的贵族和社会名流。他们热爱艺术，懂得什么是伟大的音乐，为了音乐，他们愿意放下身段，对贝多芬宽容相待，忍受他疯子一般的邋里邋遢和随时随地的暴跳如雷，赞助他，宣传他，推动他的事业。乐坛领袖和前辈海顿对他也很好。文人常有怀才不遇之感，有时是真的，有时是错觉，有时只是对自己的高估。但无论哪一种情形，怀才不遇都与贝多芬沾不上边。他的作品，无论是随波逐流的媚俗之作，为稻粱谋的应景之作，还是以无比的深刻和精湛远远走在时代前面的划时代的革命性作品，都不乏知音。维也纳的上流社会，甚至整个欧洲，都不吝把掌声献给他。他的晚期弦乐四重奏也许没有像他本人期许的那样受到理解和广泛的欢迎，但伟大的第九交响曲确实为他带来了前所未有的光荣。

贝多芬的痛苦更多源自他的疾病，包括像是命运在开玩笑似的听力衰退，其次是爱情的痛苦。他的每一次爱情都是失败的，而且显然大多数时候都是单相思。斯瓦福德说，贝多芬"坠入情网就像被石头绊倒一样容易"。他是平民出身，但总是爱上那些贵族姑娘。贵族和平民之间的鸿沟，绝非顿足一跃就可以越过的。贵族女子嫁给平民，意味着丧失身份和特权，意味着一辈子可能穷困潦倒地生活。她们也许曾一度陶醉在梦想里，崇拜和爱着这个才华横溢的人物，倾倒于他美妙非凡的音乐。但在婚姻面前，在现实生活面前，最终还是退让了。贝多芬的"永恒的爱人"，至今仍是个谜。学者们几乎列出了所有可能的对象，但都缺乏决定性的证据，因此不能成为共识。真正的谜底也许是，尽管不无现实原型，归根结底是贝多芬的幻想。我们不知道哪个女子能称得上是他的"永恒的爱人"，也许根本就没有。

除了平民身份、古怪的言行和暴躁的脾气，贝多芬还是个其貌不扬的人。钢琴家库堡男爵是这样描写他的："他个子矮小，留着罕见的不扑粉的蓬乱发型，脸上满是疤痕，眼睛小而明亮，浑身动个不停，初见他的人一定以为他是个丑陋又疯狂的醉鬼。"在他女学生朱丽叶特·圭恰尔蒂（也是他爱恋的对象）眼里，贝多芬"非常丑陋，但高贵，敏感，有文化。大多数时候穿得很邋遢"。曾经和贝多芬进行过钢琴决斗，败给贝多芬后，对他由衷佩服的钢琴家约瑟夫·格里尼克神父，事后形容贝多芬"是个矮小、丑陋、黝黑的年轻人，看上去脾气固执"。我们在唱片封面看到的贝多芬画像，目光锐利而深沉，面容严峻而自信，是被高度浪漫化了的形象，也是我们愿意看到的样子，是一个标志、一个符号、一个象征。

贝多芬一辈子渴望建立家庭而不得，加上病痛，绝望可想而知。他曾企图自杀，留下著名的海利根施塔特遗嘱，其中文字比莎士比亚的李尔王、郭沫若诗剧中的屈原的呐喊还要悲愤、绝望和激烈。贝多芬作品中那么多的柔板，听之使人肝肠寸断，是李商隐一般的缠绵悱恻。比如第十三弦乐四重奏中的 Cavatina（意大利语，意为短小的咏叹调），有人说是贝多芬写出的最美的旋律。贝多芬自己也声称，在他的作品中从没有一段旋律产生了如此动人的效果，连他自己也深受感动。这段最美的旋律，其中一部分其实是毫不掩饰的哭泣。斯瓦福德说，在贝多芬之前的音乐中，对于悲痛还从未有过如此深沉和激烈的表达。但贝多芬的英雄主义在于，他总能从痛苦中挺过来，通过斗争迈向胜利。诚如席勒所言，在艺术中，痛苦必须由英雄般的胜利来应答："对痛苦的描绘，以单纯痛苦的形式，绝非艺术的目标，但作为达成目标的手段则无比重要。有道德的人，在激动的情况下克制自己，独立于自然法则之外，人类自由的原则只有在它对抗情感的暴力时才能够变得自觉。"战胜痛苦并不就是胜利，只是没有被痛苦击垮，又爬起来，继续奋斗和前进了。对贝多芬来说，不屈服于痛苦就是胜利，活下来就是胜利。这是一场不可能胜利的战争，能够赢得的，只有不败，其实是一无所得的。

在"永恒的爱人"事件毫无意外地遭受失败之后，贝多芬放弃了结婚的打算，也放弃了对爱情的希望，只把艺术作为唯一的精神寄托。与此同时，他可能也是妓院的常客。在十九世纪初的维也纳，多数单身汉都要到事业稳定时才结婚，在此之前，为满足生理需要，他们会光顾妓院。据估计，一八一二年的维也纳约有二十万人口，其中十分之一左右是全职或非全职的妓女。未婚男子走马章台，乃是普遍的风气。但是，斯瓦福德说："他的孤独不会被这些暂时的享受缓解，这完全与他的精神，他对女性和爱情的理想，以及他清教徒式的本性背道而驰。"因此，在贝多芬的柔板里，那些安慰主要不是来自神，而是来自他自己，来自创造的雄心和即使在最深的绝望中也能恢复的自信。写过《庄严弥撒曲》的贝多芬不算是"纯粹"的教徒，他说过，人最终一切都要靠自己，除此别无依傍，如同古希腊的英雄奥德修斯，在漂泊经年、历尽磨难之后，最终重返故乡。这个故乡就是音乐。在音乐世界里，他强大如同"皇帝"，真正的皇帝，那个大革命的宠儿拿破仑，指挥如意，所向披靡，像狄奥尼索斯一样自由狂放，又像阿波罗一样庄严。他是一座神殿，将自己供奉为神，自我照耀而同时普悦万民。

斯瓦福德的《贝多芬传》，我读了三个星期。一边读，一边听贝多芬的作品。一些早期作品没有听过，有的听过，却轻易放过了。对照他的生平再听，感受多有不同，比如他的第十二号钢琴奏鸣曲、他的第一弦乐四重奏的慢乐章、他的第六弦乐四重奏，都比以前多了一些理解。慢乐章通常总是优美柔和的，大凡优美柔和之物，易予人忧伤之感。文学中未必然，音乐中则几乎如是。贝多芬的早期作品优美且华丽，其中的忧伤却是确定无疑的，并非出于听者的联想，更不是"为赋新词强说愁"。贝多芬的忧伤，还在他的青春年少时代就已蒹葭苍苍，虽然谈不上深刻，却意义非凡，像是出自预感，更像是一个伟大的先兆。

贝多芬去世于一八二七年三月二十六日五点四十五分，其时雷电交加，草木披靡。他最后一次说话是两天前，二十四日，在他索求的莱因葡萄酒送到的时候。酒瓶放在床边的桌上，贝多芬睁开眼睛看着，低语道："可惜，可惜，太晚了。"他的倒数第二句话是同一天说的，用的是拉丁语："鼓掌吧，朋友，喜剧结束了。"斯瓦福德说，这句话来自古罗马喜剧，但本质上是莎士比亚的，它令人想起《暴风雨》中普罗斯彼罗剧终时向观众说的话："我求你们鼓掌相助，解脱我灵魂的锁链。"斯瓦福德说，贝多芬最后的 F 大调弦乐四重奏，正是以喜剧结束的，就像莎士比亚的《暴风雨》

一样。莎士比亚和贝多芬都以喜剧结束一生的创作，他们知道，喜剧的深刻不逊于悲剧，艺术同时也是无意义的游戏和超然的象征。歌德就说他的《浮士德》"是一个非常严肃的玩笑"。

贝多芬曾在致年轻钢琴家艾米莉·M 的信中说：

> 真正的艺术家并不骄傲。他不幸深知，艺术没有边界，他能隐约感觉到他距离自己的目标还有多远。尽管他在尘世不乏崇拜者，他依然感到悲伤，因为他尚未到达他更高的天赋所指向的终点。

尚未达到，还有可能到达，另一种情形是，艺术家知道自己的天赋能够使他走多远，但他只能半途而废，因为他无法超越生活。但贝多芬不然，相对于现世的一切，他是如此完美的胜利者。

2021 年 3 月 16 日

跨过顶峰

　　金庸先生如果听过贝多芬的第三十二号钢琴奏鸣曲，也就是贝多芬的最后一首钢琴奏鸣曲，又读过托马斯·曼的《浮士德博士》，那么，男主角阿德里安的音乐老师克雷齐马尔对此曲的解读，定会让他感到醍醐灌顶般的痛快。金庸在《神雕侠侣》中写了一个名叫独孤求败的人物，在剑术出神入化之后，剑本身已经毫无意义，随手折一枝柳条，便是绝世的利器。他的剑法超越了法度，意随心动，如羚羊挂角，无迹可寻。然而剑术既已摆脱常人能够觉察和理解的形式，那么在常人眼里，虽有而若无，既无攻守招数，又不见腾挪变化，只能说是原始的、粗陋的。独孤求败这个名字，在私淑他的杨过眼里，透着高傲，又体现出几分凄凉，因为他找不到对手，找不到一个懂得他的剑艺的人。在金庸的其他小说里，时而也会出现类似人物，如《笑傲江湖》中隐居华山的风清扬。就连《碧血剑》中的金蛇郎君，虽然武功远非上乘，同样隐然有着"前不见古人，后不见来者"的情愫。

贝多芬在其成熟时期的作品里，把古典的交响乐、钢琴奏鸣曲和弦乐四重奏等形式推到前所未有的高峰，但他并未止步于此。在别人仰望犹恐不及之时，他的回首已在不知不觉间变成了俯瞰，尽管俯瞰的是他自己。而他的朋友和崇拜者却无法跟随他跨越这个顶峰，继续向前，进入他晚期作品更深刻和崇高的世界。在他们眼里，熟悉的贝多芬一步步走向天边，进入一个由于陌生而使他们感到可疑的领域。这是旧美轮美奂大厦的土崩瓦解，是一个伟大的心灵逐渐与他们疏离的过程。贝多芬从前作品里如星芒闪射的那些非凡的特质和倾向，旁若无人地扩展，完成了一个酣畅的蜕变。克雷齐马尔说，在第三十二号奏鸣曲令人震惊的变奏乐章中，有个小咏叹调主题：

> 跨越了数以百计的人物的命运，数以百计的节奏对比强烈的世界，在长度上超过了自身，最终迷失在令人眩晕的，也许可以称之为彼岸的云端。贝多芬的艺术家本性就这样超越了自己，从尘世上升到完完全全纯粹个人的领域，那是一个痛苦地孤立于绝对之中、又由于听

力的丧失而孤立于感性之外的自我。

和历史上所有伟大艺术家一样，在贝多芬的晚期作品里，常规被打破、被遗弃，但这种遗弃乃是更高意义上的融合。一方面，它是对外物的遗弃，摆脱一切限定，另一方面，它也是一次自我遗弃，因为随着对传统的背叛和改造，艺术家自己也被改造了，像经过了一次惊心动魄的历险，脱胎换骨，开始了个人和传统的全新关系："纯粹个人的东西，本身已经是被引领到顶峰的传统的进一步提高，这时通过幽灵般地进入神秘和集体之中而再一次超越了自己。"

按照克雷齐马尔，或者说，按照托马斯·曼借鉴的哲学家阿多诺的理解，在贝多芬田园般纯洁的小咏叹调里，发自灵魂深处的那个饱经沧桑的动机如同孤悬于万丈深渊之上，在行将结束之际，在它结束的过程中，在经历了那么多的愤怒、坚持、迷恋和奇思异想之后，开始了意味深长的告别。仿佛最后一次凝视着倾听者的眼睛，告诉他们，忘掉一切痛苦和折磨，往事不过是一场幻梦，真正伟大的事物是永恒的。随即，它戛然而止，"如千军万马，风恬雨霁，寂无人声"。

克雷齐马尔说，在经历了这样的告别之后，已经不可能再重新开始，不可能再来一次。第二乐章结束，就是一去不复返地永远结束了。它完成了使命，达到了目的，但它不去超越这个目的，而是放弃自己，自我解体，挥手和整个世界，和过去所有的奏鸣曲告别。

托马斯·曼还在《浮士德博士》里讲了一个故事。一八一九年的夏天，贝多芬正在莫德林的哈夫勒之家创作《庄严弥撒曲》。离交稿还有大半年，但他知道无法按期完成，因为每一个乐章都比预期的要长得多。创作不顺，他的情绪很不好。一天下午，两个朋友登门造访，刚到门外就听到贝多芬的喊叫和歌唱，还有震天动地的跺脚声。面对着桌上零乱的手稿，贝多芬神情如同疯子。他们不敢贸然敲门，正要离去时，房门却打开了，贝多芬站在门口，衣冠不整，目光呆滞。他把朋友们请进去，语无伦次地抱怨不已。朋友们好不容易才弄明白发生了什么事。原来在前一天，贝多芬沉迷在创作中，顾不上吃饭，从傍晚到午夜，一直在写弥撒曲中的《信经》。晚饭搁在炉子上，女佣们等着他，终于熬不住而睡着了。午夜过后，整天粒米未进的贝多芬终于感到饿了，想吃饭，发现女佣都在睡觉，饭菜也烧煳了，不禁勃然大怒。女佣觉得侍候这样一个疯子真是受够了，等到天亮，便双双出走。朋友们听罢，一个帮他穿好衣服，一个去餐馆为他买来饭菜。三年后，《庄严弥撒曲》方始完成。

用癫狂或神经质来解释这样的行为是容易的，也是轻薄的，但我们实在没有更好的方法，只能一遍遍走进作品。像在浩渺的大海潜游，潜多深是多深，游多远是多远。

音乐家的晚期作品总是令人神往，因为在炉火纯青和返璞归真之后，还藏着几分神秘，藏着一些莫测高深、几乎难以理解的东西。相对于小说和戏剧，音乐和现代诗往往不以精确为目的，充满了直觉的、看似模糊的、多重的、下意识的表达，那是情感和冥思的直接倾诉，没有经过理智的干预，甚至超越了隐喻和象征。博尔赫斯说过，文学不在于精确地写下一个人设想的东西，而在于神秘或预言性地写下某些东西，超越当前的目的。贝多芬第五钢琴协奏曲的第二乐章，每听总有一种难以言述的感觉。我常常想，它要传达的东西，它在我们心中唤起的情绪，该如何用语言来形容呢，哪怕只是一个词？我没有办法。千言万语不足描述。写一首诗，也许可以，但那只是个人的感受，而且只是个人一时的感受。很多时候，对音乐和诗的理解，就像米开朗琪罗画中的人和神两只期望相触的手指，无限趋近但仍是遥远。物质世界终归有限，艺术是一个无限进步的过程，随着进步，它一步步远离习俗，除非它满足于停留在习俗所允许的距离，在那个固定的边界之内追求完美和极致——事实上，有限的事物是不可能完美的——如果这样，就应了罗伯特·穆齐尔的一句俏皮话："一般来说，中等偏上一点点的才能往往被同时代人认为才华横溢。"而对于贝多芬们，这样的"才华横溢"是他们不屑一顾的。

2020 年 6 月 17 日

忍冬和老萧

　　很凉了。一路看见忍冬开得热火，有点吃惊。我总是记不住时间，五月开始盛开的这花，以为早该开败了，不料还一如既往。那株粉红的忍冬，大半叶子早已凋零，细藤只剩光杆，缠结不休，搁在镀镍的白亮围栏上，使人想起西画中几位倚栏看戏的仕女，画的重心正是几双优雅的胳膊。今天走过，还有残花吐绽。闻闻那花，香气似乎淡了，普通金银花依旧幽香浓烈。听萧斯塔科维奇的协奏曲，觉得舒展痛快。小提琴高音区尖厉的摩擦，像用力抓痒，抓得皮肤红了，开始感觉疼痛了，但真是痛快。老萧的音乐，基本上，好比川菜，要趁热吃，快吃不停，不能呵气，稍一缓下来就辣得受不了。吃完，满脑瓜汗珠子，连喝几口冰啤酒也压不下去。老萧狡黠，视天下自以为懂行的俗吏为白痴，骗他们，哄他们，因此不犯忌，还可得奖。其实音乐表现的，根本不是所说的那些。一段曲子表现什么，谁说得清呢？又不是文字，可以一个字一个字地坐实，可以歪曲解释，捕风捉影，罗织罪名。音乐不与概念相联系，感觉得到，说不清。

相信谁呢？我连老萧也不相信。萧的大嘴巴是举世闻名的。萧在音乐里的天才的严谨，在对话中变成了颠僧似的胡言乱语。这个我们只要想想俗小说中的济公和尚，就找到感觉了。在隐喻不得不代替了日常语言的年代，每句话都不可靠，每句话都是言外之意，洋洋万言也可以是零，是语言的反面。痴人面前说不得梦，因为他当真。当真不要紧，问题是醒来之后怎么办。一个陷阱。虚拟的真实。所有指代和诱发的联想都不可靠。

苏联的三位演奏大师，钢琴家斯维亚托斯拉夫·里赫特过早谢顶，他的脸是最普通的鹅蛋形，似乎不大。眼睛有神，也不大。他演奏时面无表情。看照片，不笑，也没有不笑，平静，又像是不平静。没读过他的传记，不知道究竟是什么性格的人。看他的录像，先入为主，以为会很疯狂，结果很多时候安静得如一泓秋水。大提琴家姆斯蒂斯拉夫·罗斯托罗波维奇是个大胖子，脸大，又长。胖子脾气该是很柔和的，但我看老罗像是有倔脾气的。他拉琴的时候表情丰富，不能脱俗套的，也是以痛苦为主。

总是很痛苦，有那么多悲哀的往事。所以他拉德沃夏克特别合适。由于他的脸比较大，痛苦看起来就更多。老萧的曲子不应当痛苦，要咬牙切齿才对。第一大提琴协奏曲不断在发狠，和人较劲，偶尔出现的不和谐音，在我听来最舒坦了：这么较劲的话，别人挡不住，受不了，可要落荒而逃，狼狈不堪了，可他们都是主席、院长和评奖委员会委员。

大提琴基本是温和的，发脾气有限度。老萧可以砸钢琴，也可以让小提琴发疯。有大卫·奥依斯特拉赫这样的小提琴家，老萧怎么写都可以。奥依斯特拉赫不会使他失望，不会把他的情绪打一点折扣。第一小提琴协奏曲头尾两个乐章的片段，疾奏都快要成为炫技，使人想起从前咱们的炫技性二胡曲《赛马》呀什么的。音乐会到此，观众看到演奏者手忙脚乱地往前赶，琴弓抽风一样来回撞，顿时激动万分，掌声如雷，把音乐都盖下去了。类此，王羽佳在网上最受追捧的小段子，自是风风火火的《野蜂飞舞》。奥依斯特拉赫用不着炫技，他替老萧说话。老萧在音乐里火冒三丈的当儿，奥依斯特拉赫不动声色，但由于他也胖，感觉比罗斯托罗波维奇更胖，脸圆得像颗丰收年的大土豆。他的不动声色看上去也像在微笑。哎，音乐在那么激昂的节骨眼上，他好整以暇，不慌不忙，神情恍惚，还微笑。这怎么得了。可是真正的音乐就这么出来了，连老萧自己想象的最好的样子也赶不上这个。奥依斯特拉赫的每次演奏，等于替老萧把音乐重写了一遍。我爱死了老奥的形象,一个好脾气的老爷爷,不会讲童话故事,不会背诗,大概连酒也不会喝。但没关系,他只要拉琴就好了。

我说到的这张唱片,老萧的第一小提琴和第一大提琴协奏曲,唱片封面蓝不蓝、绿不绿的,就是罗斯托罗波维奇和奥依斯特拉赫的独奏,其中所有的人都生气勃勃,都是最好的年华。这一点,音乐就是证明。在天气初凉的早秋,在连续下了多天的雨,地板潮湿得赤脚在上面蹭不动,洗坏了的光绪大钱在茶几一角都隐隐生出一层暗绿来,看老电影一边高兴一边犯困的日子,这张唱片的声音活泼到把刚过去的、令人恨得牙痒的酷夏又拨转来了。不过这是日头如刚用米汤浆洗过的布一样白,汤煮开了依然清澈透明的夏日,微烫的清风拂过山南山北一望无际的芬芳茅草,知了的鸣叫把午睡者催送到更愉快的梦境,而湖畔瓜田一百种不同的甜瓜散发出昏暗的、清幽的、冰凉的、带苦味的、若有所思的、自得和稍觉失落的甜味。

我感到身上充满了久违的力气。我把固定的行走路程向前拉一拉,拉出快车两个站的距离,拉出十五分钟,为此,喝咖啡的时间相应缩短。咖啡被喝得更快,也更热,和书页的关系暂时疏离一点点。在没有合适的书读的时候惯常被拿来救场的一本一千五百多页的宋诗选,终于在过于急速的翻动下，硬面和内页断开了，黄庭坚孤零零地悬置在两道山崖之间，失去了屏蔽。

偶尔，到达图书馆的时间太早，我绕开大门，朝两边迂回。老罗和老奥跳得正欢，怎么好扫他们的兴。这几条街乱糟糟的，停了太多的车，房屋门前的台阶、庭院、檐廊，没有一点讲究，也不勤扫。行人擦身而过，几秒钟后，鼻子里吸入一阵南亚香料的衍生气味。好几次我选择在高地街多盘桓一会儿，那条街紧靠荒芜的公园，和紧邻的车水马龙的山麓街恍若隔世。高地街上的花草是经过收拾的，谈不上惊奇，也不叫人失望，起码干净，叶子上常会带着水珠。我想当然地以为开败了的忍冬，在一个南北向的通道因为坡势太陡峭而中断的街角，居然被人种了绵延六七米的大大一丛。这丛忍冬花形成一个折角，叶子显然已经稀疏了，叶尖焦黄，而莹白的忍冬花蓬勃挺拔，香气像一群蝴蝶，盘旋在十米折角的四围。那是水晶一样极其淡的蓝紫色，如同西方女人的眼眸在一定距离下悠远深湛的映照。我喜欢忍冬，我要在自己的园子里沿路种上很多的忍冬，我要在夏夜坐在那里吹风看月，或在夏夜之外，直到迎接眉间落满的露水。

我和每个人都不相似，顶多和里赫特沾一点点边。他的额头发际线偏后，我的也如此。老萧因为眼镜不离脸，看上去颇有书生气，但我知道，他一点也不。二战正酣，第七交响曲传遍西方，红色苏联的形象因为他一个人，因为他的一首交响曲而陡然改变。老萧应邀访美，《时代周刊》封面登出老萧戴头盔的照片，作为苏联人民抵抗法西斯的象征。在那张照片上，眼镜与老萧孩童似的神情专注的脸，非常不协调地，却又奇异地组合在一起。他看上去不像个战士，像个消防队员。那张照片再清楚不过地说明：一个人，如何在一个不平凡的时代，扮演了一个不属于他的角色。但无论如何，老萧是伟大的，尽管属于他的时代是那么不堪入目。

2012 年 9 月 20 日 11 时

面相

　　近代的作曲家都留下了照片，勃拉姆斯、马勒、德彪西——再之前的，留下了油画画像，莫扎特、贝多芬、舒伯特——照片自然是经过了选择的，画像呢，难免美化，或者突出和强化了符合主题的方面，但无论如何，总有写实的成分在。莫扎特永远是个小顽童，看得出机灵和淘气，看不出绝世的天才。贝多芬最流行的那幅执笔创作《庄严弥撒曲》的"标准像"，虽然完美得一如我们的期望，但贝多芬还有很多其他的画像，给我们看他年轻时的青涩、中年的狂暴和粗俗、晚年的落拓甚至丑陋。舒伯特鼻梁上架着眼镜，像个书呆子。据说他相当害羞，但在画像中淡定自如，而且是很开朗的样子。这应该是他无拘无束地在朋友之间的样子，在意气风发地畅谈音乐之后的那一刻，平静下来，而且开心。

　　马勒文质彬彬，典型的学者派头。他在各种照片里始终平静，无所谓喜怒哀乐。德彪西非常优雅，和他的音乐对应得天衣无缝。每次看到瓦格纳的容貌，都使我想起爱伦·坡。他们面容特异，尤其是眼睛，非同寻常地深、黑，五官各具特性，与众不同。马勒和勃拉姆斯不这样，他们的五官是标准配置，面相也是普通人的，只不过在普通人中比较端庄俊美而已。瓦格纳的音乐激烈，是超人式的，后来多少给人同样感觉的是理查·施特劳斯，但施特劳斯的形象更像马勒。马勒在第六交响曲中特制了大木槌，就是为了表达命运的沉重打击。他不用鼓，不用其他打击乐器，就用大木槌，打出非常低沉却发闷的声音。鼓震撼人心，压迫人心，逼着你把心头的痛和恨发泄一尽。马勒的木槌是欲发而不得发，欲发而不能发，连"悠悠苍天，此何人哉"都喊不出来。可能他觉得命运的残酷就是如此：那么沉重的、几乎是致命的连番重击，却只发出那么低沉的一点声音。在他人听来，轻描淡写，无关痛痒，更多人不可能听到。然而那巨大的、摧毁性的震撼，只有承受者自己才能感觉。他忍受，却难以言述。

尼采是神经质的，看面相一目了然。舒曼后来也流落到精神病院，看面相却甚温和。贝多芬邋遢，叔本华至少在照片上也邋遢。他们脸形相似，头发更相似，都是乱蓬蓬的，有些未梳拢的，则倔强地散乱着，一副不甘听命于任何力量、不甘屈居人下的神态。贝多芬坚强、顽固、充满激情、勇往直前的时候，气势磅礴，万牛莫挽，哀伤的时候，缠绵悱恻，余音绕梁。后来的老柴等，皆学于此。瓦格纳把贝多芬的忧伤和愤懑变成绝望，未必更深却更黏稠，如沥青一样，陷足其中即难以自拔。施特劳斯绵绵不尽的哀痛更接近贝多芬的柔板，如茧中抽丝，如李后主的一江春水，如贺铸的梅雨，似乎永无尽头。因为多少语言都不能说尽，或者根本不可说。叔本华的禀性与贝多芬相似，完全不同的人，细数起来却丝丝入扣。近代哲学家中，谁像他和尼采那样狂妄，那样不合时宜呢？世上只有两种人自信到昏天黑地、一塌糊涂，一种是傻子，或曰妄人，一种是天才。《作为意志和表象的世界》中多有优雅的片段。他自己为人处世本是糊涂到家的，看人看事却又明智，如我们在其论说文集里读到的。

爱伦·坡的大黑眼睛里散发的都是哀伤和茫然，但我们看不出他会受制于自己梦幻般的沉溺。如果我们有李贺的肖像，应该也是这样的眼睛。深渊如井，都是漆黑，明亮，澄净。深邃常给人无限遥远之感，是时间上的，也是空间上的。但有的深邃亲切如在目前，无比深，又无比亲近。也许是善和温文尔雅的缘故，是苦难也不能消解和扭曲的善和温文尔雅。读爱伦·坡一定想起李贺的朋友沈亚之。唐朝以来的一千年，没有人像爱伦·坡一样写出绝对沈亚之式的故事。过早夭殇的美，尽管微不足道，却是倾国倾城的，是一个世界的永逝。理查·施特劳斯为二十三件独奏弦乐器所作的《变形》，是沈亚之和爱伦·坡的小说最好的配乐。

瓦格纳的眼里散发的是骄傲，不过非常节制，几乎看不出来。舒伯特心地单纯，但还是能从他的眼睛里窥见一丝忧郁——当然这很可能是我们的臆想。在眼睛里，愤怒、仇恨、嫉妒、野心、不服气甚至邪恶，是容易看出来的。但我们很少有机会面对他人这样的瞬间。照片、画像，留下了肖像主人最想展示给世人的形象。专业的画家和摄影家以照片和画像为艺术作品，除了肖像主人的意愿，还加进了他们的意图。我们对任何人的理解，即局限于此。但窥此一斑，也足够我们浮想联翩了。

屈原、阮籍、陶渊明、杜甫、苏轼，一直到曹雪芹，我们不曾看见他们的真实形象。我们知道李白和嵇康很帅、很潇洒，李白的俊逸几乎在刹那间就征服了初见其面的人，包括英武圣明的玄宗皇帝。韩愈则又黑又胖，王安石也黑，但不那么胖。更胖的是苏轼门下的张耒，他的胖据说可以和弥勒佛媲美。小说里苏轼的脸比较长，不知道是有根据，还是从他的称呼"苏长公"附会出来的。他算不上帅哥，但风度好，性格好，机智风趣，加上中等身材，不胖不瘦，朋友们喜欢，女人也欣赏他的儒雅。罗隐和诗词都好的贺铸以长得丑出名，李商隐我们一无所知，想来应该是翩翩书生，否则做到节度使的王茂元不会把女儿嫁给他。我们以为杜甫始终是一副苦相，还有屈原。我们觉得白居易是瘦瘦的，因为古人画的白居易和杜甫不容易区分。欧阳修则微微发福，因为他那么宽厚，是个难得的大好人。

古代画家凭想象为他们从没见过的前贤画像，传神而不求形似，找模特方便，直接照着自己或朋友的样子就画了。木刻作品几乎千篇一律。明清那些有官职的诗人，姓名随便互换绝无问题。这就是我们永远不能弥补的遗憾。我们不知道在李白和杜甫的眼睛里藏着什么，我们不知道他们没有在作品里写出来的还有什么，我们切盼了解他们最深的苦痛和最高华的幸福，这些也许超越了语言和任何艺术媒介的表达范围。

中年以前我很不习惯看镜子里自己的面相，觉得陌生，相距很远，隔膜，主要是别扭。中年以后，逐渐敢于在洗脸刷牙时正视了，就像随着年龄的增长，不得不正视现实一样，但没有喜爱或不喜爱之分。我只是习惯了自己的样子，而且看着它一天天向文字指引的方向演进。从自己的眼睛里我看不出太多东西，也没有能力想象——用不着想象，因此之故，看到的就只剩下空虚了。而面对喜爱的诗人和音乐家的照片和画像，我可以把思绪一直延伸开去，像读着一百首的组诗，听着一组无穷无尽的奏鸣曲，翻看着几百页印制精美的画册。贝多芬太熟悉了，常常让我看着发呆的是勃拉姆斯和马勒。

过去几十年里见过的很多古代诗人的画像已经画得很像真的了，被印上邮票，收入课本，出现在拍卖场上，摆足了将流传万古的架势。李白，白色锦袍，高举酒杯，昂首望天；屈原，长剑云冠，憔悴泽畔，昂首望天；曹雪芹，手持滴着浓墨的笔，昂首望天，窦娥一样不甘心；辛弃疾，大概是要骑在马上，准备长驱敌阵了，此时，昂首望天；还有陆游，不管是什么姿势，在什么地方，昂首望天，必须的；最后是老杜，瘦骨嶙峋，稀疏几根欲白不白的胡子，虽然吃力，依然昂首望天。这些身姿傲岸的画像，一个伟大艺术家应有的表象都有了，可是眼睛呢，眼睛里有什么？我找不到他们的眼睛。在应该是眼睛的地方，我什么也没看到。于是我不无恶意地想，李白呀，阮籍呀，王维呀，他们怎么会像拙劣的表演艺术家一样浅薄呢？事实上，我们明明记得，老杜是经常低头沉吟的，所谓"白头吟望苦低垂"。李白举杯邀明月的时候，当然是矫首遐观的，但是，"忽魂悸以魄动，恍惊起而长嗟"，那就是一脸惊惧和茫然了。

我买过一尊日本真山氏所作的执笔文人双目微闭而沉思

的铜像，面容清癯，衣饰朴素，正是我心目中杜甫的样子。但我看到过另外的日本匠人所作的杜甫全身像，却秀美如妇人，无来由地散发着柔美和甜腻的气息。对杜甫有怎样的理解，他描绘的杜甫就是怎样的。今人画不出李白和杜甫，只因为和李白、杜甫的境界相去太远。正如王安石所说，丹青难写是精神啊。

2021 年 1 月 20 日

电影比生活更简单

　　小时候看电影的记忆确实是淡漠了，翻来覆去的几部片子，不知道看了多少遍，以至于同学之间斗嘴，看谁厉害，常用武器就是背电影里的台词。反派人物痞里痞气的怪话最受欢迎，而英雄好汉们义正词严的指斥，常被拿来骂人，骂对方是汉奸、特务、狗腿子。比起上课念"天上星，亮晶晶，我在大桥望北京"，和同样开头的"天上布满星，月牙儿亮晶晶，生产队里开大会，诉苦把冤伸"，再烂的电影也趣味无穷。战争片、反特片、抗战片、剿匪片，有惊险和悬念，有水浒式的传奇，形形色色的坏蛋们蠢笨幽默、神气活现，过着似乎更惬意的生活：喝酒吃肉，皮鞋擦得锃亮，不上班，游山玩水……电影使我们知道了，除了我们那么幸运地生活在其中的伟大时代，还有那么多不同的时代，腐朽的、黑暗的、荒诞的、放纵自由的、古老得光怪陆离的，全都那么神奇。

暑假在乡下，为了一场电影，晚饭后可以走十几里路到邻近镇上，看完再走回来。盛夏月光下的山坡、竹林、村落、坟地、野塘，各种夜鸟和虫子的声音，构成了电影神秘的底色，几十年后都不消退。姨妈家在镇上，轮到放电影，必须赶早去占位子，带上椅子和板凳。空地上万头攒动，一片幸福的嗡嗡声，大人小孩呼唤名字的声音此起彼伏。在这种气氛中，只是想着看电影，有电影看，就已心满意足。至于看什么，倒不重要了。去晚了，站着看。连站着的地方也没有的话，在银幕后面看。每当银幕上大大的"完"字出现，沙沙拉拉的，闪烁着，晃动着。然后混浊的灯光当头浇下，现实立刻理直气壮地展示在眼前，丝毫不顾别人怎么不待见它。那一刻，令人感到无限惋惜，就像结束假期即将告别做客的亲友家，意味着又将回到毫无新意的课堂上去。在不懂得幻灭为何物的年纪，我心中实实在在的，正是一种幻灭感。仿佛有人把另一种生活摆在了我面前，我想抓住它，像抓住一只苹果，然而刚刚咬破一点皮，还没来得及品味果汁的香甜，那生活就肥皂泡一样破灭了。

大学期间，看过很多西方电影。每个星期，学校的小操场露天放映外语教学片，大部分是从没有公映的，票价五分。遇上雨天，打着雨伞看，好电影是绝不错过的。我印象深的是《科伦上尉》《简·爱》《白痴》，还有苏联版的芭蕾舞《罗密欧与朱丽叶》，后来知道是普罗科菲耶夫作的曲，把人看得昏昏欲睡。

这些电影本该带来强烈的冲击，但事实上不然，原因是在那前后，读了太多西方文学，尤其是小说，把快乐提前透支了。毕业后到北京工作，借着在新闻单位工作之便，遇到美国电影展、法国电影周之类的活动，总能弄到几张票，去看那些刚引进的非常紧俏的新片。最震撼的是卢卡斯的《星球大战》，完全超出了过去的观影经验。这震撼，只有在大学第一次读到西方现代派诗歌、第一次听到西方古典音乐，以及高中时第一次看中国古装戏曲片（大概是金采风主演的《碧玉簪》）可以相比。

更巧的是，不久之后，电视台请来了卢卡斯，在广电部礼堂给编导人员讲电影中的特技制作。大屏幕上不断播放的新的特技镜头，看得人眼花缭乱，其中主要的一段，表现部落战士驾驭着龙一样巨大的沙漠怪虫，风驰电掣，攻向敌人的都城。到了美国，读到弗兰克·赫伯特的科幻小说《沙丘》，顺藤摸瓜，找到改编的电影，才知道镜头出自这里。

八十年代末期，国内大概还没有成为看碟的天堂，来到纽约使我如入宝山。那时我在学校读英美文学，课余做工，每天二十四小时排得满满的，但还是能挤出几个小时，看电影录像带。电影院很少去，除了贵，来回地铁也费时间。更主要的原因是，我对新电影兴趣不大，喜欢三十年代末到五十年代的老电影，多半是黑白片。我在录像带店开了户头，每周借三四部片子。一部片子的租金是两块钱，还要加税。周末如果借两部，第三部免费。所以，我总是周末去借，回家加班加点看。此外，公共电视台经常播放经典片，也是一个良好的资源。但它有固定播出时间，难免错过。后来想出办法，按照预告，定时录在盒带上。借回的带子，看不完的，或看过特别喜欢的，也复制下来存着，像藏书一样。

我买了一本世界电影史、一本美国电影史，从格里菲斯开始，一章一章地读，作品一部一部地看。一段日子，追某个导演的作品，下一段日子，专看某位演员。找不到的，只好空缺。看费雯丽的时候，死活找不到《汉密尔顿夫人》，看丽塔·海华丝，找不到她最有名的《吉尔达》。很快就放弃世界电影史了，因为不管在录像带店和还是图书馆，外国电影都少得可怜。

为了复制留存，过些日子跑一趟曼哈顿一家中国人开的归国礼品店，那里的TDK空白录像带便宜。一次买一箱，二十四盒，一盒的录制时间两小时。我非常为那些超过两小时的电影发愁，舍不得为一部电影耗掉两盒磁带。邦达尔丘克的《战争与和平》七个小时，整整录了四盘。

后来发现盒带有三种录制速度可选择，正常两小时，慢速四小时，超慢速可录六小时。再翻录电影就方便多了。做学生那几年，不知看了多少电影，转录保存的就有一百多部。一个晚上看两部甚至三部电影，其实也不算什么，早期的好莱坞电影一般在九十分钟左右，三部片子，还不到五个小时。那时候兼收并蓄，什么都看，唯对西部片兴趣不大，有一阵子则着迷于歌舞片。看到六十年代中后期，越战爆发，世风丕变，人物由衣冠楚楚的绅士淑女变为蛤蟆镜牛仔裤的反叛青年，终于失去胃口，从此停步，不再往前追了。

以四十年代为中心的好莱坞黄金时代的电影，在我心中，代表了一种"优雅的"生活，从服饰到人物的言行，从社会风貌到生活的节奏。悲欢离合在这样的背景中，被染上一层朦胧的色彩，像是寓言或童话。这样的看法当然是浅薄的，是我身上顽固的不合时宜性的自然投射，但我对此既无可奈何，也心安理得。我忘不了一部没什么名气的古装片《绿海豚街》，讲两姐妹的爱情故事，其中一位的扮演者是拉娜·特纳，另一位是唐娜·里德。午夜已过，坐在地毯上看公共台的播出，黑暗中，屏幕上的光影不断照亮小小的房间，照出那些凌乱的书、堆砌的衣物、没喝完的啤酒、墙上粘贴的陶渊明《饮酒诗》线装书影的放大复印件。我觉得自己应该是一个生活在更早时代的人，那更早的时代里，有我喜爱的一切，普遍的对精致艺术的爱好、对书的敬重，而且走在街上，没有那么多粗鲁蛮横、俗不可耐的人物。

其实这完全是一种自我陶醉，历史上这样的时代从来不曾有过，将来也不会有。即使在电影里，邪恶也处处存在，除非在金·凯利和弗雷德·阿斯泰尔有限的几部健康明朗的歌舞喜剧里。但我们在相信这一切时，是刻意把理智抛在一边的。九十年代是青春的一段尾巴，为了这个理由，容许自己继续做梦。虽然无视现实不免为人哂笑，但它至少带来过真实的快乐，而且由于这陶醉，我们有理由对生活中的很多事表示轻蔑，并断然拒绝。

如今我的喜好已经变了，在好莱坞的黑白片里，我更看重"黑色影片"。喜欢它的愤世嫉俗和冷酷的调侃，喜欢镜头里那些扭曲的都市建筑物、午夜街巷的鬼影、人物冷酷的嘴角和蔑视的眼睛，还有那些倒霉的私人侦探身上所体现的坚忍精神。黑色影片很少廉价的光明结尾，大概这便是一种现实的态度。在直面的现实里，温情脉脉是没有存身之地的。既然天地不仁，只好自求多福。英雄不死，就是自强不息。我爱幻想，像爱一副纸牌、一副麻将，玩物丧志，如同赌徒，但我毕竟明白，现实不可能躲开，电影不是世外桃源。一切艺术都是把生活深化了，同时也简单化了。这就是艺术，包括电影，能够迷人的原因。

2017 年 5 月 28 日

2018 年 1 月 8 日改

奥菲丽亚的芸香

　　和《红楼梦》里的史湘云一样，莎士比亚《哈姆雷特》中的奥菲丽亚也留下一些未解之谜。出现这种情况，要么是作者故意的艺术处理，要么是作者疏漏了。复杂的作品，作者有细节上的照应不周，是很正常的事。何况不少传世的杰作，本来就是未定稿或未完成稿。但读者更喜欢一切都尘埃落定，以免留下悬想。所以，开放式结尾的故事总是不太讨好的。《红楼梦》是残稿，某些内容我们可能永远看不到了。《哈姆雷特》据专家考证，有过重要修改，修改往往造成前后情节和设定衔接不好的问题。这部戏场景复杂，戏中有戏，奥菲丽亚并非主角，用在她身上的笔墨有限，故事难免有空白，但认真的读者还是要刨根问底。比如说，哈姆雷特在剧中有多处大段独白，深刻展示了其内心世界，而奥菲丽亚对身边发生的重大变故——父亲的死、爱人的发疯、哥哥的远离，等等——是怎么想的，我们就无从得知。剧中既没有她的自我倾诉，也没有他人的猜测和分析。她在剧中几次露面：第一次是回答父亲和哥哥对她与哈姆雷特关系的盘问，她的回答有所隐瞒，至少是避重就轻。第二次，父亲让她去试探哈姆雷特是真疯还是装疯，她和哈姆雷特的对话言不由衷，而且完全被智计远深于她的王子牵着鼻子走。其后两次出场，她发疯了，唱曲和念白都是别有意味的。

梁实秋提到过哈姆雷特的年龄问题。莎士比亚当然没有必要直接介绍每个人物的年龄，但我们知道故事开始时，哈姆雷特刚好三十岁。因为后来在葬礼那一场，掘墓人说他开始干掘墓的活儿，是老王哈姆雷特战胜了挪威的福丁勃拉斯那一年，小哈姆雷特也是那年出生的。后面他还说，他掘墓掘了三十年。所以，尽管第一幕里奥菲丽亚的父亲波洛涅斯称哈姆雷特为"一个年轻的王子"，实际上他已经不年轻了。三十岁，还在德国威登堡大学读书，未免有点晚。除非我们假设，哈姆雷特早年过着纨绔子弟的放荡生活，生生把时间耽误了。奥菲丽亚的哥哥雷欧提斯告诫妹妹不要太把哈姆雷特的调情当真时说："你必须把它认作年轻人一时的情感冲动。"雷欧提斯用这样的语气，也说明哈姆雷特彼时应该是二十出头的年纪，甚至可能比雷欧提斯还小。至于奥菲丽亚，只能说她很年轻，应该是十六七岁，顶多十八岁。父亲教导她，说她是未经世事的小姑娘。哥哥临去法国前和她告别，千叮咛万嘱咐，担心她遭人诱骗。父兄的态度和言辞都显示，她确实还是个未经世事的小姑娘。

波洛涅斯是御前大臣，一子一女都年轻，自己的年纪自然不会太大，应该在四十多岁。剧中没有交代其夫人何在，应该是故世了。否则，处理女儿的婚姻大事及应对家中发生的巨变，做母亲的不会不出来支撑大局。如果有母亲的呵护，奥菲丽亚的发疯和死或许是能够避免的。

有学者认为，波洛涅斯夫人没有出现在剧中，代表了在关键时刻女性角色的缺席。在男性的世界里，奥菲丽亚只能孤军作战。哈姆雷特失去了父亲，适与奥菲丽亚失去母亲成为对比。父亲的被害导致了哈姆雷特的复仇行为，引发一系列巨变，最终让他自己送命。同样，母亲的缺席断送了拯救奥菲丽亚于巨痛的唯一希望，使死亡成为必然的结局。哈姆雷特的母亲尽管爱哈姆雷特，却是哈姆雷特父亲的"背叛者"。奥菲丽亚的父亲也爱女儿，却为了讨好篡位的国王而让女儿充当试探哈姆雷特的"间谍"角色，这在哈姆雷特眼里，也是一种背叛。因此他对自己母亲的鄙夷和批判，也都半真半假地——因为装疯——转移到奥菲丽亚身上，进而引申为对女性这个群体的控诉："女人啊！你的名字叫弱者。"弱者没有坚强的意志，所以她们不贞又不忠。

波洛涅斯夫人的死，依剧情揣度，应该是很早的事。她大概在奥菲丽亚很小的时候就死了，甚至有可能死于女儿的出生。雷欧提斯在辞别时絮絮叨叨地嘱咐妹妹洁身自好，这个角色原本该由母亲承担。同样习惯这个角色的还有波洛涅斯。父兄承担了母亲的角色，但又不能完全承担。他们关心女儿和妹妹，但出于男性的角度，做不到体贴入微，不能完全理解她，因而不能给她有力的帮助。

在母亲缺席的情况下，奥菲丽亚因失恋和父亲之死的双重打击而发疯，进而自杀，实在顺理成章。自认为深爱她的哈姆雷特，因多疑而误解她，为复仇大计而牺牲她，对爱情不忠，于道义有损，是应当感到愧疚的。

莎士比亚用巧妙的办法交代了奥菲丽亚"富于诗意"的死：她编了花环，想把花环挂在溪边斜生的杨柳树的一根横垂的枝上，结果树枝折断，连人带花落水。宽大的裙摆使她浮在水上，漂流很久才沉没，完全是一幅典型拉斐尔前派的画面。死亡情景并没有在舞台上直接呈现，是观众从王后口中听到的，又朦胧又美，而且合理，然而并非事实。在后来安葬时，我们就知道，奥菲丽亚实际是自杀的。不明内情的小丑讽刺说，不该用基督徒的仪式安葬一个自杀的人。教士"迫于权力"作了通融，然而又把葬礼弄得很草率，引起雷欧提斯的不满。

但奥菲丽亚的失恋严重到什么程度？仅仅因为被哈姆雷特抛弃就轻生吗？虽然少男少女经常为失恋而死，但奥菲丽亚的故事不是这样。事情不像表面上那么简单：奥菲丽亚可能怀孕了。莎士比亚也许不愿意给她天使般的纯洁添上一点杂色，采取了委婉写法，处处暗示，却暗示得非常明确。

在第一幕第三场，波洛涅斯和雷欧提斯就哈姆雷特示爱献媚一事忠告奥菲丽亚，反复强调保持"宝贵的童贞"，不要为甜言蜜语所诱骗，干下"龌龊的勾当"："一朵初春的紫罗兰，早熟而易凋，馥郁而不能持久，一分钟的芬芳和喜悦，如此而已。"（朱生豪译文，下同）

第二幕第二场，哈姆雷特装疯后与波洛涅斯对话，他问波洛涅斯是否有个女儿，波洛涅斯说有，哈姆雷特说："不要让她在太阳光底下行走；肚子里有学问是幸福，但不是像你女儿肚子里会有的那种学问。朋友，留心哪。"肚子里有"学问"，学问的原词是 Conception，既表示想象和设想，也表示怀孕。朱生豪没有翻译出这层意思，梁实秋就明确译为："受胎固然是福气，但是别教你的女儿受胎。"Conception 如果不是指受孕，哈姆雷特没必要用强调的语气说："朋友，留心哪。"哈姆雷特还说："要是太阳能在一条死狗尸体上孵育蛆虫，因为它是一块可亲吻的臭肉——你有一个女儿吗？"梁实秋此处作注："意甚明显，谓死狗尚可受太阳的眷爱，媾和生蛆，你的女儿岂不更易与人通奸？"阿顿详注本更进一步说，太阳（Sun）与儿子（Son）谐音，这句暗指一个女婿，一个 son，son-in-law，将使奥菲丽亚怀孕。这种说法恐怕是索解过深了。波洛涅斯听完哈姆雷特关于读书的话后，曾自言自语："他的回答有时候是多么深刻！疯狂的人往往能够说出理智清明的人所说不出来的话。"（How pregnant sometimes his replies are! A happiness that often madness hits on, which reason and sanity could not so prosperously be delivered of.）其中的"深刻"（pregnant，意为含蓄、丰富，梁译为"巧妙"）和"说出"（delivered of）分别有"怀孕"和"生（孩子）"的意思。

哈姆雷特装疯时说话，故意说得粗俗甚至下流，太阳和死狗这段话就非常粗鄙，对于奥菲丽亚，是太不厚道，等于亵渎了。波洛涅斯刚上场的时候，问哈姆雷特是否认识他，哈姆雷特回答："很熟，你是一个鱼贩子。"在莎士比亚时代，鱼贩子（fishmonger）常用来借指皮条客（pimp）。

第四幕第五场，奥菲丽亚发疯后唱小曲，这些小曲全都与爱、死亡和失贞有关，最明确无误的是情人节那一首：

情人佳节就在明天，

我要一早起身，

梳洗齐整到你窗前，

来做你的恋人。

他下了床披了衣裳，

他开开了房门；

她进去时是个女郎，

出来变了妇人。

凭着神圣慈悲名字，

这种事太丢脸！

少年男子不知羞耻，

一味无赖纠缠。

她说你曾答应娶我，

然后再同枕席。

——本来确是想这么作，

无奈你等不及。

最后一节模拟男女对话，女的说："Before you tumbled me，You promised me to wed."梁实秋译："你害我以前，答应娶我做新娘。"和朱译大致相同。男的回答："So would I

ha'done，by yonder sun，An thou hadst not come to my bed."
这两句，朱生豪绕得太远，以辞害意，完全背离了原文。原
文的意思如梁实秋所译："我发誓必定这么做，你若没来上
我的床。"这才是莎士比亚的原话。男方是说，如果你能不
受诱惑，保持贞洁，我就一定娶你了。但你没守住自己，那
就怪不得我了。哈姆雷特谴责他母亲，最恨的就是她不能控
制欲望，在丈夫尸骨未寒的时候，与小叔子苟合。现在，奥
菲丽亚是因为同样的原因，犯了同样的"罪"。小曲的每一
句，都和前面的情节对应。

最后一个确证在第五幕墓地那一场。雷欧提斯不满妹妹
的葬礼太草率，教士解释说：

> 她的葬礼已经超过了她所应得的名分。她的死状很
> 是可疑，倘不是因为我们迫于权力，按例就应该把她安葬
> 在圣地以外，直到最后审判的喇叭吹召她起来。我们不但
> 不应该替她念祷告，并且还要用砖瓦碎石丢在她坟上；可
> 是我们现在已经允许给她处女的葬礼，用花圈盖在她的
> 身上，替她散播鲜花，鸣钟送她入土，这还不够吗？

梁译更准确："然而现在准许她戴上处女的花冠，撒着贞
女的花朵……"教士说得很明白，奥菲丽亚已经不是处女了。

确实，剧中奥菲丽亚和哈姆雷特的关系，远比她父兄所了解的要更亲密，也比观众粗粗从剧情中得到的印象更亲密。这里只提一个细节：第三幕第二场，国王夫妇及王子等一起看戏，王后招呼哈姆雷特坐在她旁边，哈姆雷特不从，说："不，好妈妈，这里有一个更迷人的东西。"更迷人的东西指奥菲丽亚。哈姆雷特走到奥菲丽亚身边，直言不讳地问她："小姐，我可以睡在您的怀里吗？"被拒绝后，改口说："我的意思是说，我可以把我的头枕在您的膝上吗？"奥菲丽亚允诺。这时，哈姆雷特还调笑奥菲丽亚："你以为我在转着下流的念头吗？睡在姑娘的大腿中间，想起来倒是很有趣的。"

看戏过程中，哈姆雷特大概就一直保持这样的姿势。睡在对方的怀里，头枕着对方的膝盖，或许正是这对情人间的惯常行为。哈姆雷特确实是爱奥菲丽亚的，这从奥菲丽亚第一幕里的叙述即可看出。哈姆雷特听了父亲鬼魂的控诉，决定复仇，为了复仇，决定装疯。装疯的最好理由，也是眼前现成就有的一个，就是失恋。事实证明哈姆雷特的计策是很成功的。面对他突然的精神失常，精明的波洛涅斯，以及疼爱哈姆雷特的王后，都首先想到是失恋造成的，只有弑君篡位的克劳迪斯表示怀疑。在波洛涅斯和克劳迪斯密谋利用奥菲丽亚试探哈姆雷特时，哈姆雷特很可能在幕后听到了他们的密谈。因此，当天真的奥菲丽亚与哈姆雷特攀谈时，哈姆雷特出语毫不容情，讽刺，驳斥，直到恶毒地詈骂，就因为他认为奥菲丽亚参与了密谋，而不明白奥菲丽亚只是被利用了，正像他母亲格特鲁德也是被利用了一样。这两个爱他的女性都相信，找出病因，有助于治好哈姆雷特的病。

所以，奥菲丽亚一上场，哈姆雷特就很粗暴地问她：

哈姆雷特：哈哈！你贞洁吗？

奥菲丽亚：殿下！

哈姆雷特：你美丽吗？

奥菲丽亚：殿下是什么意思？

哈姆雷特：要是你既贞洁又美丽，那么顶好不要让你的贞节跟你的美丽来往。

奥菲丽亚：殿下，美丽跟贞节相交，那不是再好没有吗？

哈姆雷特：嗯，真的；因为美丽可以使贞节变成淫荡，贞节却未必能使美丽受它自己的感化；这句话从前像是怪诞之谈，可是现在的时世已经把它证实了。

随后，哈姆雷特更直接诅咒奥菲丽亚：

要是你一定要嫁人，我就把这一个诅咒送给你做嫁妆；尽管你像冰一样坚贞，像雪一样纯洁，你还是逃不过谗人的诽谤。进尼姑庵去吧，去；再会！或者要是你必须嫁人的话，就嫁给一个傻瓜吧。因为聪明人都明白你们会叫他们变成怎样的怪物。

　　我也知道你们会怎样涂脂抹粉，上帝给了你们一张脸，你们又替自己另外造了一张。你们烟视媚行，淫声浪气，替上帝造下的生物乱取名字，卖弄你们不懂事的风骚。算了吧，我再也不敢领教了；它已经使我发了狂。我说，我们以后再不要结什么婚了；已经结过婚的，除了一个人以外，都可以让他们活下去；没有结婚的不准再结婚，进尼姑庵去吧，去。

尼姑庵是收留未婚妇女的地方，在俗语里，有时意为妓院。哈姆雷特的恶毒咒骂，可以说是导致奥菲丽亚发疯最直接的原因。

　　格特鲁德并没有参与克劳迪斯杀害王兄的阴谋，在哈姆雷特眼里，她的罪恶是在父亲死去不久即投入叔叔的怀抱：

　　　　你的行为可以使贞节蒙污，使美德得到了伪善的名称；从纯洁的恋情的额上取下娇艳的蔷薇，替它盖上一个烙印；使婚姻的盟约变成赌徒的誓言一样虚伪。这样一种行为，简直使盟约成为一个没有灵魂的躯壳，神圣的宗教变成一串谵妄的狂言。

他觉得不仅父亲，而且自己都被母亲背叛了——哈姆雷特的父亲也叫哈姆雷特。他对母亲的愤怒导向奥菲丽亚，觉得奥菲丽亚和格特鲁德一样，把软弱的本性藏在了貌似无瑕之后。

通过母亲和奥菲丽亚，我们看到了哈姆雷特的成长，一种反向的成长：他变成一个成年人，思想却更加幼稚和偏激，相信所有女人都是外表纯洁，内心淫荡。格特鲁德因为克劳迪斯而成为"婊子"，同理，奥菲丽亚因为其父而成为"婊子"。哈姆雷特心里没有灰色地带，一个人堕落，就是彻底的堕落。在他看来，女人的美丽被超过一个男人利用，她便成为婊子。

没有母亲呵护的奥菲丽亚，谁是那个真正理解和爱她的人呢？父亲把政治利益放在了第一位，哥哥对她感情深厚，但在巨变发生之际，远在异国，同样是一种"缺席"。哈姆雷特爱她，一方面误解了她，另一方面，即使不误解，也会是复仇高于一切，为了复仇大计，随时可以牺牲她的爱情。自始至终，少女奥菲丽亚是孤单无助的。故事开始时，雷欧提斯提醒她，王子也许现在爱你，可是他身居高位，他的意志并不属于他自己，不能像普通人一样为自己做出选择。剧中观剧时，伶人念开场词，只有短短三行，哈姆雷特不满，奥菲丽亚说："它很短，殿下。"哈姆雷特接口："正像女人的爱情一样。"这两段话说出时，似是陈词滥调，最终都成为预示命运的谶语。只有一点，哈姆雷特说女人的爱情很短，错了！是他的爱情很短。

只有在奥菲丽亚死后，那些亲密的人才终于有一丝悔恨，终于不再吝啬对她的怜爱和赞美，然而为时已晚。迟来的无限深情在一抔黄土面前，岂止是徒劳，简直无异于虚伪。

> 王后：好花是应当散在美人身上的，永别了！我本来希望你做我的哈姆雷特的妻子，这些鲜花本来要铺在你的新床上，亲爱的女郎，谁想得到我要把它们散在你的坟上！
>
> 哈姆雷特：我爱奥菲丽亚。四万个兄弟的爱合起来，还抵不过我对她的爱。

都是肺腑之言，都是泣血的悔恨，可惜奥菲丽亚已经听不到了。

奥菲丽亚报花名的时候，给自己选择了芸香："这是给您的芸香，这儿还留着一些给我自己。"西方的花语里，芸香代表悔恨。奥菲丽亚称芸香为"礼拜日的忏悔草"（Herb of grace o'Sundays，朱生豪译为"慈悲草"），grace，无论是忏悔还是仁慈，"可爱的罗宾是我的宝贝，他再也不会回来"。

2018 年 12 月 10 日

苏轼、莎士比亚和阿加莎·克里斯蒂

每次回国，在北京十余天，都会去几次三联韬奋书店和相距不远的涵芬楼书店，买书以航空公司的行李限重为度。后来发现，用涵芬楼的布袋子，还能手提十几本较重的精装书。尽管如此，一次能带的数量终归有限，大不过几十本近百本。事先开列的书单，只得大大缩水。

泡书店，是身边熟悉的小书店感觉最好。架上的书如数家珍，隔几天去看，哪些书卖掉，哪些书新到，一目了然。有些搁置了多年的书，虽然并不想买，也像好邻居，看着亲切。但在北京的大书店，包括不喜欢却由于总是路过而忍不住进去逛一圈的西单图书大厦，面对浩如烟海的陈列，既觉兴奋，充满期待，又觉惶惑和茫然。好书那么多，你能读多少？写书的人那么多，你还能写什么？学问无止境，就算在自己熟悉的领域，可能还存在着前人已经达到而你还远未达到的深度。杜甫的诗我算是认真读过的，可是，随便一个小问题，都可能让我瞠目结舌。你把仇兆鳌的注评全部背熟又能怎么样呢？因此，在书店，常常捧了一摞书拿不定主意该买哪些，就像旅行出门时在书架前挑来挑去不知要带哪一本一样。

以前读书大致是随心所欲，近两年，范围不断缩小，一段时间里，会相对集中地读某个作家的书，或围绕某个题目读书。一方面是写稿子的需要，另一方面，也有强迫做功课的意思。一些顶尖的大部头名著，陀思妥耶夫斯基什么的，再说没读过有点不好意思，慢慢也就补上了。但更主要的原因，还在情感上的满足。有些作家，你觉得和他们心心相印，读来感到温暖，和他们亲近，如同朋友。同时，他们还给你智力上的愉悦，同时激励你，使你无论到什么年纪，都还想着继续提高。

一、苏轼

即将过去的一年，从年初到年尾，一直在读苏轼。去年得到孔凡礼先生的《苏轼年谱》，据说这套书耗费了他二十四年精力，内容详尽，查考方便。以此为参照，我把清人冯应榴的《苏文忠公诗合注》读了两遍。年谱对于读喜欢的作家，是不可或缺的好东西——作家若有详细而不烦琐的日记也很好——除了读诗，还了解他写作的背景：被题赠者都是什么人，那时期他的生活，他的遭遇和心境，他如何种花、饮酒、游赏，乃至他的饮食和疾病，等等。这样，一个人就活了，一颦一笑，如在眼前，诗也因此生动起来，每个字都像花草一般，有了颜色和形态，甚至气味和声音。

苏轼说话，大约和史湘云一样，喜欢滔滔不绝。一是性子直，二是腹笥丰，加上反应敏捷。看他作诗，也是如此，长篇的七古五古，如长江大河滚滚而来。好处是痛快，缺点是泥沙俱下，意思说尽说透，不留余味。一些熟话套话，是他总爱提到的，如"吾生如寄"之类。一些典故反复使用，如次公、马少游、冯衍。宋人笔记里说他《汉书》读得精熟，果然，他用《汉书》《后汉书》的典故很多，有些还比较偏僻。

后来起了一个念头，何不把喜欢的诗挑出来，弄成一个选集呢。此后数月，天天晚上边读边选，一遍下来，勾出一百余首，第二遍，再勾出几十首。四遍下来，选了大约三百首。觉得疲劳了，暂时罢手。

接着读他的笔记、词集和轶事汇编。其结果，积累既多，时有所思，忍不住动笔，写了一组关于东坡的札记。读书读到心中的所感不吐不快的程度，作文最为酣畅。比起为找题目而搜索枯肠，不可同日而语。我在日记里记了不少读苏时的感想：

——晨起读东坡题跋，有好几条，都颇触动心绪：《书彭城观月诗》《记黄州对月诗》《书〈黄泥坂词〉后》《书上元夜游》……苏轼和弟弟苏辙关系好，黄庭坚和哥哥元明也是关系特别好："朝云往日攀天梦，夜雨何时对榻凉。急雪鹡鸰相并影，惊风鸿雁不成行。"苏黄都是重情的人，重情则易感伤，然而苏豁达，黄刚健，故多情乃不流于哀不自胜。若无情无义之人不感伤，不是超逸，无人性而已。

——读《苏东坡轶事汇编》儋州部分，东坡孤处海外，乃以庄子所言自解，令人伤感："吾始至海南，环视天水无际，凄然伤之曰：'何时得出此岛耶？'已而思之：天地在积水中，九州在大瀛海中，中国在少海中，有生孰不在岛者。覆盆水于地，芥浮于水，蚁附于芥，茫然不知所济。少焉水涸，蚁即径去，见其类，出涕曰：'几不复与子相见。'岂知俯仰之间，有方轨八达之路乎？念此可为一笑。"

——东坡岭海归来，鬓发尽脱，黄庭坚在《病起荆江亭即事》中写他："玉堂端要真学士，须得儋州秃鬓翁。"想不到豁达如东坡,也会如此狼狈,流落蛮荒,竟成秃顶老人。晚年的贝多芬,亦时见落拓之态,然而作品依然超迈俊逸。

苏轼的书,缺了文集,到年底,托我弟弟代买了。另外买了王水照写的传记、整理的三苏年谱和编注的诗文选,以及其他与东坡有关的书,包括几种宋史。明年如果兴致不减,不愁没有可用力处。

二、莎士比亚

从春天开始,计划把莎士比亚戏剧读一遍。人民文学出版社十一卷的全集,我手头的一套不全,好在图书馆也有一套不全的,配合起来,正好补齐。此外,我还有卞之琳译的悲剧集,以及几种杂书,图书馆则有梁实秋译的全集。梁译文字质朴,不是莎公风格,但比朱生豪译更可靠,遇有疑难,足资参考。英文书俯拾皆是,最重要的几种,如《哈姆雷特》《麦克白》,值得读读阿顿详注本。儿子上高中的时候,按要求读了十六部莎剧,我在大学,只读了几部。来纽约读研究生,选修莎剧,细读了四五部,期末论文写《暴风雨》。莎氏的悲喜剧比较熟悉,历史剧和传奇剧没有全读,补缺自以此为重点，连着把《亨利四世》《亨利五世》《亨利六世》《理查三世》等读完，感觉像做了一场噩梦。

《亨利四世》中因为有福斯塔夫和他的一帮兄弟闹腾，人世还有一点可爱面目，剩余的，全是争权夺利、杀人如草的乌烟瘴气，和读中国古代历史没有两样。《亨利六世》中写了一位贫民叛乱头子凯德，大谈其造反理想。他仇视知识分子，扬言取消货币，他自己则颠顶自大，嗜酒如命，最终因逃亡途中连日挨饿，浑身无力，被一位乡绅杀死。理查三世是个杀人狂，处心积虑杀尽妨碍他夺位的王室子弟，和南朝刘宋的那几位宝贝皇帝有的一比。历史就是这么回事，法国的民族英雄贞德，在莎士比亚笔下成了荡妇、巫婆兼骗子。莎士比亚在《理查三世》中为了写战争的残酷，设计了一段短小的过场戏：一位父亲杀死对方的士兵，发现是自己的儿子；另一个做儿子的，发现杀死了自己的父亲。

福斯塔夫是韦小宝式的人物，没有是非观，小坏事做尽，大坏事不做。吹牛，骗女人，耍赖，偷盗，吃喝嫖赌，招兵受贿，上战场怕死，但他不害人，不叛国，不搞权术。所以，虽然浑蛋，却很可爱。从小和他一起厮混的亨利五世对他的感情就是这样，知道他是什么东西，却不讨厌他，甚至有点喜欢他。毕竟有他在，生活热闹，有乐趣。也许福斯塔夫就代表着生活本身，就像猪八戒代表着快乐的世俗生活。有理想的人有理由看不起世俗生活，但又不能完全拒绝其快乐。

亨利这个人很有意思，年轻时候不务正业，但明辨是非。他能文能武，忠孝两全。战场上勇敢，不亚于其弟，即位后能立刻疏远佞人。福斯塔夫因此郁闷，但亨利五世并不惩罚或杀害他，只是警告他不得胡作非为。这种处理真是难得。

莎士比亚的喜剧当然也是现实生活的写照，讨好观众的噱头之外，不乏深刻的洞见。有了几十年的人生经历，能让我惊奇之事已经不多。人情世故不想深知，更无意努力修炼。读这些大半建立在误会上的轻喜剧，我的乐趣是欣赏剧中人物的俏皮话，比如《无事生非》里漂亮姑娘贝特丽丝和青年贵族培尼狄克的斗嘴，那真是谑而不虐、妙趣横生。

莎士比亚的悲剧对我来说太沉重了，好在《哈姆雷特》太熟悉，《麦克白》写野心家的毁灭，《凯撒大帝》的后半部像历史剧，因此能够平静对待。《李尔王》拖到很晚才重读，读过，觉得释然，因为几个恶棍都死掉了：爱德蒙、康华尔、里根两姐妹。李尔老迈昏聩，咎由自取。他贪婪地索取女儿的爱和感恩，导致两个女儿的欺骗和背叛，更造成了善良的考迪丽娅的死。能忍耐的人有好结局，剧中的肯特和爱德伽都是。莎剧屡屡写到流放，这似乎是英国人的文化传统。在唐宋诗里动辄与"贬谪"一词劈头相遇，读到莎公的隐士丛林，不免会心一笑。《奥赛罗》至今没有重读，连改编的歌剧也不愿去听。苔丝德蒙娜的冤死固然叫人不忍，但最受不了的，却是伊阿古那样的小人。这是莎剧里最可恨的人物。

在莎士比亚的历史剧里，王公贵族的忘恩负义和反复无常是家常便饭，忠良之士很少能得善终，正义从未直接实现过。几十年后的拨乱反正，自可慰藉后人，但对于事件中人，则毫无意义。岳飞死后封王，这就能减轻他屈死之苦么？莎士比亚以夸饰的语言营造其文学世界，也许正由于这道华丽的帷幕，他笔下的神仙境地、田园风光、美好人间，以及血淋淋的鬼蜮世界，带给读者的憧憬和厌恶，都获得了一个安全的距离，使我们既知其真实无妄，又不会溺情其中。

三、阿加莎·克里斯蒂

与苏轼和莎士比亚相映成趣的，是阿加莎·克里斯蒂。有些侦探小说家我们难以轻视，纯文学作品里有的，他们也有，不过表现的方式有所不同罢了。美国的雷蒙德·钱德勒、比利时的乔治·西默农、瑞士的迪伦马特，他们对现实的讽喻和对人性的揭示，同样入木三分。克里斯蒂著作等身，借助两位侦探波洛和马普尔小姐的眼光，和对各色人物的访谈，给我们展示了一个广阔和丰富的社会。克里斯蒂强调人性。犯罪的决定因素不是别的，正是人性。贪婪也许还在其次，虚伪、骄矜、野心、嫉妒、傲慢，甚至一贯的自以为是，都是谋杀背后的强大动机。我们一生遇到的奇异人物不多，克里斯蒂的书弥补了这一缺憾。得其启发，举一反三，洞穿表象，至少在我，对人世有了更深和更全面的理解。克里斯蒂不见得怎么会"塑造典型环境中的典型人物"，但她小说中颇有几位差不多可以视为一种"原型人物"。除了我专门写文章讨论过的《无人生还》中为了自己的"正确理念"而不惜置无辜者于死地的埃米莉·布伦特，还有《破镜谋杀案》中的巴德科克太太：

> 希瑟·巴德科克没有一点恶意，她的确从来就没有恶意，但是毫无疑问，像希瑟·巴德科克这样的人会给别人造成很多伤害，因为她缺乏一种品质——不是善良，她有善良——而是一种对她的行为可能影响别人的真正的考虑与体谅。她总是想到一个行为对她的意义，从不分一点神来考虑它对别人意味着什么。

玛丽娜·格雷格是个出名的演员，巴德科克太太年轻时候追星，听说格雷格来到本地，不顾自己感染风疹在身，去见格雷格索取签名。格雷格正怀着身孕，盼着得一孩子，不料被巴德科克太太传染风疹，导致胎儿流产。多年后方知祸因在巴德科克太太，因此毒杀了她。

再如《波罗圣诞探案记》中被杀的富翁西米恩，一贯专横霸道，对妻子非常粗暴。妻子忍辱负重，心情不好，早早过世。儿子戴维热爱母亲，仇恨父亲。戴维的妻子希尔达是个知书达理的好女人，她对西米恩的分析很精彩："我对生活已足够了解，知道永远不能凭一件事表面的是非曲直来下结论。看起来，西米恩就该被谴责，他妻子的确受到了不公正的对待。而同时，我又真心觉得那种顺从、心甘情愿做出牺牲的软弱性格，会激起男人身上最坏的本性。"戴维曾说，母亲从未抱怨过父亲。希尔达说：可她一直在向戴维抱怨，把所有的不幸都转嫁到他身上。而戴维那时太年轻，承受不起她让他承担的东西。

这就是事情的复杂性，善与恶的复杂性。恶能伤人，善同样能。死于恶是不幸，死于善难道是幸福？

在《死亡约会》中，一个老太太在家里是暴君，严格控制几个儿女，快把他们逼疯了。老大好比巴金《家》中的老大觉新，性格懦弱，只好认命。老二和老三，一对兄妹，准备采取行动，为了救自己，也为了救最小的已经快被逼成精神病的妹妹。最后恶妇被杀，但凶手却不是子女中的一人。

书中对一个老暴君统治下的家庭有着生动的描述，以小喻大，可以引发我们很多联想。

还在早年，我记得克里斯蒂书里写过一位贫穷的女子，当老妇人的陪伴。她是一个"未曾有机会实现自己"的人，好比美玉深藏在璞里。如果没有机会，她一辈子就这么埋没了，没人了解她的非凡品质。可是有一天，老妇死亡，她继承了遗产，于是，一切都改变了，世界在她面前打开了大门。这个故事我印象很深，颇有感触。可是一直想不起书名。今年重读《蓝色列车》，故事原来就出自这里，女主角名叫凯瑟琳·格雷。

克里斯蒂的八十多本小说，还有她常演不衰的话剧《捕鼠器》，其中几百个人物，来自社会各个阶层，至少有十几个是令人难忘的。尽管出自类型小说，人物为情节服务，刻画难免夸张，但不可否认，克里斯蒂对人的观察是敏锐的。我在托尔斯泰、陀思妥耶夫斯基、普鲁斯特和狄更斯等人的小说里，认识了众多性格鲜明的人物，在克里斯蒂这里也是，虽然深刻性难以相提并论。其实，狄更斯写人物，和克里斯蒂不无相似之处，都是简单而突出，用福斯特的话说，有点扁。扁也有好处，就像漫画也有好处一样。

2017 年 12 月 7 日

闻一多与莎士比亚的"死水"

　　莎士比亚的《李尔王》影响了好几位中国作家。郭沫若话剧《屈原》第五幕第二场的《雷电颂》，就是对《李尔王》第三幕第二场李尔在荒野暴风雨中的独白的模仿，与常提到的《天问》中的"薄暮雷电"反倒关系不大。试比较以下两段：

　　屈原：风！你咆哮吧！咆哮吧！尽力地咆哮吧！……你们风，你们雷，你们电，……发泄出无边无际的怒火，把这黑暗的宇宙，阴惨的宇宙，爆炸了吧！……把这包含着一切罪恶的黑暗烧毁了吧！

　　李尔：吹吧，风啊！胀破了你的脸颊，猛烈地吹吧！你，瀑布一样的倾盆大雨，尽管倒泻下来，浸没了我们的尖塔，淹沉了屋顶上的风标吧！你，思想一样迅速的硫黄的电火，劈碎橡树的巨雷的先驱，烧焦了我的白发的头颅吧！你，震撼一切的霹雳啊，把这生殖繁密的、饱满的地球击平了吧！打碎造物的模型，不要让一颗忘恩负义的人类的种子遗留在世上！

人物的情绪，作者的思路，完全同一机杼。此外，曹禺的《雷雨》与莎翁此剧也有莫大关系。二者的高潮戏都发生在雷雨中，大自然的狂暴正好成为人物内心愤怒和绝望的象征，同时舞台效果也好。

赵毅衡先生在《闻一多与美国"死水"》（收入《对岸的诱惑：中西文化交流记》一书）中考证，闻一多最著名的诗作《死水》，受了美国女诗人埃德娜·米蕾一首十四行诗的影响。米蕾在诗中描写肮脏的沟渠：

多彩的花，斑斑的雾气

惊见于丢弃的食物；沟渠

蒙一层混乱的彩虹，那是油污

和铁锈，大半个城朝那里扔入

空铁罐；木头上烂满空隙

青蛙软泥般翠亮，跃入水里——

绿泡儿上睁一只黑亮的眼珠。

闻一多笔下的死水，则是：

> 这是一沟绝望的死水，
> 清风吹不起半点涟漪。
> 不如多扔些破铜烂铁，
> 爽性泼你的剩菜残羹。
>
> 也许铜的要绿成翡翠，
> 铁罐上锈出几瓣桃花；
> 再让油腻织一层罗绮，
> 霉菌给他蒸出些云霞。

闻一多也写到了青蛙和泡沫，写到水坑里被扔进去的"破铜烂铁"和"剩菜残羹"。两首诗的亲缘关系一目了然。

米蕾诗主题单纯，说美无处不在，任何地方都能发现美，哪怕是在丢满废弃食物和垃圾的沟渠。（《庄子·大宗师》说"道"无所不在，在蝼蚁，在稊稗，在瓦甓，在屎溺。米蕾难道读过这一篇？）闻一多的诗则深刻多了，借死水隐喻当时中国的现实，充满压抑和绝望的情绪。这情绪的背后是无限的愤懑之情，而愤懑则出自对祖国的爱，以及爱造成的痛苦。诗最后两句："不如让给丑恶来开垦，看他造出个什么世界。"朱自清《闻一多全集·序》中说，意思是"索性让'丑恶'早些'恶贯满盈'，'绝望'里才有希望"。《死水》使人想起法国诗人波德莱尔的《恶之花》，不过闻一多身上没有那种世纪末的颓废和放荡，他们那一代知识分子还保留着顾炎武式的家国情怀。

赵毅衡说，闻一多在美留学期间，可能读过米蕾的诗，他写《死水》，并非故意模仿，而是读过之后，心里留下了印象。日久印象模糊，但依然存在，遇到合适的契机，不自觉地发生了影响。这种经历，写作的人大都有过。唐代诗僧皎然说作诗有三"偷"（偷语、偷意、偷势），有时作诗人真不是故意剽窃，而是意识不到的挪用或模仿。闻一多此诗，据饶孟侃回忆，是"偶见西单二龙坑南端一臭水沟有感而作"。那时候，联想发生作用，潜意识里，米蕾的诗忽然就浮现了。

然而米蕾的诗也不是凭空而来。我们且把庄子放在一边，在《李尔王》第三幕第四场，受迫害而流浪的爱德伽就有一段台词：

可怜的汤姆，他吃的是泅水的青蛙、蛤蟆、蝌蚪、壁虎和水蜥；恶魔在他心里捣乱的时候，他发起狂来，就会把牛粪当作一盆美味的生菜；他吞的是老鼠和死狗，喝的是一潭死水上面绿色的浮渣。

死水原文为 the standing pool，standing 就是 stagnant，不流动而腐烂发臭之意。这个词组，朱生豪和梁实秋不约而同，都译为"死水"。《李尔王》是莎士比亚四大悲剧之一，米蕾总是应该读过的，闻一多应该也读过。那么，闻一多也有可能不经过米蕾，而直接受到了莎士比亚的影响。

影响是个非常有趣的问题。年来读书，觉得最有意思的就是看文学史上形形色色的影响方式和影响造成的神奇结果。播龙种，有时收获的是龙，有时收获的是跳蚤。读王安忆的《匿名》，觉得整部小说的主题就是对《庄子·大宗师》这段话的诠释："畸人者，畸于人而侔于天。故曰：天之小人，人之君子；人之君子，天之小人也。"韩少功《马桥词典》借鉴了塞尔维亚作家米洛拉德·帕维奇《哈扎尔辞典》的特殊小说形式，不知算是宋人说的"夺胎法"还是"换骨法"。陈迩冬先生说，范仲淹作《岳阳楼记》，对湖上景色的描写，颇有几句取意于韩愈《岳阳楼别窦司直》诗："南汇群崖水，北注何奔放。潴为七百里，吞纳各殊状。""星河尽涵泳，俯仰迷下上。""泓澄湛凝绿，物影巧相况。江豚时出戏，惊波忽荡漾。"

　　最好玩的是当代作家冯唐的一句"春风十里不如你"，网上传为"金句"，殊不知是从杜牧诗里摘取的："春风十里扬州路，卷上珠帘总不如。"美则美矣，却是写给一个十三岁的风月场上的小姑娘的。

2019 年 9 月 17 日

坚持走向上的路

疫情期间，停工在家，忽然多了大量闲暇时间，也就趁此机会，把一些想读而久久未读的书捡起来读一读。读完《理想国》，再找出色诺芬的《回忆苏格拉底》，把哲学史上的相关章节当作提要，一并读过。苏格拉底是西方哲学史上的巨人，却如孔子所言，以课徒为业，述而不作。他的思想，见诸柏拉图的对话及其他人的记述，他的生平，主要来自两位弟子柏拉图和色诺芬的回忆。色诺芬和柏拉图不同，他是个军人，相对简单和质朴。读他的回忆，使人觉得，颇有小说家和戏剧家风采的柏拉图笔下苏格拉底的对话，也许不尽属虚构，不全是柏拉图为阐述自己的观点而借苏格拉底之口说出来的。《回忆苏格拉底》篇幅不长，却也提供了一些有趣的细节。

在色诺芬的书中，苏格拉底的大部分对话，是谈如何交友、处理兄弟关系，如何学习，如何认识自我、学会克制，以及饮食，锻炼身体，避免懒惰，等等。内容不如柏拉图书中所谈严肃，颇似今日那些好为人师者所著的励志小册子，满满的鸡汤味。和尤苏戴莫斯的几段对话比较好。尤苏戴莫斯绰号"美男子"，是个非常自负的青年，还不到二十岁，搜集了最有名的诗人和诡辩家的大量作品，熟读并揣摩之后，以为具有了超越同时代人的才智，不免白眼看人。苏格拉底开导他，无论什么技艺都应该请教老师，仅靠禀赋是靠不住的。通过一步步的质询，苏格拉底迫使尤苏戴莫斯承认自己一无所知，就连什么是好事这么简单的问题，尤苏戴莫斯那些看似无懈可击的回答也被苏格拉底——驳回。比如说，尤苏戴莫斯断言智慧是好事，可是苏格拉底说，戴达洛斯因为有智慧而被米诺斯囚禁，他凭借智慧制造飞翼逃跑，结果不仅儿子摔死，自己也被带到野蛮人那里，再度沦为奴隶。同样，聪明的帕拉梅代斯由于聪明被同样以聪明著称的奥德修斯嫉恨，因此被奥德修斯害死了。尤苏戴莫斯无言以对，只好退一步说，智慧不好，幸福总算是好事了吧。苏格拉底说，幸福如果不是由有问题的好事构成的，才可以算作好事。什么是有问题的好事？苏格拉底列举了美貌、膂力、财富、光荣，诸如此类人人都渴望拥有之物。尤苏戴莫斯说，如果没有这些，还成什么幸福呢？苏格拉底逐一分析后指出，人由于财富而腐化堕落，由于荣誉和政治权力遭难，由于自信体力强大去做力所不逮的事，由于美貌被倾心于美的人败坏。于是尤苏戴莫斯哀叹，他真不知道向神明祈求什么才好了。苏格拉底告诉他，德尔斐神庙墙上刻的名言"认识你自己"，你应当好好思考这句话。很多人被苏格拉底这样对待，都不再到他这里来了，尤苏戴莫斯则成为苏格拉底的忠实信徒。

古希腊，且不提斯巴达人的野蛮和专制，就是人文渊薮的雅典的政治生活，在一定程度上也被后人大大美化了，实情要残酷得多。吴永泉译《回忆苏格拉底》第一卷第一章提到处死海军将领之事，译者注：

公元前406年，雅典海军在战胜斯巴达人以后，海军将领决定以主力舰艇追击敌人，另留一部分官员及士兵负责救护受伤舰艇上的海员并掩埋阵亡将士的尸体，但因当时海上兴起了大风暴，这在雅典人眼中看来非常神圣的救护伤残和安慰英灵的工作未能完成。事后雅典人民对负责将领以失责罪起诉。当时所有其他议员都一致表决将十个将领处以死刑，只有苏格拉底一人因此种起诉不合法而提出了抗议，坚决投了反对票。这里只提到塞拉苏洛斯和艾拉西尼底斯两人的名字作为代表。被判刑的虽有十人，但因有一人不在场，一人已死，另有两人逃亡，实际被处决者只六人。

雅典还有脍炙人口的告密制度，尽管对此有不同的说法，但对于一个人口最高峰时只有二十三万的城邦，大量告密者的存在，使得即使是统治阶级的"公民"，在这种情况下，又能有多少隐私和自由可言呢。

晚唐诗人罗隐诗写得好，人却生得特别丑。宰相郑畋的女儿读罗隐的诗，爱上这位诗人。郑畋怎么都没有办法打消女儿的痴念，得人献计，特地招来罗隐，在私邸接见。郑小姐幕后偷窥，大失所望，不仅断了单相思，连罗隐的诗也不读了。苏格拉底也以貌寝著称。弗兰克·梯利《西方哲学史》说，苏格拉底身材矮胖粗壮，扁鼻子，大嘴厚唇，不修边幅，笨拙粗陋。罗素也说，苏格拉底至丑，弟子色诺芬形容他比"萨蒂尔滑稽戏里的一切丑汉都还要丑"，总是挺着大肚子，穿着褴褛的衣服，光着脚到处走。"他的不顾寒暑，不顾饥渴使得人人都惊讶。"

罗素猜测，苏格拉底可能患有癫痫性的昏迷病，他经常突然出神，在某个地方一站就是一整天甚至整个通宵思考问题。柏拉图《会饮篇》讲到，苏格拉底和阿里斯多兑谟一起去朋友家赴宴，苏格拉底心里想事，落到了后面。阿里斯多兑谟到达，才发现苏格拉底没跟来，主人阿迦通就叫仆人去找他。仆人出门，见苏格拉底已经到了，站在隔壁的前院里，不肯进来。阿里斯多兑谟说，他有这习惯，随时随地站下来出神，别打扰，让他待一会儿就好了。

爱思考的人灵感突发，不分场合陷入默想，忘掉周围的一切，餐桌上拿面包蘸墨汁吃，走路一头撞到树上，或失足掉进河里，都不鲜见。诗人多有半夜爬起来记下突然冒出的诗句的经历，苏格拉底则把这事闹到了极致。他服兵役时有一次站着想问题，从大清早站到中午，一动不动，引起路人注意。几个伊奥尼亚人出于好奇，搬来铺盖，睡在他旁边，要看他会不会站一整夜。结果苏格拉底一直站到第二天早晨，等太阳出来向太阳做了祷告之后才走开。

苏格拉底认为节制是人的美德，比起精神的快乐，日常生活和感官享受不值一提。他自奉甚俭的生活在他人看来，不仅是苦行主义的，更像是禁欲主义的。罗素说，苏格拉底对肉体情欲的驾驭，一般人难以做到，是一个完美的奥尔弗斯式的圣者，在灵魂与肉体的二元对立中，做到了灵魂对肉体的完全控制。

苏格拉底的太太臧蒂普是个悍妇。传说中苏格拉底的名言：如果你娶到一个好妻子，你会很幸福；如果娶到一个凶悍的妻子，你会成为哲学家。不知是真是假。但罗素这样严肃的学者也说，鉴于苏格拉底对生活和婚姻的态度，臧蒂普成为悍妇一点也不足为奇。

在《回忆苏格拉底》第二卷第二章，苏格拉底听到大儿子普朗洛克莱对母亲发脾气，就批评他，说他这样做是忘恩负义。儿子抱怨说，母亲的坏脾气比野兽的凶暴更难忍受。苏格拉底说，尽管她屡出恶言，但并无恶意，儿女无论如何，都必须尊重她。可见悍妇之说，不是空穴来风，然而即便如此，苏格拉底对于妻子，仍抱着理解和宽容的态度。

苏格拉底人格高尚，睿智幽默，不惑不惧，循循善诱。与他相处的人，沐浴在他儒雅又风趣的光彩之下，忘记了他形貌的丑陋，而生亲近与敬仰之心。但他犀利的言辞和对正义立场的坚持，也使他成为某些雅典公民的死敌，觉得最好让他永远沉默。

苏格拉底被控以不敬神和败坏青年之罪，获判死刑。他死前的几段话，安详机智，使人不能忘怀。色诺芬写道，判决时，热爱他的阿帕拉多拉斯在场，对苏格拉底说："看到他们这样不公正地把你处死，这是我最难忍受的。"苏格拉底抚摸着他的头，微笑着问："亲爱的阿帕拉多拉斯，难道你希望看到我公正地而不是不公正地被处死吗？"在柏拉图的《申辩篇》里，苏格拉底对法官们说："在另一个世界里，人们不会因为一个人提出了问题就把他处死的，绝对不会的。而且除了比我们更加幸福而外，他们还是永远不死的。"
又说："死别的时辰到了，我们各走各的路吧——我去死，
你们去活。哪一个更好，唯有神知道。"哈姆雷特关于生死
的著名独白，或即源出于此。

李白的傲视权贵，背后有向往道教神仙世界的基础；苏
格拉底面对死亡时的大仁大勇，也因他坚信灵魂不灭。尽管
在我们今天看来，这些都未免天真。但人的精神，哪怕借助
的是一块微不足道的基石，只要因此超越了尘世的卑污，那
精神就是无比高贵的，并将永远灿烂。皇皇十卷的《理想
国》，便以苏格拉底这段话为终：

> 不管怎么说，愿大家相信我如下的忠言：灵魂是不
> 死的，它能忍受一切恶和善。让我们永远坚持走向上的
> 路，追求正义和智慧。这样我们才可以得到我们自己的
> 和神的爱，无论是今世活在这里还是在我们死后得到报
> 酬的时候。我们也才可以诸事顺遂，无论今世在这里还
> 是将来在我们刚才所描述的那一千年的旅程中。

2020 年 4 月 26 日

哈德逊河谷的欧文

    从山坡上俯瞰，下方的哈德逊河在淡蓝的晨雾中闪着银光，一只白帆正从河面滑过。汽车顺着蜿蜒又狭窄的坡道平稳地往上开，前方茫茫的白雾之间，赫然露出一座中世纪的古堡。巨大石块砌成的墙壁，留着箭眼的城垛，古代教堂式的尖塔，都掩映在郁郁葱葱的林中。穿过青翠的橡树林，来到一块宽阔的空地，古堡横卧在眼前，宛如沉睡的巨人。低矮的花岗石围墙，紧抵着起伏的哈德逊丘陵。

这是美国侦探小说家埃勒里·奎恩的《X的悲剧》的开头。检察官布鲁诺带着萨姆巡官来到纽约上州的哈姆雷特山庄，拜访以演出莎剧知名的大明星哲瑞·雷恩，求他破解疑案。雷恩是位业余侦探。

哈姆雷特山庄位于哈德逊河东岸，这一带山峦幽深，林木繁茂，居高临水，风景秀美，加上离纽约市不远，交通便利，成为富豪和名人麇集之地。奎恩的这段描写，虽然寥寥数语，却也言简意赅。历年参观过的沿岸旧宅，大多如此风味，尽管在阔气的程度和方式上各有千秋。

华盛顿·欧文的故居，也厕身于这条著名的河谷。和洛克菲勒、古尔德这些铁路大王或钢铁大亨的别墅不同，欧文故居不是由于园林的精致、建筑的壮观、室内装饰的豪华或艺术收藏品的丰富而成为景点的，它纯粹因为欧文而出名。房子本身则普通至极，尽管比爱伦·坡在布朗克斯的寒碜小屋强多了，但对于怀着开眼界之期望的远道游客而言，还是乏善可陈。我们去的那天，就别无参观者，也可能因为天晚，或是飘着几乎感觉不到的廉纤细雨的缘故。

在纽约住了近三十年，和大苹果沾点边的作家，大都略知一二。对他们曾经涉足的地方，偶尔来了兴致，想满足尚存的一点好奇心，便记下地址，逐一寻访，比如爱伦·坡写《乌鸦》时栖身的八十四街住所的遗址、奥顿在布鲁克林高地租住的小公寓、欧·亨利据说常坐在临窗的位子观察市井人物的曼哈顿西十八街的小餐馆、洛尔迦提到过的哥伦比亚大学附近的晨边小道，以及狄兰·托马斯醉酒而死的毫不起眼的白马酒吧……

欧文出生于曼哈顿，他在曼哈顿的"故居"，我去找过，就在联合广场东边不远，那里有条小街，以欧文得名。然而欧文故居却不在欧文街上，而是在相邻的东十七街，是一栋三层的红砖楼，模样再普通不过。我围着那楼转来转去，找不到任何标识，拦下行人打听也不得结果。在手机上反复搜索，才把情况弄清楚：说欧文在此住过，不过是当地人的传说，没有任何证据。隔壁倒确实住过一个名叫埃德加·欧文的人，是华盛顿·欧文的侄子。埃德加生了儿子，便以叔叔的名字命名，也叫华盛顿·欧文。此华盛顿·欧文非彼华盛顿·欧文，所谓欧文故居，就是这么来的。但一个地方与名人沾边，即使传说如空穴来风，当地人也乐意将错就错，谁会去故意较真儿大煞风景呢。

十九世纪的美国人，还没像今天这样自大自信得一塌糊涂。知识分子面对欧洲文化母国，还怀着一肚子敬意，去欧洲游历，俨然朝圣，是寻根也是镀金之旅，增长了见识，提高了自我。欧文在欧洲旅居多年，他的殊方情调仿佛夏多布里昂，是好奇加敬仰，想象把事实抹上了一层暖融融的月光。此外，发自天性，出于虔诚，还有故国神游的自如。谁能忘记他笔下西班牙的阿尔罕布拉宫，和那些迥异于奥赛罗故事的摩尔人的传说呢？听阿尔贝尼兹和罗德里戈的音乐，常常想起欧文，尽管他们之间没什么关系。欧文后半辈子住在距离曼哈顿不到三十英里的泰瑞镇。这个地方，读过欧文书的人想必不会陌生。《见闻札记》一早被林纾翻译过来，起了个地道的中国书名，叫《拊掌录》，十分传神。"姑妄言之姑听之，豆棚瓜架雨如丝。"欧文的趣味正是如此。他的小说严格说不是小说，是故事。《睡谷传奇》不知为何被林纾翻译成了《睡洞》，大概在中国古代小说中，神仙多半住在洞窟里，就顺手牵羊拿来用了。洞还有山间平地的意思，那就有些蛮荒边远之地的情调。《睡洞》开头这么写：

> 黑逞河之东岸多小沚，荷兰舟人呼其地曰塔邦希。船每至是，必落其帆，而默祷于圣尼古拉司，靳得顺风而进。是间有小村庄，称曰格林司堡，而土著则私之名曰逗遛镇。名之所由来，人言有村姑嫁夫，夫嗜酒，每渡河，必洪醉于河濒酒肆中，故曰逗遛之镇。

黑逞河，当然就是哈德逊河了。逗遛镇，就是我所说的泰瑞镇，Tarrytown 或 Tarry Town。Tarry 确有逗留之意，但据学者解释，这个词可能来自荷兰语 tarwe，意思是小麦。tar 为柏油，网上便有人很幽默地译为柏油镇。欧文取逗留之意，或许当时真的有此说法，也可能是为了讲故事而故意望文生义。

泰瑞镇我去过两次。第一次去，属于路过。从纽约上州归来，因为天色尚早，不忍虚掷周末的大好时光，拐道进了小镇，在街上的小店闲逛。镇子建于半山坡上，背山面河，主街横向缠着山腰蜿蜒，一众小街则好像主街这腰带上垂下的一缕缕流苏，不慌不忙地滑落到谷底。在泰瑞镇的小街漫步，有恍若隔世之感，一切都慢下来了：懒洋洋的太阳，软绵绵的风，山色映衬下不那么高夐的天空，稀少的行人，安安静静的狗，落地玻璃窗内喝着咖啡从容聊天的男女，草坪上瑞普·凡·温克尔席地而卧的铜像……不像曼哈顿，游人如织，永远步履匆匆。河边新开发的小区，一溜儿刚建成的大宅，故意涂抹得古色古香，傲兀水滨，显然价格不菲。转角那一户，尚无人迹，门口台阶上却早笑眯眯地蹲了一对石狮子，印象里大门两旁还有春联的痕迹。别墅周围广植花木，望之清旷爽朗。名利场上滚久了的精英们，日夜流连于此，大约很可滋养性情吧。

从河边回望，泰瑞镇隐在万绿丛中，房屋多作白色，其间夹杂着沉稳的砖红色，颇有欧洲风情。再往上，应该就是欧文描写过的世外桃源般的山林地区：

　　　去镇可三英里，有小谷，四望均山，其静无伦，乃不审外间有人世事。谷有小溪，水声汩汩，闻之令人生倦而睡，此外则啄木之声及鹌鹑呼偶声而已。

然而就山而言，并不起眼，群屋之杪，不过一道快抹的绿色，没有想象中崖壁高耸的壮观。这里的地势，在沿岸升起一定高度后，便缓缓向后铺展开去。而河对面的西岸，则另具一种气貌：陡立的岸壁仿佛李逵发怒时用斧头砍出来的，粗糙而整齐，等到离岸稍远，就懒懒散散地一马平川了。相比之下，东岸的地势要柔顺和优雅得多。

《见闻札记》中最脍炙人口的两篇《睡谷传奇》《瑞普·凡·温克尔》，对这一带的景色描写最亲切。《睡谷传奇》里写道：

> 我记得小时候第一次猎松鼠，是在山谷一边的核桃林里，高树参天，浓荫匝地。我在正午信步走入林中，那时候整个自然界都特别安静，我吓了一跳，听见自己的猎枪轰然吼了一声，打破了四周安息日的寂静。愤怒的回声震荡不已，把枪声延续下去。万一有一天我想退隐，想溜到哪里去躲开这世界的烦恼，静静地在梦中度过残生，我不知道有比这小谷更好的地方了。（张爱玲译文，略有改动，下同）

欧文言出必践，在这里度过了余生。但我这次去，既没凭吊作家故居，也没徜徉睡谷。在镇上一阵盘桓，天色就暗淡下来，只好打道回府。第二次去，已是半年之后。这之前，在逛了二十多年的曼哈顿第二十五街的跳蚤市场，得到一件欧文的纪念物。

那是一块如手机大小和厚薄的铜板，一面光溜溜的，另一面錾刻着精美繁复的花纹图案。看熟旧程度，该是七八十年前或百年之物。当时在一位波斯老者的摊上看到，喜欢那上面的纹饰和花体字母，又因是精铜所制，手感沉实，觉得拿回家当镇纸再好不过。问老者铜板上文字为何，他说他也不认识，"可能是希腊文吧"。但我觉得像德文。我喜欢铜制的小物件，有着熟润包浆的古铜，简直就是王安石说的紫磨金了。

回家后犹自揣摩不已，手持放大镜左看右看，走到浴室对镜一照，不禁哑然。花体字自然没错，关键在字母反书，正看不易辨认，镜子里看，则一目了然："一个英国式的圣诞节 华盛顿·欧文著。"原来是一块印刷用的书板，大概是用来印书名页的。《英国式圣诞节》为《见闻札记》中的一组文章，对形成和丰富美国人过圣诞的传统，起了一定作用。这组文章也经常被单印成一本小书。

这个意外收获使我高兴了好几天，其后在书店，看到

《纽约外史》，就毫不犹豫地买下了——本来对欧文的书，我并没有太大的兴趣。

再访泰瑞镇，是王逸兄带我们去的。先去参观了洛克菲勒家族在上州的私人教堂，那里有夏加尔画的玻璃彩画。回程从高速公路上下来，就直接去泰瑞镇外的欧文故居。

故居在河边，这地方叫 Sunnyside，意为向阳之地。按地图指示，沿着泰瑞镇的南百老汇大道往南开。美国的大小城镇，几乎都有一条叫百老汇的街，不像曼哈顿的百老汇，又繁华又杂乱，所谓"宽街"而已。泰瑞镇的南百老汇一直延伸到商业区之外，路旁尽是田园风光了。车兜了好几圈，就是找不到地方。有一次还往东面的路进去，入山渐深，越发僻静，房屋稀少，行人杳然，显然不对了。于是掉头返回，继续往来穿梭，终于在停过好几次车的路口，看到树丛中很不明显的指示牌。于是，钻进小路往下开。路几乎埋没在树荫里了，难怪容易错过。小路蜿蜒向右，再向下，走不多久，就到了供游客用的停车场。

这里地势略高，视界一览无余。灰白色的哈德逊河就在前方几十米外，河面宽阔，水流平缓，像一匹展开的粗布。出停车场，向左一条木板小路，其下细流无声，湿地上长满肥壮的蕨类植物。几个拐弯，透过浓密的树枝，依稀看见一片草地，就到了游客中心。这是一排简易的小平房，门前平地上摆了几组桌椅，圆木围栏，像个农家小院。

工作人员告诉我们，四点半，还有最后一次导览。买过票，看屋里出售的纪念品，大多是欧文著作的版本。最好的当然是现代文库的《欧文集》，黑面白字，估计买这本厚书的人不多。更多的是花里胡哨的故事选，封面画着无头骑士、鬼怪、枝丫纠结如巫婆之瘦爪的老树。《睡谷传奇》书名诱人，与泰瑞镇相邻的北泰瑞，民众就投票把地名改为睡谷。尽管小说中的无头骑士乃是狡猾的乡村小伙子为了吓走情敌而假扮的，大家还是相信，睡谷是世界上最能闹鬼的地方。

哈德逊河谷既然遍布名迹，便有一个"哈德逊河谷历史学会"来专心经营。欧文故居虽然偏僻，门票收入估计连几位工作人员的咖啡钱都不够，安排却也认真。导游出来打招呼时，大家一转头，眼前一亮。这位高大丰硕的中年白人女士，居然穿了密不透风的农妇的古装，腕上吊着手袋。

欧文小屋离河边不过十来米，两层的小楼房，外墙缀满藤蔓，侧门被茂密的紫藤遮住了大半。房子不大，房间却不少。房间、楼梯、过道，全都矮小逼仄，显然是平常人家的格局，布置朴素却还算舒适。据说欧文是个喜欢享受，也很会享受的人，尽管单身，生活上却一丝不苟。他爱交友，因此客房不少。这些房间的一个共同之处，是窗户下边设有可以坐的一尺宽的木板，像是条椅。我不知道这样的设施是建筑风格的标准配置，还是他个人的别出心裁，也不知道原本的作用是什么。照我来看，坐这儿看书很不错，光线好，还可时而"遐观"一下河上风景。书房在一楼，也不宽敞，由于矮，并不明亮。中间一张大桌，四周三个书架。里间用暗红色帷幕隔开，搁置一张小床，读书写作累了，随时可以安歇。

欧文一八三五年六月七日以一千八百元买下这处地产。房子小，庄园不小，占地十六亩，尽可莳花弄草，种树乘凉。养几头小动物，也不成问题。一八五九年一月二十八日，欧文因心脏病发作去世于此，享年七十六岁。

庄园的草地上到处点缀着高大的树木，沿着林间小路散步，可以一直走进山林深处，假如他那时候的南百老汇还不是车水马龙的话。如今车多，穿行不易，又喧嚷不断，把气氛破坏了。我们去的当口，适逢春末夏初，雨水特别足，植物都长疯了，绿色浓得像是可以随时挤出水来，星沉在绿海中的一切，都被这绿色的大酱缸浸染，失去了原有的色彩。"坐看苍苔色，欲上人衣来"，一点不夸张。这种铺天盖地的浓绿，如果没有花草和建筑的其他色彩点缀和冲淡，也是很单调的。

美东偏南地区的乔木，既高大又广阔，亭亭如车盖，那车须是巨人坐的。那些高大的老树，我只认得出橡树、枫树、槭树，还有椴树。至于高与人齐的灌木，姿态相比也不逊色，它们蓬散成巨大的一团，往往绿叶白花，白花亮得如新鲜的雪，远远透射出荧光。这一类的花，在哈德逊河谷的其他地方，随处可见。我认识的也不多，不过好在不久前，知道了其中一种，花名非常奇怪，叫作溲疏，据说可以利尿，故有此奇怪的名称。这名字太对不起这么漂亮的花了。

欧文在《睡谷传奇》里写那位与年轻乡民争夺漂亮荷兰姑娘的乡村教师克莱恩，虽然性格古板，但能在平常生活中自得其乐，身心与自然交融，俨然作者本人的写照：

> 他常常喜欢在下午放学后躺在浓密的三叶草丛中，在小河边——那小河嘤嘤哭泣着在他的学校旁边流过——他在那里研读老马塞的恐怖故事，直到暮色苍茫，书页在他眼前变成一片昏雾，然后他穿过沼泽、溪流与可怕的树林，回到暂时栖身的农家。一路行来，在这魅人的黄昏里，自然界的每一种声音都使他的幻想力颤动起来。山坡上的怪鸱的哀鸣，预知暴风雨的树蟾蜍发出不祥的叫声，猫头鹰凄凉的鸣声，或是树丛中忽然窸窸窣窣响着，鸟雀从巢中惊飞出来，萤火虫在最黑暗的地方闪闪发光，有时候有一只特别亮的流萤穿过他前面的途径，把他吓一跳……

导游说，欧文平生有三大遗憾：一是与父亲不和，二是女友早逝，三是河边的火车太吵人。站在故居外，铁轨就在眼前。铁丝网把房子和铁轨隔开，轨道边密密丛生着各种藤蔓和带刺的灌木。火车确实往来频繁，在我们停留的一个多小时里，就至少有三列火车经过。然而也正是这些火车，从纽约带来了那些在酒桌上、在书房的炉火边和他彻夜长谈的朋友。雅好谈鬼说怪，欧文颇有苏轼和蒲松龄的气质，也和纪昀、袁枚有的一比。纪昀叙事简洁，文字余味悠长。蒲松龄善描写也能抒情，文字甚美，可惜带点村塾气。袁枚动辄摆架子，不过大体上还不错。东坡爱听人说故事，自己也喜欢讲，他怎么讲故事，只能想象，非常令人神往。欧文的迷人处，在他娓娓道来的风格，那是永日清夜闲聊时才有的从容，不仅有故事，还有陈芝麻烂谷子的东扯西拉——他有时是太啰唆了。喜欢闲聊的人，多少都有啰唆的毛病。我曾读过一位古玩收藏者讲他下乡收货的经历，极为生动。我把文章粘贴过来，替他删改一遍，存为资料。改过，篇幅减了一小半，废话没有了，可是，原作的精气神儿也荡然无存。这真是没办法的事儿。我想到欧文的好玩，对他的啰唆也就原谅了……

说到鬼故事的乐趣，欧文写道：

这种恐怖性的愉悦还有另一种来源：和那些荷兰老

妇一同度过悠长的冬夜，她们在炉边纺织羊毛，壁炉前搁着一排苹果，烤得毕毕剥剥响（居然烤苹果，那是什么滋味？）。他听她们说那些神奇的故事，关于鬼魅妖魔，闹鬼的田野，闹鬼的小河，闹鬼的桥，闹鬼的房屋，尤其是关于无头骑士。她们也同样地爱听他说的巫术轶事，以及康涅狄格州往年常有的可怕预兆，空中不祥的异象与声音。他又根据彗星与流星占断未来，把她们吓得半死……

以今天的眼光来看，无头骑士呀，鬼新郎啊，根本算不上恐怖，斯蒂芬·金的小说那才叫恐怖呢。欧文尺度上的恐怖，还是一种趣味，而在斯蒂芬·金那里不是。在斯蒂芬·金那里，趣味退让给了刺激。《睡谷传奇》被无数次改编成电影、电视、绘本、歌曲和舞台剧，比较新和有名的一次，是蒂姆·伯顿一九九九年执导的同名影片，由约翰尼·德普和克里斯蒂娜·里奇主演。故事完全脱离欧文原著，原来的乡野趣谈变成了一个女巫操纵被砍了头的吸血鬼替她杀人的血腥传奇。提到该片，颇有历史学家气质的女导游想必会嗤之以鼻：和欧文压根儿不相干。

2018 年 7 月 6 日

为自己留一幅自画像

　　萨基是英国著名的讽刺小品作家，《黄昏》《敞开的窗户》《帕克尔泰德太太打虎记》，是读者耳熟能详的名篇，都以短小精悍著称。在构思的精巧，尤其是结尾出乎意料的逆转上，和欧·亨利很有几分相似。欧·亨利富有同情心，坐在小酒馆里，透过曼哈顿朦胧的阳光和烟雾，看着街头走过的芸芸众生，透过他们掩饰不住的疲惫和寒酸，目光里瞬间即逝的焦虑和忧愁，甚至他们手中的一把雨伞、一束已经不太新鲜的切花，想象着他们生活中的可能细节，由此编织的故事，染上了伤感的色彩。萨基则以调侃和毫不客气的针砭为能事。讽刺需要夸张，夸张则不免离奇，不过既然是小品，篇幅有限，尽管离奇，到底简单。无论怎么令人解颐，不过是睡前的消遣而已。相比之下，萨基的个人经历，倒是比他任何一篇小说都更不寻常。据冯涛在《萨基短篇小说选》前言里的介绍，萨基才两岁，母亲就被受惊的母牛踩死。父亲把他和另外两个孩子托付给奶奶和两位姑母照料，独自去缅甸当差。两位姑母性格古板，待人刻薄，体弱多病的萨基在她们羽翼下的日子，按他自己说，是难以想象的痛苦不堪。后来在其小说中，总有愚蠢而专横的姑母形象出现。成年之后，萨基和乔治·奥威尔一样，去缅甸做了警察，但由于染上严重的疟疾，只待了一年多即返回英国。第一次世界大战爆发，已经超龄的萨基报名参军，不愿做军官，以普通士兵身份奔赴前线。一九一六年十月，在法国博蒙–阿梅尔附近，萨基被德军狙击手射杀，年仅四十六岁。维基百科里介绍，萨基的姐姐埃塞尔在他死后毁掉了他大部分的文稿，并在一九二四年出版的书中，"从她的角度重新描述了他的童年时光"。

　　写作者最大的噩梦，莫过于死后那些呕心沥血的文稿被糟蹋：销毁，删削，藏匿，各种破坏性的整理，以及最可怕的窜改；其次是亲近者不可靠的回忆：误解和偏见固然浸透了生活中的每一个细节，臆测和怀疑乃至恶意的诽谤，也是家常便饭。鲁迅说他宁愿死后速朽，在大的层面，是希望他抨击的社会现象有一天将消失殆尽，他投枪匕首式的杂文从此变成空谈，自然而然地与之偕亡。同时他也很无可奈何地预见到，尽管非常厌憎，死后还是会被他人利用，不管利用者如何声称他们理解和尊敬他。在私人性的一面，鲁迅想到的是那些出于各种动机而"谬托知己"者的众多死无对证的"纪念文字"。他们各式各样的天才或愚笨的"重新描述"，都在摧毁一个人的真实形象：人一生兢兢业业的所为，不抵他人的一纸虚构。萨基的姐姐为何毁掉弟弟的文稿？她"重新描述"弟弟的童年时光，是不愿家丑外扬，还是对弟弟的感受不认同，必欲修正而后快？我们不得而知。不管是哪一种情况，意图都在以她的"历史"覆盖她弟弟的"历史"。我们只要想想早年的鲁迅传记里有多少无稽的神话故事，就明白埃塞尔的行为具有如何重要的意义了。

博尔赫斯在与奥斯瓦尔多·费拉里的谈话节目中，曾经谈到伊壁鸠鲁。费拉里说，关于伊壁鸠鲁，有一点很特别，就是桑塔亚那所说的，尽管世人都不相信，伊壁鸠鲁其实是一个圣人。博尔赫斯说，是的，就因为伊壁鸠鲁一直受诬蔑。他说："想到我们是通过对手的责难才知道这么多哲学家的，这是多么可悲啊。"那些前苏格拉底的哲学家，我们是通过反对他们的亚里士多德才知道他们的。伊利亚的芝诺，我们是通过诋毁者的言论知道他的。这一切，就像我们对迦太基人的知识，是出自他们的敌人罗马人的记述。假如迦太基人打赢了布匿战争，谁知道我们眼中的罗马人又是什么样子。博尔赫斯熟读罗素的《西方哲学史》，他曾说，如果困于荒岛，只允许带一本书，他要带的就是《西方哲学史》。上述这段议论就得自罗素。

伊壁鸠鲁主义在后代成为纵情享乐的代名词，其实伊壁鸠鲁及其弟子的生活非常俭朴。他关心他人，很少顾及自己，终生受疾病折磨，但"学会以极大的勇气去承当"。他的哲学的目的主要是想获得恬静，因为心灵的快乐胜过肉体的快乐。伊壁鸠鲁的团体不仅有其弟子和朋友，还有奴隶和妓女，正是这些妓女成了敌人诽谤他的借口。

据罗素说，关于伊壁鸠鲁生平的主要资料，是第欧根尼·拉尔修的传记。然而拉尔修的传记有两个问题：第一，是他常采纳一些极少甚至毫无历史价值的传说；第二，也是更可悲的，就是采纳了斯多葛派对伊壁鸠鲁的诽谤性攻击。

在论述赫拉克利特时，罗素有一段发自内心的感叹：

　　　　他的著作正如柏拉图以前一切哲学家的著作，仅仅是通过引文才被人知道的，而且大部分是柏拉图和亚里士多德为了反驳他才加以引证的。只要我们想一想任何一个现代哲学家如果仅仅是通过他的敌人的论战才被我们知道，那么他会变成什么样子的时候，我们就可以想见苏格拉底以前的人物该是多么地值得赞叹，因为即使是通过他们的敌人所散布的恶意的烟幕，他们仍然显得十分伟大。

这段话用在曹操和王安石身上，也恰如其分。曹操那些匪夷所思的传说，多出于晋人的编造，记载王安石轶事的同时代人的笔记，作者又多是变法派死对头的元祐党人。尽管如此，在尽可能多地读过他们的诗文和各种记载之后，我们还是对他们产生了由衷的敬佩和喜爱。

前苏格拉底的哲学家运气不好，苏格拉底本人则幸运多了，因为阐述其思想、记载其生平的主要两位，柏拉图和色诺芬，都是他的学生。诽谤和故意的歪曲肯定不会有，但还是存在问题。柏拉图写苏格拉底，是借六经注我，他又太有文学家的天赋，对话场景刻画生动，后人很难分清他的叙述多大程度上是虚构，借苏格拉底之口说出的观点，哪些是苏格拉底本人的，哪些是柏拉图的。至于色诺芬，罗素毫不客气地指出："色诺芬是个军人，头脑不大开明。"有人认为这样很好，由于不够聪明，缺少想象和虚构的能力，他关于苏格拉底的回忆必定真实可靠。然而罗素不这么看，他说：

> 一个蠢人复述一个聪明人所说的话时，总是不会精确的，因为他会无意中把他听到的话翻译成他所能理解的语言。我就宁愿让一个是我自己的死敌的哲学家来复述我的话，而不愿意让一个不懂哲学的好朋友来复述我的话。

前苏格拉底的哲学家们，即使通过论敌和忌恨他们的人的记述，仍使后人感觉到他们的伟大。这一方面说明他们确实伟大，但另一方面，也是我们在今天更觉得奇怪的地方是：何以他们的敌人并没有把他们渲染成彻底的恶徒和笨伯呢？颠倒黑白，混淆是非，这在技术上毫无困难。难道论敌们在攻讦和诬蔑时居然能恪守中道，不忍心把对方的好处一笔抹杀吗？纵观人类历史，我们很容易看明白，污蔑既极容易，民众又一贯轻信，他们往往不加思考地接受别人灌输给他们的东西，而不肯费一点点脑子。难道古时候的敌手多少还能惺惺相惜，还谨守着一点道德观念，还知道凡事留余地，还知道不赶尽杀绝？

考虑身后的声名实在是一件奢侈无比的事。一些有作为的皇帝和权臣会想到这一点，因此比较地恭谨和节制了，该表演的时候是毕恭毕敬地表演了。但对于普通人，所谓声名，那么狭小的范围，那么短暂的时间，值得两只芦花鸡，值得一辆宝马车吗？即使贵为帝王将相，不是尸骨未寒就有人对着他们的坟茔大吐口水吗？除非灵魂不朽，除非有来世和因果报应，身后荣名与此生关系不大。陶渊明可能到死都不会满心欢喜地想到，在他长眠之后几百年，因为一个叫王维的人的喜爱，因为一个叫苏轼的人的推崇，他终于从晋宋之际的一位三流诗人，上升到与曹植和谢灵运并驾齐驱，直至超乎他们之上。曹雪芹著书黄叶村的时候也不会想到，《红楼梦》会像莎士比亚的戏剧，成为一门显学，为千万读书人提供了饭碗。死去元知万事空，后人有知而死者无知。我们心愿中的一切美好，不过是心愿而已。

人类大概是唯一甘心沉溺于无用之事而获得无限的虚拟幸福的动物。虽然一死万事空，然而一息尚存，就割不断挂念，正是这些挂念支撑了他们的生，也支撑了他们的死。由于挂念，他们和未来维系了一种亲密关系，生命的逝去就不再是全面的溃败、彻底的毁灭，不会那么轻易被抹杀。生命留下了痕迹，变成文字、声音、影像。事实上，我们熟悉和热爱的人，绝大多数是借助于文字、声音、影像认识的，时间和地域不会成为我们认识他们的障碍。重要的是留下真相，留下真实的形象，使我们在想到历史这样一种东西时，由于这些真相而对它保持一点敬意。所以，归根结底，拒绝歪曲和诽谤，是一种没有太多现世价值的道德关怀，是一个求真者堂吉诃德式的奋斗。

古人说，弭谤莫如自修。说得何尝不好，然而毫无用处。他人有权乱涂胡写，但自己也不妨留一幅自画像。

2020 年 5 月 4 日

小事见人性

据说阿加莎·克里斯蒂总共写了八十本侦探小说，其中六十六部是长篇，另外十四本是短篇集。八十部书，我读了六十多部，半数以上读过两遍，有的还不止两遍。

侦探小说吸引人，主要靠悬念。可如果只有悬念，我们很难有兴趣读第二遍。悬念设置得越巧妙，越是不能重读，因为读过之后，谜底永远忘不了。克里斯蒂最受赞扬的几部书，如《无人生还》《罗杰疑案》《ABC谋杀案》，都是如此。

很多侦探小说家，尤其是日本的本格派作家，一心追求诡计的神奇，不太注重人物和社会背景的刻画。克里斯蒂则不然，她笔下的人物是活的，仿佛都有生活中的原型，具有不同的出身和社会地位、不同的生活阅历，更重要的是各自的鲜明个性。性格决定命运，犯罪行为也是由性格决定的。所谓罪恶，不过是特定性格的人在特定情境中的自然反应。

不管是出于嫉妒，出于贪婪，出于虚荣心或一时的冲动，出于大侦探波洛常说的"恐惧"，在犯罪者看来，罪行是箭在弦上，不得不发，因而是必然的，也是"合理的"。性格决定人会做什么和怎样做，绝世天才也不能超越个人的性格行事，这是人最大的局限。

侦探小说里的侦探都是某种样板。福尔摩斯个子瘦高，脸也是瘦长的，一只鹰钩鼻，一双锐利的鹰眼，抽烟斗，注射兴奋剂；波洛个子矮小，一个蛋形头，留着可笑的胡须，穿花里胡哨的西装，永远在自吹自擂；菲利普·马洛帅而脾气倔，孤高又孤独；马普尔小姐通过不动声色地与人聊天，探听到警察探听不到的消息，她和波洛一样，也有一个让读者觉得"装"的坏习惯，动不动就脸红。脸红表示她的自鸣得意，不过是以谦逊的方式。埃勒里·奎恩笔下的业余侦探雷恩，是以莎士比亚戏剧角色出名的大明星，有名又有钱。他的一切作为，虽然无不真诚，却总有仪式化的感觉，是不存心表演的表演。

个性过于鲜明和固定，不免成了套路，人物也就成了英国小说家福斯特说的"扁平人物"，像狄更斯作品里的很多人物一样，成了代表某种人物类型的名词。神探变成流行文化的符号，有利于抓住读者。读者痴迷于福尔摩斯，就像中产阶级的淑女们痴迷于某种时装品牌。而克里斯蒂书中的有趣人物不是侦探，而是那些走马灯似的匆匆而过的普通人。他们是凶手，是受害人，是无辜者，是旁观者，有时别有忌讳，有时心怀鬼胎，有的纯属阴错阳差而被卷入案件。

侦探小说高于现实，此与神话及童话相同。既高于现实，则不免将现实简单化，并赋予现实实际不常有乃至不可能有的逻辑。命案相对于日常生活，是极端事件，人在日常生活中不易展露的个性、那些人性深处的东西，因此获得展露的机会，而且是以更有力、更简洁的方式。看他们，如在显微镜下看花，较之福楼拜的解剖刀还更锋利。重读克里斯蒂，部分乐趣在此。

在马普尔小姐探案的《杀人不难》中，戈登·惠特菲尔德勋爵自尊自大，有点可笑，读者还会觉得他有点弱智，但他像孩子一样善良。杀人者韦恩弗里特小姐大家出身，然而家族已经败落。她心高气傲，还有点愤世嫉俗，然而又很世故。她看不起穷人出身的戈登，却看出他迟早会飞黄腾达，决定屈尊下嫁。不料订婚不久，即被戈登抛弃。如此羞辱，韦小姐怀恨终生，杀之犹嫌不够解气，因此自己动手，杀害多人，设计让戈登成为嫌犯，要亲眼看他被送上绞架。戈登悔婚，起因在一件小事：韦恩弗里特小姐养了一只鹦鹉，本极宠爱，天天亲口嚼糖喂它，鹦鹉亦以己口承之。某一天，鹦鹉不知何故，忽然不接受韦小姐玉口的恩宠了。不仅不接受，在韦小姐威逼之下，还怒啄韦小姐的手。韦小姐大怒，一把扭断了鹦鹉的脖子。戈登无意间目睹此情此景，随即与她解除婚约。小事见人性。戈登爵士在此，可谓明智。

自认高贵的女人，最不能容忍和原谅的是遭人轻视和拒绝。克里斯蒂显然对此深有体会，她还在《空幻之屋》中写了一个女演员维罗妮卡·格雷。格雷年轻时和约翰·克里斯托订婚，约翰无法忍受她的自我中心和控制欲，终于离去。十五年后再见，约翰随后被杀。她回答前来调查的波洛的问话，说约翰来见她，是因为难以割舍对她的爱，决心与她复合。格雷说，她并没答应约翰，告诉约翰她已不爱他。波洛事后推断："事情是真的，不过主角要对调，不能忘掉过去的是她，是她忘不了约翰。遭到拒绝和挫败的人是她。她捏造出一段故事，既满足她受伤的自尊，又消解她对一个超出其攫夺之手的男人的渴望。她难以承认，她，维罗妮卡·格雷，竟然无法得到她想要的。"

王昆仑先生写过一本《红楼梦人物论》，我也很想写一组《克里斯蒂小说人物论》。虽然克里斯蒂的小说不能与《红楼梦》相提并论，但人物身上折射出来的人性，却是一般无二。比如在《阳光下的罪恶》里，也有一个非常精彩的人物肯尼斯·马歇尔。他有钱，有地位，有教养，因为高傲而喜怒不形于色，却内心柔软，有孩子一样天真的侠义精神，每当遇到遭受不公正待遇的女性，便禁不住怜香惜玉，不惜以婚姻来施以援手。他的前妻被诬陷杀人而受审，虽然陪审团裁决无罪，仍无法摆脱社会舆论的折磨，于是他娶了这个女人。妻子死后，他遇到艾琳娜，一个漂亮而声名狼藉的演员。他为她打抱不平，同样娶她为妻。艾琳娜被害后，他终于认识到青梅竹马的罗莎蒙对他的爱，那才是他的真爱，决定半年后与罗莎蒙结婚。罗莎蒙开玩笑说，婚事最好现在就定下来，而不是六个月后，因为她担心，"在这段日子里，说不定你又听说哪个女子处境堪怜，又要发挥你的豪侠精神，挺身而出去救她了"。

这个肯尼斯·马歇尔，简直就是成人版的贾宝玉。

2020 年 1 月 16 日

博尔赫斯和儿子

读两个人的书让人自叹读书太少。这两个人，一个是钱锺书，一个是博尔赫斯。古往今来，博学者何止千万，很少有人像他们一样，把武功展示得如此堂皇和炫目。然而读书和世上所有的事一样，都是一把双刃剑。读书多的人深明事理，又因明理而明智，可惜这明智不能落实在现实情境中，遇到疑难，往往束手无策。俗话说，书呆子不能立世。书呆子就像法国诗人波德莱尔笔下的信天翁，本是云霄里的王者，一旦被放逐于地上，巨大的翅膀不仅丑陋，而且妨碍它行走。钱先生和博尔赫斯不一样，钱先生不是书呆子，钱先生是智者。大泽玄黄，时移世变，钱先生夫妻携手，一路有惊无险地走过来，让景仰他的后辈为他庆幸。博尔赫斯身处的环境要说是更平和的，尽管南美国家的政变简直像蚂蚁搬家一样寻常，可他就是运气好。博尔赫斯政治立场鲜明，讨厌庇隆，在反对庇隆的宣言上签过字。庇隆上台，自然不放过他。数月之后，大名鼎鼎的作家就被撤销了在图书馆的职务，改任科尔多瓦街市场的家禽和家兔稽查员。可是庇隆虽是军人出身，舞刀弄枪本是当行，却没有动老作家一根汗毛。让他稽查禽兔，固然是羞辱，却更像一个玩笑。就像张士诚的弟弟张士信把有洁癖的倪云林锁在马桶上一样，纯属黑色幽默，简直算不上迫害，而是一次堪称佳话的雅谑了。

博尔赫斯不必洞明世事也活得好好的，而且年事愈高，名气愈大，活到八十七岁，顺顺当当地享誉全球。顺境使他到老都保持着完整的人格和幽默感，不必强学西昆体，崎岖又窈窕地绕圈子，或如鲁迅那样，刀丛觅诗，不断自嘲加冷嘲。可是，在读过他的作品，包括大量的谈话录之后，你会发现，在无比的睿智、风趣和深刻背后，博尔赫斯其实是个不太快活的人。焦虑纠缠了他一辈子。他一辈子都在为排解这些焦虑而奋斗，直到去世前不久，才用一种形而上学的方式把自己解放出来。

有学者说，博尔赫斯喜欢引述阿基里斯追不上乌龟的悖论，此事再明确不过地暴露了他的终生焦虑：人永远不能实现其目标。具体在博尔赫斯这里，目标可以简化为两个：一个是文学事业，一个是婚姻生活。

博尔赫斯在《愧疚》一诗中总结和忏悔了自己的一生。

诗作于他七十多岁时，开宗明义第一句话就是："我犯了一个人所能犯的最大过错，我未曾得到幸福。"他说，父母养育他，对他寄予厚望，但他辜负了父母的苦心，原因是他把心思全用在艺术上了，然而"编造的却是无意义的作品"。在《极点》中，他这样说自己："你不是别人，此刻你只是你自己的足迹布下的迷阵的中心。"耶稣、苏格拉底、悉达多，"都救不了你的性命"，写下的文章，说出的话，微茫之飞尘而已。诗以这样悲观的断言结尾："命运之神没有怜悯之心，上帝的长夜没有尽期。你的存在是流逝的时光，你不过是每一个孤独的瞬息。"

博尔赫斯使我想起电影《海上钢琴师》中那位天才钢琴师1900。1900一辈子生活在游轮上，游轮之外的世界他不能想象，遑论履足其中。当落后于时代潮流的豪华游轮要被炸毁时，他选择了随之葬身海底。

博尔赫斯爱好广泛，交友甚多，母亲陪伴他、照顾他，朋友们帮助他，事业上相互呼应，直到垂暮之年，还有晚辈的玛丽娅·儿玉做他忠心耿耿的秘书，他在现实世界其实是如鱼在水的。他敏感，有时急躁，比如失恋后拔掉牙齿以泄恨，就相当小孩子气，但大体上是个非常理性的人。除了绝顶的艺术才华，表面上，他和1900极少相似之处，但如果细察他们与现实的关系，尽管有着度的差异，精神上却是契合的。

海上钢琴师无力应对现实，只能生活在自己的小天地里。博尔赫斯身处现实社会，从来就没有脱离过它，但唯有在书的象牙塔里，才有天堂之感。他在谈到幻想文学时说过一段话："所有文学本质上都是幻想性的。幻想文学不是对现实的逃避，而是帮助我们以更深刻更复杂的方式来理解现实。"在短篇小说《一个厌倦的人的乌托邦》里，他借人物之口说："现在我们不谈事实。现在谁都不关心事实，它们只是虚构和推理的出发点。"博尔赫斯不止一次说过，假如有天堂，天堂就是图书馆的模样。

他服膺苏格兰哲学家贝克莱的说法，万物的客观存在并不重要，重要的是被感知，只有被感知的事物才是有意义的存在。因此，比起现实，博尔赫斯更看重幻想，看重梦和一切玄学的东西。既然一切都是我们的感知，那么，事物的确定性何在？说到底，我们自身的存在，以及我们认识的世界，不过像一场梦。正像庄子所说的，我们不知道是自己梦见变成了蝴蝶，还是蝴蝶梦见变成了我们。我们自以为从梦中醒来，很可能是从此一重梦回到了另一重梦。庄子和列子说梦，穷尽梦的可能性，但博尔赫斯硬是百尺竿头再进一步：通过梦创造真实。要理解博尔赫斯的世界观，短篇小说《环形废墟》是一把钥匙。

著名的《特隆、乌克巴尔、奥比斯·特蒂乌斯》写一群人通过编纂百科全书虚构了一个星球世界，举凡民族、历史、政治、宗教、文化、地理、物种、建筑、气候，等等，事无巨细，无不包揽遮罗。在特隆，万事万物皆"因人的思维而存在，因人的遗忘而消失，因人的幻想而产生"。更神奇的是，在小说结尾，纯属虚构的特隆世界竟然慢慢入侵地球，并改变了地球的现实。

同样的主题，《环形废墟》比《特隆、乌克巴尔、奥比斯·特蒂乌斯》更简洁，却也更深入，更具本质性。《环形废墟》的灵感来自卡罗尔·刘易斯的《爱丽丝镜中奇遇记》，在书中，双胞胎之一的蒂威多嘲笑爱丽丝，说她并非真实的存在，不过是国王的梦中之物："如果他不再梦到你，你想你会在哪儿？哪儿也不在。你会消失，就像熄灭的蜡烛。"

《环形废墟》里的魔法师在梦中为自己创造了一个儿子，也是事业的继承人。他到达环形废墟后的唯一目的，就是不断做梦，"要毫发不爽地梦见那个人，使之成为现实"。博尔赫斯以卡夫卡写《地洞》那样细致入微的细节，描写魔法师如何从一片混乱和虚无中创造一个有血有肉的人。他先是梦到一个环形剧场，"黑压压地坐满了不声不响的学生"，经过十天授课，从中发现一个沉默忧郁的孩子。他把其他孩子解散，只留下这一个，开始把那孩子从朦胧的幻影转化为肉体的实在。他是通过梦来工作的，梦到一个部分，这部分就成为实在。他先梦到孩子隐秘的心脏，然后是身体的各个器官，不出一年，工作到达骨骼和眼睑，最后是最困难的毛发，因为毛发的数量最多。

孩子生成肉身，他教那孩子知识，让他熟悉现实，直到能够行动，能够替代他去另一座荒废的庙宇传道。很快，儿子成功了，人们开始传说他的种种神迹，包括毫发无伤地穿过火焰。但魔法师却因此担心起来。他想，世上唯有以火的形式现身的神，知道他儿子是个幻影，他担心儿子想到自己不怕火的特质，由此发现自己"不是人，而是另一个人的梦的投影，那该多么沮丧，多么困惑"。

博尔赫斯一生与爱情无缘，两次婚姻，差不多等同于虚乌有。六十八岁时，娶了年轻时就认识的艾尔莎·阿尔泰特，但婚姻维持三年即告终，博尔赫斯很不体面地逃走了。在去世那年，又和相伴多年的玛丽娅·儿玉办理了结婚手续，两个月后他就去世了。博尔赫斯是爱情的彻底失败者，失败的原因，既有性格因素，也和他父亲在他年轻时带他去妓院进行"性启蒙"，结果导致他终生对性爱感到畏惧有关。也因此，博尔赫斯没有儿女。他对此的遗憾在文字里并无太多表露，但偶一涉及，则情不自禁，可见懊恨之深。在晚年之作《另一个人》里，七十多岁的博尔赫斯在剑桥的查尔斯河畔遇到一个二十多岁的年轻人，经过交谈，发现这个年轻人正是几十年前的自己。小说写道："我没有儿女，对这可怜的小伙子感到一种眷恋之情，觉得他比我亲生的儿子还亲切。"其中的款款深情，令人想起同样终生未婚的英国散文家查尔斯·兰姆。兰姆在《梦中儿女》中细致入微地描写了他为假想的儿女讲述家族往事的情景。兰姆爱过一位名叫安·西蒙斯的姑娘，却没有结成伴侣。西蒙斯后来嫁给一位当铺老板巴特鲁姆。兰姆梦想的女儿爱丽丝和儿子约翰，正是自己和西蒙斯所生。孩子幼小，母亲西蒙斯已经去世。爱丽丝的容貌宛然西蒙斯的翻版，约翰则像他自己一样温文尔雅。

文章结尾，两个小孩子渐渐消隐，作者听到他们的告别之言："我们不是你的孩子，不是安的孩子，也不是巴特鲁姆的孩子，我们不过是影子，你梦中的幻影……"文章结束于此，如微光熄灭，作者遗恨绵绵，读者怅惘莫名。博尔赫斯对此文肯定是更加心有戚戚的，他的有些作品或即由此生发。

博尔赫斯还写了十四行诗《致儿子》。他说，从远古到未来，人、他的儿子、儿子的儿子，构成无尽的绵延，每个人在时间里都是过客，又都是永恒的一部分。没有儿子，这条永恒之链就断了。

诗集《夜晚的故事》中有一首《可能发生的事》，博尔赫斯列举了没有发生但可能发生的事，也就是说，他列举了一系列他更愿那样发生而实际上却没有发生的事，以及实际不存在而他希望存在的事物。就像杜牧诗里写的"东风不与周郎便，铜雀春深锁二乔"，或者周大荒写的《反三国演义》，用虚构来排遣遗恨。博尔赫斯列举的事情有：耶稣没有被钉死在十字架上，苏格拉底没有喝下毒芹汁，没有海伦，因此没有特洛伊的毁灭，美国内战的葛底斯堡之役，不是北军而是南军胜利了（这个假设他讲过不止一次），还有"独角兽的另一只角"和"同时在两地存在的爱尔兰神话鸟"，以及最后也是最具分量的一项："我未曾有的儿子。"

从《环形废墟》到《另一个人》，时间跨度三十年。两篇小说都写梦，在前一个梦里，他亲手创造了自己的儿子，在后一个梦里，他把早已湮灭在时间之河里的年轻时的自己看作自己的儿子。这是什么样的执念啊。在《环形废墟》的结尾，魔法师的使命完成，废墟被焚灭。魔法师走进火焰，刹那间恍然大悟：他也不是人，也只是一个幻影，另一个人梦中的幻影……现实被否定，因此理所当然的，现实中留下的缺陷和遗憾也被否定了，幻想成为即使称不上完美也肯定是更好的替代。这是智者无可非议的阿Q式胜利。

六十年来对性爱噩梦般的恐惧，也在晚年的《乌尔里卡》里淡然消解。博尔赫斯化身的来自哥伦比亚的文学教授哈维尔，遇到恬静神秘的北欧姑娘乌尔里卡（马丽娅·儿玉的化身），他们从相识相知到相亲相爱，最后在古老的房间里并卧一床。此时，博尔赫斯用少有的近乎煽情的笔调写下这样的告白：

> 我们两人之间没有钢剑相隔。时间像沙漏里的沙粒那样流逝。地老天荒的爱情在幽暗中荡漾，我第一次也是最后一次占有了乌尔里卡的肉体的形象。

为什么不是肉体，而是肉体的形象？怎么占有一个形象，而且只能是唯一的一次？在博尔赫斯这里，肉体的形象和灵魂的形象其实是同一的，因此无所谓占有。所谓占有，不过是"领会"的实在化而已。

博尔赫斯在《另一个人》里的一段文字，可以看作他对自己一生的最好总结：

> 完美的责任是接受梦境，正如我们已经接受了这个宇宙，承认我们生在这个世界上，能用眼睛看东西，能呼吸一样。

2021 年 12 月 9 日